記事與隨想

◉周志文／著

聯合文叢 758

最好的作家，

是那些羞於成為作家的人。

——尼采《看，這個人》

（Friedrich Wilhelm Nietzsche,1844-1900：*EcceHomo*）

記事與隨想

目次

輯二

輯三

【序】

斯文，滋味與痛感

唐捐／臺灣大學中國文學系主任

A

散文之為文體，更直截地展現作者的人生底蘊。閱讀名家之文，彷彿也正在閱讀這個人。這倒不是說，衡量文章的好壞，只須把作者的知識、性情與經驗從文篇中抽取出來，放到磅秤上去計較一番。而是說，現代散文裡的這個「我」，根本就是文篇構造的核心。其精神形貌超越了技巧的層次，不是匠心經營所能造，先須有可觀可感的人生體驗，才能加以提取、闡釋與創造。

周志文先生精研晚明學術，又為現代散文創作一大名家。因而論者時常指認，先生之人與文最具晚明的格調與風采。這種說法當然是有見地的，但還需多補充幾句。至少晚明才士不聽貝多芬，沒見過梵谷、達利的畫，不像我們這樣經歷過現代體驗與現代事物的洗禮，在文學創作上所面臨的挑戰也大不相同。

現代散文家最好先擁有一副現代心靈，精準而生動地操持現代文字去表達他的現代思維。——以上說來像是廢話，但並非不太要緊。把周志文十餘本創作集裡的所知所思減去晚明，所餘分量之大仍是驚人的。我想說的是本末源流的課題，我們最好先承認現代散文之為藝術早已超越了晚明小品的題材與格局，比較能精準認識周志文在文學創作上的成就。

記事與隨想，乃是古今散文常見的話語型態。周志文寫來，卻每有一股奇倔之氣，也許〈達利與我〉可以給些線索。這篇文章先是敘說自己怎樣與超現實畫作結緣，而後評說了達利的〈最後晚餐聖禮圖〉：這幅畫既有虔敬成分，又帶著一點顛覆，終於引發更多的沉思。由此再看達利那些融化的時鐘，變形扭曲的畫面，周志文的體悟是「超現實主義讓我們意識到生存或消亡的意義不見得是單層的」。

這篇文章「先談些別的」，正題處理完畢之後，又「再說點別的吧」。話題流轉迅捷輕便，這便是「隨想」的情韻了。但線頭拉回來之後，作者總結道：「達利的那個包含著夢魘恐懼與極富暗示性的扭曲圖示，從未在我的腦中離去過。」假如你讀過記憶三書（《同學少年》、《家族合照》、《記憶之塔》），便知道他年少以來的挫敗與傷懷。

周志文的「記事」，並不美化或醜化他所經歷的事件，至少並不採用變形的筆法或誇張的語詞去再現記憶。實際上，他大多採用了一種看似平和冷靜的語調在說話，但卻隱伏著一定分量的不平與針砭。你可以感覺到，這些散文出自一個有涵養而多見識的「我」，但又絕不僅如此。他既敢於言說亦有所抑斂，像是從久遠的橡木桶自然散逸出來的酒香，新銳如盛夏的葡萄藤。

B

我有時在想，周志文可能生得太早或太晚了些，他所處身的中文系在漫長的時間裡「對創作是有意見的」，因而身為能做學術又能創作的人，只好壓抑後面一種才分。但難道不是這樣的鬱鬱之感，以及兼任報刊主筆應物觀世的體驗，使他具有更銳利的眼光與思慮。他深深浸潤於中文系的涵養，而又常能跳脫這個版圖，帶著一種反省的心態。

周志文在散文裡扮演著「閱讀者／觀察者」的角色，因而在雜憶與閑談之中總著品評的情味，對於人物的描寫最能見之。他筆下的人物可以概分為三種，一是通過文本認識的古代文人，二是學界文壇相熟相知的師友或其他周邊人物，三是往昔曾在生命的長流裡出現過的眾生相。其實，人的風景是最難於描述與評說的，一旦說得到位，卻又是最引人入勝的。

評說古人或者通過作品去認識的藝術家，要有精到的解讀能力；周志文在這方面，常能融言志與審美於一體，且不忌破除陳言。如講到劉禹錫時，特別指出〈陋室銘〉之俗濫，讀者或許覺得嚴格了些。但假如你看多了周邊一堆奉行平庸美德的反素心人，當能解識猛然一揭的可愛。周志文的心思終於凝聚於徐文長這樣的奇人身上，把他拿來跟梵谷相比，正突顯了一個中國式天才的希罕與悲哀。

以散文（而不是其他文類）來寫現實中的交遊，對寫作者而言是一種考驗，因為散文太透明。漫寫沙究的一篇，不僅讀其人，同時也讀其作品。他當然熟知老朋友一生的點點滴滴，這固然是真實；但作品中所蘊含的內面世界與超現實遐想，也是真實。我總覺得，周志文的現代文藝素養，使他能夠熟練地窺破人事物的表裡。因此，即便是在瑣記雜憶的文字裡，例如〈大安雜憶〉一篇，也不全然都是在還原記憶，而常帶有表現與闡釋的性質。

我並不是說，周志文對現實加油添醋，而是說他常能登臨於真幻之際，看出日常現實的荒謬和扭曲。「後記」特別著墨於幾場夢，大約也不無寓意。在多篇文章裡，我們看到說話主體因受到各種樣態的損傷，而帶著無奈與憤怒。他雖不像老友沙究那樣著迷於不安，但在他每一篇文章裡，確實都可以找到輕微的不安。

完整的人既有志於道的精神，游於藝的風雅，但也有追求與不滿。有經史子集，也有柴米油鹽。假如我們把散文式與戲劇式，視為文藝的兩個極端。散文雖似平靜，也能富於神韻。戲劇則必有衝突，不能沒有血氣的作用。周志文結實洗練，搖曳生姿的行文，使他具有當行本色的散文之美。但我披覽其文，總覺得不安、夢幻、血氣這些因素也是極可貴的。他之所以能夠突破散文過於清透的文體侷限，或緣於此。

C

有魅力的散文家必須是睿智的，因為散文就是說話，沒有人樂於花時間去聽空洞的話語。雖然在散文裡有一種格套，反覆自稱廢人，正在說廢話。這種刻意低調的美學其實無法使說話者卸責，話語在漫衍，你就必須給出體悟、知識或滋味。我覺得周志文散文裡的說話者，具有天真的睿智，不是那麼世故。因而他雖是博學型的散文家，卻也帶著機警的直覺，使人感到新鮮。

回憶總是面對過去的，通過召喚與重構去省視生命中的點點滴滴，在品味過後常會帶來失落之感。但我覺得，周志文在這本雜憶之書裡，始終帶著一種細品慢味的從容之感，而將失落感抑斂起來。〈幾個有關機械的事〉以物為線索，穿梭於往事與電影之間，雖然提到若干悲傷的故事，並未動用太多直截的抒情字眼。但因為有事、有物、有人，帶出許多情節與畫面，回憶像是一張可視可觸的地圖攤展在我們面前。

講〈茶與茶書〉的一篇，提到「這種苦澀滋味感，常常跟隨中國人一輩子，成為記憶中最深沉而又近乎甜美的部分」或許周志文的散文也是這樣的，具有茶的滋味。大陸著名評論家毛尖指出，頂峰的清寂之作如〈項脊軒志〉，至周作人、廢名以後則罕見，周志文足以接上這個傳統。我非常認同這樣的評說，清寂裡有難以言說的滋味，那是時間之流裡的泉水，沖泡著感覺與智慧的茶葉……。

然而，周志文可能比廢名一輩的名家更熱衷於向世界提出異議，少去了故作鎮定的腔調與態勢。他的散文既屬於文化書寫，具有深遠而悠揚的藝文芬香；而又屬於自傳書寫，有時帶著三折肱的疼痛感。這兩種成分好像有相互調劑的作用，靜觀則冷，切己則熱，必要時又能冷熱交換。除了苦澀回甘的那一味之外，周志文筆下也有合乎風度的酸辣，其句式與思維之拗峭，有時反而近於魯迅了。

散文閑閑而談，從容以漫衍，產生詩意的路徑既與其他文類有別，也不同於音樂或繪畫。這種沒有祕密的透明文類，用的是無法之法，有期於會心。我讀周志文的散文，總是感應一種珍貴的詩意，金風徐來，秋林之美。愛看時光倒影的人，不免獨登歷史的樓臺，喚醒蟄伏的傷懷，卻偏偏能夠觸及帶著詩意的哲思。雖說此調深奧幽玄，今人多不彈，但知味者自能賞識弦上的風流與韻味。

二〇二四年八月於臺大中文系第三研究室

【序】

拉克勞的收割，烏丟的宇宙

——周志文散文之心心念念

張瑞芬／逢甲大學中國文學系教授

要真正了解梵谷最終的作品，你非要在你生命之途，曾想過死，尋過死卻沒有死成。

——周志文〈拉克勞的收割〉

寫這篇文章的時候，我正在研究戴資穎和賀錦麗的勝算，距離首次看排印版已兩月餘，為了寫序再讀一次，還是覺得這書好看極了。紛擾中得出一種寧靜的清明，在這夏秋交界颱風過後的微雨時分。

《記事與隨想》這書名，實在素面朝天，和二〇一六周志文在印刻出的《有的記得，有的忘了》同樣不起眼，走過路過一定錯過（我之前還嘲笑《有的記得，有的忘了》這怪書名加灰撲撲老電燈泡封面是啥？）。沒想到《記事與隨想》輯一寫到大陸用超現實大師達利畫作「軟鐘」設計了《有的記得》再版封面，畫裡的時鐘軟塌如泥，寓意時鐘雖不能再計時，然而我們活著的真實世界卻毫秒不差的繼續往前走，取意甚佳。然後，然後是大陸版必須刪改內容，談不攏後只好解約，白忙一場，就像輯一提到的徐渭或梵谷，世間所有的殞落都是註定好了的。「人和花都一樣會殞落，落到無人處或落到有人處，其實也沒什麼兩樣」。

澗戶寂無人，紛紛開且落，落到無人處或落到有人處都沒什麼兩樣，八十歲自帶一種任性超然的氣場，市場啥反應他想是不管了。《記事與隨想》寫明朝文人徐渭（文長）性格孤涼，處境不佳，「山陰之外，幾無名聲」，這說的可不就是自己嗎？教了大半輩子明清文學沒啥記憶點，倒是臺大中文系退休後，意外在散文市場點亮一個繁星點點的宇宙。二〇〇九年後周志文《同學少年》、《記憶之塔》、《家族合照》，包括《冬夜繁星》（樂評）和《有的記得，有的忘了》五星連發，精彩已極，造就了近年他在大陸的聲名，再版、演講、約訪紛至沓來（例如那中國青年粉絲張彥武），這一點，簡直堪比齊邦媛。想弄清楚這段學界到文壇的離奇經過，輯二「我為何寫作」那三篇可就相當精采，不但有一段神佛大戰，還和「烏丟」大有關聯。

話說這周志文本不是個雛兒，七〇至八〇年代，臺大念碩博士時就在各家報紙寫評論，結集為《在我們的時代》（1990）、《瞬間》（1992）。《三個貝多芬》（1995）、《冷熱》（1997）裡，用「城市筆記」的角度，節制的篇幅，經營著冷涼、邊緣、對比、反思的散文基調。《布拉格黃金》（2003）開始寫樂評遊記，《時光倒影》（2007）、《風從樹林走過》（2007）多典故雜感，吾等粗鄙之人總之啃不下去。我是從二〇〇八《印刻文學生活誌》「五陵衣馬」專欄他寫初中留級開始看的，一路讀下去瘋狗、紅猴、詹國風、魏黃灶、目屎阿欉、柳青山、林烏丟。這系列後來結集成《同學少年》，這也是學者周志文到作家周志文一個極大的轉折。

《記事與隨想》輯二「我為何寫作」三文頗值一讀，它完整涵蓋了周志文散文理念與寫作因緣。〈我為何寫作（一）〉先提到只活了四十六歲的英國作家歐威爾（George Orwell,1903-1950）一九四六年的那本《我為何寫作》（*Why I Write?*）。歐威爾寫作的理由包括讓自己看起來比別人聰明、讓自己成為話題人物、讓曾經瞧不起自己的人好看。他熱衷於美的事物，對歷史有使命感，想積極了解被蒙蔽的事情，並盡自己的力量以使真相大白。他認為世界上沒有一本書可以完全沒有政治傾向，所謂的政治性（political）就是試圖改變別人的想法，讓世界朝他認為的正確方向發展。這顯然接近中國文學中的載道一派，然而歐威爾也說文學該是完全自我為中心的，這一點周志文近之，但周志文所主張的文學政治性，就是刻意不去沾惹政治（或近乎政治的事），以使自己保持清醒。

〈我為何寫作（二）〉與〈（三）〉，順勢提到寫作在學界普遍被輕視的處境與大環境的每下愈況。身為政論好手，因多位主編邀稿投入創作，時移事變，竟挨個兒寫倒了《中時晚報》、《聯合晚報》、《民生報》。二〇〇四接到一個學生黃耀寬電話邀寫專欄。當時黃接編高雄《臺灣時報》副刊，經費拮据，周志文仗義寫了一陣，專欄名為「林間集」（結集即為《時光倒影》），落尾卻頗為搞笑：

寫了半年多，我生起氣來……我專欄底下常有一個姓盧的自稱大法師的人，寫他上天與諸仙佛稱兄道弟，下與群魔鬥法的奇怪經歷，吹噓之外，文字又差，我看了這些亂七八糟的東西氣不過，跟黃耀寬說，你們要是再刊登這類文章，我就不寫了……

後來簡直啼笑皆非，在黃吞吞吐吐的難色中，才知道報社不給副刊經費，姓盧的寫文章兼付廣告費，堪稱捐錢的金主，周志文方知自己那點微薄稿費還是由這施主而來，應該感恩戴德才是。臺大退休後，在初安民力邀下寫「五陵衣馬」專欄，放下心中塊壘，開始寫後山童年，與讀者搏起感情來。第一篇〈寫在沙上的〉寫的就是小學同學「林烏丟」。「林烏丟」祖父是個日據時代的漢文老師，給他取了個氣宇軒昂的「宇宙」，光復後來了個外省戶籍員，將之寫成「林烏丟」了，就這樣，一生炫爆。

所謂寫作生涯，和這一樣始料未及。這其中有自娛自嘲、閒人閒話，也有滿紙煙雲的講古，一本正經，卻自帶喜感，足見真性情的一面。《同學少年》中搞笑的可多了（看官不妨自己去看）。在本書輯二〈八二三雜憶〉中，說到金門炮戰時他高一，國文老夫子要全班響應一人一信慰前方戰士。這老頭湖南人，韓愈的〈師說〉他唸成「撕學」，講到杜甫，他搖頭晃腦說「撕剩豆腐是死在他家鄉耒陽的」，老師不寫黑板時，大家常面面相覷。那畫面，想來就令人發噱。

「我為何寫作」三篇，無一字自矜自悲，卻有點卓別林喜劇範兒，這文壇行走，真正近看是悲劇，遠看是喜劇。寫倒了一個時代，當然是悲涼的。輯三〈一個有願望的人〉寫三民書局董事長劉振強、聯合報王惕吾和中國時報余紀忠幾個文化人尤其令人心酸。劉振強編的「三民叢刊」與《大辭典》卷帙浩繁，全堆放安坑宏偉大樓中，他買下新店整片土地打算蓋一個印刷廠，買銅模，造鉛字，想印更多大部頭好書，然而壯心未已，到最後證明全都浪費了。數位印刷興起後，沒人再用活版印刷，有了搜尋引擎和手機，連辭典也不需要了。沒有了讀者，這世界還需要寫字的人嗎？包括那臺大師友撐起來的，注定也撐不下去的大安出版社。

如果《記事與隨想》要拍個宣傳短片（在島嶼寫作之類），找網紅用 FX3 拍實境 Vlog，鏡頭就該鎖定輯一〈老人與海〉。與妻女同遊野柳海岬，核二海邊，海濤發出白遼士在安魂曲中鼓一樣的聲音，老人慶幸自己還能邊聽馬勒交響曲時邊用電腦寫作，末了鏡位拉遠，從女兒拍的照片中發現自己髮白得厲害，鏡位旋轉，定格在文字上──「人的一生都在找尋永恆意義的東西，哪怕一點點也好」、「少年的智慧是在為自己謀機會進取，老年的智慧是知道什麼該放棄，什麼該丟了」，但他的《陽明學十講》還在繼續中，廉頗老矣，是不是最後會棄子投降還很難說，且自覺離那時間尚早。

《記事與隨想》全書，輯三寫臺靜農、裴溥言、張敬、柯慶明、林文月等臺大師友固然本色，最精采應屬輯二〈殺戒〉、〈我的尊嚴〉、〈梅塔與馬勒〉、〈故鄉〉那些雜感與隨想。若說詩有「詩眼」，全書最中心理念則應是輯一那些中西文人、畫家、音樂家。他人酒杯，澆一己塊壘。劉禹錫、蘇東坡、徐渭、苦瓜和尚石濤、顧亭林、張岱，真正一個比一個衰啊！其中又以達利、梵谷以及梵谷的〈拉克勞的收割〉最為經典。全書如只挑一篇來作課本範文，毫無懸念就是〈拉克勞的收割〉。而這篇文章，還真得和《同學少年》裡的〈梵谷之路〉連讀才行。

故事要從一張月曆裁下來的桌墊說起。〈拉克勞的收割〉（*HarvestatLaCrau*,1888）是一張伴隨周志文整整高中三年困窮歲月的梵谷畫作。這幅作品是梵谷在阿爾勒的十幅作品之一，畫面中，梵谷以精準的用色以及幾何形的構圖收法來表現豐收時極具縱深感的景象，給觀看者以高視點遠眺景色的印象。這不是梵谷最知名畫作，卻是周志文最熟悉的。梵谷一生都在衝決網羅，挑戰命運，拉克勞的世界是他所渴望卻終生未能得到的。強大的藝術給你激勵，也給你毀滅。「面對梵谷的作品，理性的分析是無用的，你非要在你生命之途，曾想過死，尋過死卻沒有死成，你沮喪至極，有一天，突然與梵谷心靈相觸，你才知道他在畫中尋求平靜的原因。」等於貝多芬七號交響曲死亡聽完再聽九號終曲。《同學少年》中的〈梵谷之路〉末尾作者自言，我的世界同樣混亂，幸而沒有自毀。高中三年，外在環境與內心激盪，也曾陷入孤獨危殆的情緒中，在麥田群鴉的死亡陰影中徘迴了一陣，終於涉險如夷的走了出來。一九九一年親訪荷蘭梵谷紀念館，在畫作前站定那幾分鐘，如同跋涉了整整一生，也像歷劫歸來，重新活了過來。

《記事與隨想》全書結束在一個空難瀕死的夢境中。作者自言「我的一生經歷過不少困境，還好這世界有文學，讓人在混亂中有一點沉思的空間，也讓人現實之外有點幻想可尋」。單談文學或許有點不切實際，「表面看來，文學也沒為我帶來太多東西，但它增厚了我的生命，也讓我的視覺在一生的某些階段，有了點穿透的能力」。我感覺，這對讀者來說也是一樣的。尼采《看，這個人》說過，最好的作家，是那些羞於成為作家的人。而最好的畫家，原本並不想成為畫家的，而最好的讀者，或者原本是想成為作者的。

拉克勞的收割，烏丟的宇宙，周志文散文心心念念的一點戲謔，萬般深沉，是悵望千秋一灑淚，蕭條異代不同時，也是麥田光影，金黃裡掩映的死亡，是絕望，也是新生。

輯一

庭院裡的樹

樹跟人的關係有時比人與人還來得深的，人也往往從樹的身上得到美感與啟發，這篇文章想談點與樹有關的事。

我中年後在鄉下有間小屋，平時做寫作休閒使用。小屋北東南三方都看得到山，山不很高，山就算是不高，也都會有逶迤之姿的。其實東邊遠處有高山，與臺灣北部的雪山山脈相連，開車進入時是看得見的，在家裡就看不見了。西邊是谷地的出口，有蜿蜒小路與都市相連，路上風景不很好，民居混亂，臺灣鄉間大都如此。

是舊屋，原兩層，大約因久無人居，買時已有些墮敗了，我們看上它，是房子四周還有點空地，南北各有個小型院落。靠北的院子是大門出入口，有桂樹做籬，門前左右原各種了棵南洋杉，東西各有空間與鄰居相隔，算不上是院子，只能算是走道，也栽了些灌木，南方的院子稍大，屋初購時，院子角落還有棵高大梧桐，這種梧桐又叫油桐。

油桐的幹與葉都跟畫裡的梧桐很像，老杜〈秋興〉詩有「碧梧棲老鳳凰枝」句，但它跟老杜詩中的「碧梧」不同，傳說梧桐擊之有「清音」，可用來製作優雅的古琴，而油桐木質較脆，應是無法做的。一次颱風來襲，由於當風，油桐樹被連腰吹折，當然再長不難，但盱衡各種形勢，還是雇工將之砍除了。

院子原還幾棵很高的相思樹。相思樹是臺灣土種的樹，光是樹名就帶有深情，余光中曾以「臺灣相思」為題寫了篇懷鄉之作，開始我們對它是懷有好感的。但庭院中的相思樹很難纏，它的葉子細長，春夏間開的小黃花數量又多，花葉會堵塞水溝，十分難以清理，除此之外，相思樹春末還會長一種垂絲的小蟲，落人頸項髮際，令人很不舒服，所以趁著請人砍油桐樹時也一併將之移除了。才知道小院子是不宜種大樹的。原種在大門兩邊的南洋杉，原先還小，但得土宜之便，繼續下去，勢必裂石崩雲，園藝專家認為將來定會不可收拾，建議一併將之移除。

朝東如走道的小院中，原主人留惠於我有幾株香蕉與木瓜，所結的果實都很美味。香蕉收成時是成串的，一株總有十幾近二十掛吧，自己吃不完，多用來分送友好。香蕉有種特性，收穫後不久就全株萎壞，必須立即將之砍除，砍除後不久根部會發出新芽，接著綠葉發華滋，只要稍注意灌溉施肥，隔一兩年便會再有收成了，而種香蕉絕不能貪多，方寸之土是容不下數株齊發的。

我們家的木瓜質細又香甜，是很好的品種。種木瓜要注意施肥，卻不宜太過，據說太過會「腴死」，所謂腴死不是真死，而是它會因有現成吃喝反倒營養不良，跟富家子弟一樣，養尊處優反而不學好了，富裕的木瓜往往不會好好結實，勉強結實，也不好吃。後來我家的木瓜樹越長越高，結實時分常引來眾鳥啄食，一天我竟看到一隻漂亮的臺灣藍鵲，像啄木鳥一樣將雙腳緊攀在樹幹上，為保持平衡，還不停的拍打雙翅，正大口啄食我們的木瓜呢，由於木瓜太高了，我們管不「上」它，最後也就死了，但保證不是「腴死」的。

南院除掉油桐與相思樹之後，不知何處飛來一種子，等稍長大，發現是棵樟樹。樟樹的樹芽新嫩，非常好看，也得土宜之便，日見長大，幾年後已成一極具姿態的大樹了，樟樹是一種很好的樹，其油脂經提煉可製樟腦，是防蟲的利器。可惜這棵天外飛來的樹長在與人隔鄰的牆邊角落，據說後來根已長到鄰家去了，也不得不在鄰人要求下雇工移除。樟樹飛來之前，原地有棵梅樹，每年春天會開白色的梅花，臺灣梅花多是複瓣，這株卻是單瓣，花雖小，還是有些姿態的。我後來在原來油桐與相思樹之間的空地栽了棵杏花，這株杏花給了我許多優美的聯想與歡樂的回憶。杏花的花朵比原有的梅花大多了，也是白色的，花開時朵朵崢嶸，各具丰姿，落花時飄墜如雪，更是難得的美景，我在《時光倒影》一書中有篇〈杏花雨〉曾談過它，文曰：

> 孔子講學「杏壇」，弟子稱頌，謂夫子之教「如時雨之化」，可見在孔子的時代，杏花與春雨，已具有美麗的象徵，啟人無限的聯想。詩中的杏花雨，當然指的是春天下的細雨，落在杏花上，也落在人的髮際衣襟，然而從寬解釋，杏花雨也可指杏花落時花落如雨的姿態。有一個春天，我曾獨自面對一樹繁華璀璨的白色杏花，達一週之久，也都是春雨輕緜的日子。一天，雨停了，卻颳起了風，脆薄的杏花花瓣，紛紛隨風飄落，比蝶要輕，比雪要柔，空氣中含有一種不真實的香味，遠處群山，隱隱的響著春雷，彷彿輕敲的定音鼓，那種雷聲，不使人驚嚇，反而令人昏昏欲眠，春天真是個令人沉醉的季節呢。約莫要十天或更長的時間，這趟欲眠的昏沉，才得以清醒。然而等到宿醉初醒，杏花已落盡，花事已了的杏樹，早換妝成滿樹的綠蔭，不久前的雨雪之姿，只留給你夢境般的想像了。

這段文字，老友柯慶明在幫我寫的書序時也引出了，他的評語是：「真的是風飄萬點，如夢又如幻；醉人春色轉眼，但並不成『空』，而是蔭蔭夏木的森立，宇宙生機在此何嘗稍息……」，我的文章沒有柯慶明說的好，但花開花落的盛景是存在過的，文中所寫的杏花就是我小院所植。但大約十年後，這株杏花突然感染了植物的褐根病，旁邊的梅花也一樣，搶救無方，都相繼枯死了。

我有個晚輩讀臺大森林系，一次他給我兩株櫻花幼苗，我將一株種在杏花空出的地方，另株種在向北的前院。毒害過杏花的褐根病毒可能尚未盡消，後院的櫻花一直長不好，不久也死了。倒是前院的櫻花逐漸高壯，年年花季都會盛開。我家櫻花是臺灣常見的山櫻花，不是吉野櫻之類的名種，花色洋紅，有點俗豔的成分，這顏色我不是很喜歡，而它花開時花朵總是朝下，顯得志氣不高的模樣。但它有個特色是總會提早開花，一般櫻花的開花期在二三月之間，它卻通常在元旦前就開了，朋友見了說我家的櫻是「報歲櫻」。這株櫻花可能知道我不很在乎它，它就越發立志要長得更好，花開時也有模有樣的，似想要博我青睞。

院中植物還不只這幾種，另外要說的是桂花，桂花不以花姿奪人，是以香氣。秋天過後，只要窗戶開著，盛開的桂花會把香味傳進房間的每一個角落，桂花的香氣是純中國的，它的香總是冷不防令人聞到，所以是清冷的「遠香」。有時夜深，我喜歡敞開門窗，把燈關上，在桂花的香氣中看院裡的樹影在風中搖動，偶爾聽到遠處水澤傳來鶇鳥有節奏的叫聲，鶇鳥的啼聲如鼓輕敲，這時你會有時空靜冷，萬念俱寂的感覺。

大家都認為樹不會動，其實植物也是生物，所有生物都是會動的，樹的發芽開花、結蒂垂實到落葉落花，無不在動，還有日晒風拂，霜降雨淋，外在的力量也都逼它隨時在動的，只是植物的動比動物的動要輕緩些。植物不會虛張聲勢，但它的生命往往比一般動物的更為堅韌，斧鉞臨之，一聲痛也不喊的，所以它給人的感悟往往比別的更多，佛經不是有「一花一世界，一葉一菩提」的說法嗎？

提起菩提，很自然想起舒伯特在他連篇歌曲集《冬之旅》（*Winterreise*）中的那首〈菩提樹〉（*Der Lindenbaum*）的歌，用的是詩人謬勒（Johann Ludwig Wilhelm Müller,1794-1827）的詩，其實歌中的樹名該譯成椴樹才對，椴樹有如心形的樹葉，跟菩提樹很像，只是小了些，樹皮有深溝，就不如菩提樹的光滑了。我一九九七年在布拉格住過一年，朋友示我克朗（捷克錢幣）上有椴樹樹葉的圖案，才知捷克是以椴樹為「國樹」的。〈菩提樹〉的第三段，詩人說：

Und seine Zweige rauschten,
als riefen sie mir zu:
"komm her zu mir, Geselle,
hier findst du deine Ruh!"

譯成中文是：「依稀聽到樹葉簌簌聲，彷彿是在說：朋友你來我樹下，你會找到安靜。」我們常因一棵樹而領會出寧靜的力量，因樹是從來不說話的。記得明代的歸有光在他的〈項脊軒志〉裡描寫他長年所居的狹小書房，最後一段寫道：

> 庭有枇杷樹，吾妻死之年所手植也，今已亭亭如蓋矣。

短短幾句，將死亡（妻死）與活著（枇杷樹亭亭如蓋）相對比。歸有光寫這篇文章極其收斂，但依然顯出了懸蕩之姿。人生在世，必須面對許多成長與消亡，看起來，項脊軒前的枇杷樹比歸有光的妻命要年長吧，但不管再長，這棵枇杷樹也得面對凡是生物的底限，也得跟我院中的杏樹完全一樣命運，不是嗎？我想，當你知道這個底蘊之後，還能貞定且不動聲色，這時候你才能體會到舒伯特歌中反復出現的「安靜」一詞的含意來。

劉禹錫

提起詩人劉禹錫（772-842），都會想起他名叫〈烏衣巷〉的短詩來，詩曰：

朱雀橋邊野草花，烏衣巷口夕陽斜。舊時王謝堂前燕，飛入尋常百姓家。

這首詩之所以有名，是把對個人對歷史的興亡感寫出來了，中國人對歷史是敏感的，這樣內容的詩很多，但太多了總會老套，所以真寫得好的並不很多。這首〈烏衣巷〉藉物寫情，有一種很強的傷感在其中，而劉禹錫的傷感不是一般人涕泗縱橫的，他的傷感，有個特殊形容詞，就是「有蘊藉」，蘊是內藏而不外露，藉是有憑藉而不直白。東晉國都在建康（今南京），朱雀橋與烏衣巷是都中勝地，高官名人如王導、謝安都曾住此，但到了中唐，連縣官邸已成為尋常百姓之家，大片天空，只剩下飛舞的燕子了。詩所寫的是一種寥落感，寥落就是滄桑，是有歷史感的人所共有的。

劉禹錫因有才識，對世局常有不滿，而他所處正是唐代由盛而衰的時代，令他不滿就更多，唐代經過盛唐末期的安史之亂，元氣大傷，中唐之後，朝廷大臣結黨營派，劉禹錫跟白居易都遭捲入以王叔文（753-806）為首的黨爭，使已渙散的國政更加四分五裂。白與劉都是王叔文的擁護者，王叔文後被處死，也影響到他們的前途，白居易被貶為永州司馬，劉禹錫被貶為朗州司馬，都是黨爭的受害者。

因受害，白居易才有〈長恨歌〉、〈琵琶行〉等名篇行世，劉禹錫因貶謫而大量接觸到底層農人，因而有非常民歌化的「竹枝詞」出現，假如他們官運順遂，就不可能產生這類作品，所以後來有「文必窮而後工」的話。劉禹錫最有名的一首〈竹枝詞〉可能是這首吧：

楊柳青青江水平，聞郎江上唱歌聲。東邊日出西邊雨，道是無晴卻有晴。

這首詩的可貴，在只寫民情，不言「大道」，又融入一般鄉下人的口語，毫不裝扮。如「聞郎江上唱歌聲」，寫女的被男的歌聲吸引，詩裡不用較雅的「歌聲」，而用通俗的「唱歌聲」，直白近俚，卻顯得更為自然，可見劉禹錫放下身段，走入民眾，這一點很切合文學社會學者的主張。但民間文學也不見得每件事都直白，有時會暗藏些謎語、暗語在其中的，詩中「晴」與「情」互通，看似文字遊戲，也藏有無限溫柔之思，這跟《詩經》的源流是一樣的。《全唐詩》收錄的〈竹枝詞〉尚有多首，形式內容多類似，詩人走向民眾，歌詠人間最質樸的情感，是杜甫之後的新途，其中劉禹錫跟白居易的貢獻與成就最大。

下面我想談一談劉禹錫一篇很有名的短文，叫〈陋室銘〉，這篇短文很受清代之後文人的青睞，曾被清初古文家吳楚材選入他有名的《古文觀止》中，又被林雲銘選入《古文析義》，民國之後，也屢被選入學校國文教科書，是大家耳熟能詳的。全文如下：

山不在高，有仙則名；
水不在深，有龍則靈。
斯是陋室，惟吾德馨。
苔痕上階綠，草色入簾青。
談笑有鴻儒，往來無白丁。

可以調素琴，閱金經。
無絲竹之亂耳，無案牘之勞形。
南陽諸葛廬，西蜀子雲亭。
孔子云：「何陋之有？」

這篇文字可當它韻文看，除了最後一句「孔子云：何陋之有」外，通篇都押韻，多駢句，似也可當成駢文看，但一般駢文都長，這篇卻短，駢文多喜賣弄詞藻，這篇相對樸實，從此看是很有特色的。

雖如此，但嚴格說來它也有缺點。拿來跟前面所引兩首詩相比，〈陋室銘〉比較欠缺真誠，見識也通俗了些，加上觀念有點浮濫，雖拿孔子語結尾，與孔子所達的至高語境相較，還差了一大截。首先「山不在高，有仙則名；水不在深，有龍則靈」，話沒說錯，但既已隱居陋室，卻以仙、龍自居，看似高崇，其實媚俗。全篇主旨在「斯是陋室，惟吾德馨」兩句，強調「德馨」的重要，但對何為德馨、德之所以馨、如何馨，並無具體描寫，「苔痕上階綠，草色入簾青」，只知居室在鄉，頗有野趣，但後面立接「談笑有鴻儒，往來無白丁」兩句，不小心寫出了他實際心態，就有點讓人看低了。陋室中的他所結交的，依然是碩德大儒，對不識字的平頭百姓，總抱著某種程度的厭棄感。他心儀的對象是諸葛亮、揚子雲等名人，而大家也都知道，他在乎的不是諸葛亮、揚子雲曾有過的平居歲月，在乎的是他們後來不論在官場或文壇飛黃騰達的成就。在這種心態之下，使得他在語言上顯得左支右絀又有些扭捏作態了，我們如拿來與田園詩人陶淵明比，是何其的不同？陶詩中也隱逸生活的極多，都平靜而真切，如〈歸園田居・其二〉，是這樣寫的：

野外罕人事，窮巷寡輪鞅，
白日掩荊扉，虛室絕塵想。
時復墟曲中，披草共來往，
相見無雜言，但道桑麻長。
桑麻日已長，我土日已廣，
常恐霜霰至，零落同草莽。

陶淵明曾為官，但後來「不願為五斗米折腰，拳拳事鄉里小人」，決心棄官，當他丟了官職，就真到鄉下安心種田去，對官事便一無懸念了。首句「野外罕人事，窮巷寡輪鞅」，表面是鄉居地僻，不利交通，其實是自己有意拒絕「人事」，而他的人事包括鄉村之外的所有「世事」。與他相與之人，都是「披草」（古代農人著簑衣以防雨，簑衣草製，故云披草）的農夫，並無他人。農夫只關心農作的收成，不在乎其他的，甚至道德文章對一般農夫言也都是「雜言」，所以「相見無雜言，但道桑麻長」。而農家生活，有喜也有憂，農家所憂在天氣不好，影響收成，所以最後說「常恐霜霰至，零落同草莽」，所說句句真實，毫無虛套。

我不懷疑劉禹錫的文學有真誠的一面，文學史已給他適當位置了，但他的〈陋室銘〉確實還差了點。這篇短文的問題是太被傳統文學的框架框住，臨筆總想攀附點德馨之類的消息於其中，而他「德馨」的範圍又窄了些，他偶爾又會擺出點一般讀書人的架子，認為自己見識廣、才德高，因而瞧不起人。「陋室」如他說的那樣好，居於其中就該有點志氣。志氣是什麼呢？既居陋室，就不再探聽外面的消息，也不再意圖與高官厚爵來往，那些歷史名人，不論諸葛亮也好，揚子雲也好，我一個也不豔羨，我只寧願做自己，不論我選擇陋室或陋室選擇我，我都很有自信，而且來去自由，在這情況下，我便無須裝腔作態的「調素琴」、「閱金經」了。還有，我更不會瞧不起周圍知識不高的人，陸象山曾說：「某雖不識一字，亦不妨我堂堂正正做人」，王陽明也說過：「與愚夫愚婦同的，是謂同德，與愚夫愚婦異的，是謂異端」，我們應該知道，知識界之外也是有漢子在的，所以我絕不輕視白丁。

劉禹錫是個不錯的詩人，可惜的是他不夠徹底，觀念總有點放不開，心中還是想藉自己的清高來博取更高的名聲，言行舉止因而有些錯亂了。中國傳統知識分子，總在仕、隱之間糾纏掙扎，欲就不能，欲斷又斷不了，很少有人如陶淵明的沉穩痛快的。

東坡在黃州

蘇軾（1037-1101）字子瞻，號東坡，是北宋時重要文學家。現在談談他為什麼號東坡，這件事，史上一直有爭議。

中唐詩人白居易有〈東坡種花〉詩，其中有句：「持錢買花柳，城東坡上栽。」又有〈步東坡〉詩云：「朝上東坡步，夕上東坡步，東坡何所愛，愛此新栽樹。」又有〈別東坡花樹〉詩云：「何處殷勤重回首，東坡桃花種新成。」南宋洪邁（1123-1202）據此，認為蘇之自稱「東坡居士」是本於對白居易的仰慕而來，他在《容齋隨筆》中有條〈東坡慕樂天〉專論此事說：「蘇公責居黃州，始自稱東坡居士。詳考其意，蓋專慕白樂天而然。」後來清代趙翼（1727-1814）的《甌北詩話》，也採此說。

洪邁的理由是以上所舉之詩，皆是在白居易忠州任上所作，而白居易在忠州時正是一生最困頓之時，後來蘇軾謫居黃州，頗以之自況，《容齋隨筆》說：

蘇公在黃，正以白公忠州相似，因憶蘇詩，如……〈入侍邇英〉云：「定似香山老居士，世緣終淺道根深。」而跋曰：「樂天自江州司馬除忠州刺史，旋以主客郎中知制誥，遂拜中書舍人。某雖不敢自比，然謫居黃州，起知文登，召為朝儀，遂忝侍從。出處老少，大略相似，庶幾復享晚節閑適之樂。」〈去杭州〉云：「出處依稀似樂天，敢將衰朽較前賢。」序曰：「平生自覺出處老少，粗似樂天。」則公之所以景仰者，不止一再言之，非東坡之名偶爾暗合也。

蘇軾有一陣子很嚮往白居易，兩人事跡也略有相同者，後世人也常將白蘇並舉，最有名的例子是兩人在不同時代，卻都同樣做過杭州知州，並在那兒留下政蹟，西湖至今仍有白堤、蘇堤可證。但說蘇自號東坡，是因為景仰白居易的緣故，理由就不夠充實了。《宋史》本傳上面說：

（軾）徙知湖州，上表以謝，又以事不便民者不敢言，以詩託諷，庶有補於國。御史李定、舒亶、何正臣摭其表語，並媒蘖所為詩以為訕謗，逮赴臺獄，欲置之死，鍛鍊久不決。神宗獨憐之，以黃州團練副使安置。軾與田父野老，相從溪山間，築室東坡，自號東坡居士。

本傳上說的「逮赴臺獄」就是歷史上有名的「烏臺詩案」。蘇軾在神宗元豐二年（一〇七九）從徐州知州調任湖州，上表謝恩時，被御史何正臣、李定等彈劾表中有「愚弄朝廷，妄自尊大」之語，被捕下獄。他因為詩文而被劾，所以稱為「詩案」，而參他的都是御史，御史辦公的所在叫御史臺，臺中有不少柏木，所以被典雅的稱做「柏臺」，但柏樹森森，多藏烏鴉，又常被戲稱之為「烏臺」，大約御史專事察舉，也有點像烏鴉的聒噪煩人吧。

這表面是個詩文引禍的案子，其實是北宋新舊黨爭的延續，蘇軾在這個案件下是個鬥爭失敗的受害者，弄到他自己都以為會被處死，因而留下給弟弟子由的詩中有「是處青山可埋骨，他年夜雨獨傷神。與君世世為兄弟，又結來生未了因」的句子。幸好弄到新黨的領袖王安石也認為太過，說出：「豈有聖世而殺才士者乎？」最後還動用了皇室的影響，才免掉最壞的命運，下場是被貶到黃州做該地的團練副使。

所謂團練有點像現今的鄉里自衛隊，副使等於是自衛隊的副隊長，荒唐的是黃州當時根本沒有團練這個自衛組織，蘇軾到此其實無任可就，他純粹是受黃州知州節度管制下的一名政治犯罷了。由於這官有名無實，所以他在黃州也無薪水可領，好在他略有積蓄，鄉下地方開銷也不多，過一般的生活倒不成問題。蘇軾在黃州展開了生命中最特殊的一種生活，過著原則上無收入卻十分自由逍遙的日子，前後有五年之久，《宋史》本傳上說「與田父野老，相從溪山間」，就是指此而言。黃州五年，是他一生最具關鍵性的時刻。

黃州有個叫東坡的地方，蘇軾在那兒住過一大段日子，所以取「東坡居士」為號。但他初居黃州，並不住在該地，他有關〈臨江仙〉的詞，是這樣寫的：

> 夜飲東坡醒復醉，歸來彷彿三更。家童鼻息已雷鳴。敲門都不應，倚杖聽江聲。
> 長恨此生非我有，何時忘卻營營。夜闌風靜縠紋平，小舟從此逝，江海寄餘生。

詞首「夜飲東坡」是指夜晚到東坡那地方喝酒，從東坡回來，因為酒醉，茫茫然不知確切時刻，所以說「彷彿三更」。證明寫這闋詞的時候，蘇尚住在別處，還無東坡居士的稱號。

蘇軾以東坡為號，是自己確實「築室東坡」，因以為號，這點不只《宋史》上這麼寫，他弟弟蘇轍在〈東坡先生墓誌銘〉上也如此寫，可見並不是因為崇拜白居易的緣故。東坡其實是個很普通的地名，東坡居此，甚覺安適，又想到白居易曾有詩歌詠，便決定用此號也說不定，但主要原因不在白居易的詩，線條還算是清楚的。

蘇與白的遭遇如前說真有點相同，以時運不濟或者「倒楣」的觀點看兩人，二人當然有近，但以程度言，寫〈琵琶行〉時貶為「江州司馬」的白居易，應該是一生的最低潮，後來也就算好，沒有過什麼太危險的日子。拿來與蘇相較，其實有很大差別的，蘇的一生起落無定，黃州之後，又量移汝州，後到京中擔任幾年的翰林學士知制誥，但不久又派去做杭州、潁州、揚州、定州等地的知州，所到一處，各有建樹，最後還是不敵朝中政爭，直到六十餘歲又弄到一個寧遠節度副使的職務，惠州安置。

惠州即今廣東惠安，這極南之地，蘇轍的〈墓誌銘〉說：「瘴癘所侵，蠻蜑所侮」，可見蠻荒。而惠州並不是東坡所貶最遠的地方，惠州之後，東坡又被貶為瓊州別駕，居昌化，昌化在海南島的西部，當地更為僻遠。東坡在海南島住了幾年，最後被赦還，改授舒州團練副使，徙永州（他好像與「團練副使」這官職有不解緣），又屢遭蹭蹬，終於客死常州，在行跡上，黃州之後他也無一日安寧。這是為什麼東坡在〈送程懿叔〉的跋中說自己與白居易「出處老少，大略相似，庶幾復享晚節閑適之樂。」他嚮往白的「晚節閑適之樂」，希望自己的晚年會平順舒適些，可惜事與願違。

再來談蘇軾在黃州的生活。

黃州在現在湖北省的長江邊上，與三國時的赤壁很近。東坡於元豐三年的二月一日到了黃州，因為居處無所，只能暫居定惠院（又名定惠寺），兩月後移居臨皋亭，據王宗稷編的《東坡先生年譜》說：「乃舊日之回車院也。」中國國土遼遠，古代驛車晚間所停駐之處曰站，中午讓人暫停休息之處曰亭，但張守節《史記正義》說：「秦法十里為亭，十亭一鄉。」可見亭又是地方村里單位，漢高祖劉邦少時曾為泗水亭長。東坡所住的臨皋亭據《年譜》所說是「回車院」，所指應該為前義，便是指讓驛車休息以便回程之處。既為舊日之回車院，想已荒廢，只能勉強暫居住。

元豐四年他找到州治附近的一塊荒地，是在一個廢棄的營地之東，便請求給予開墾，這塊地就是東坡了。後來蘇軾不但在此開墾種植，第二年（元豐五年，即壬戌年，也就是他寫〈赤壁賦〉的那年）他四十七歲，他在這塊地上又建了一幢庭院俱足的居室名叫「雪堂」，並且正式開始自號「東坡居士」了。他有〈東坡八首〉記此事，其敘曰：

余至黃二年，日以困匱。故人馬正卿，哀予乏食，為於郡中請故營地數十畝，使得躬耕其中。地既久荒，為茨棘瓦礫之場，而歲又大旱，墾闢之勞，筋力殆盡，釋耒而歎，乃作是詩。自愍其勤，庶幾來歲之入，以忘其勞焉。

當然有人幫忙，但墾闢之事，東坡很多親為，詩中嘲諷自己說：「獨有孤旅人，天窮無處逃，端來拾瓦礫，歲旱土不膏」，可見諸苦備嘗，但體力的勞動，正好用來調解放逐人心中的落寞。敘中提到的「故人」馬正卿是東坡的長隨，除了馬正卿，跟隨東坡到黃州的還有潘、郭、古姓三名服侍自己的人，這幾人忠心耿耿，在東坡最倒楣時並沒有拋棄他，詩中稱潘、郭、古三人為：「我窮交舊絕，三子獨見存，從我於東坡，勞餉同一飧。」又稱讚馬正卿說：

馬生本窮士，從我二十年，日夜望我貴，求分買山錢。我今反累生，借耕輟茲田，刮毛龜背上，何時得成氈？可憐馬生癡，至今誇我賢，眾笑終不悔，施一當獲千。

上面的詩是〈東坡八首〉裡的最後一首，寫馬正卿忠實又固執，不棄不離，二十年來巴望自己有一天能撥雲見日，發跡變泰，詩中的「刮毛龜背上，何時得成氈」當然是句開玩笑的話，意指馬正卿期盼主人飛黃騰達完全是空想，這也寫出他在黃州的確實處境，說政治的位置落到了最低點還是客氣話，朱孝臧注《東坡樂府》，於前面所引的〈臨江仙〉詞下引《避暑錄》曰：「子瞻在黃州，與數客飲江上，夜歸，江面際天，風露浩然，有當其意，乃作歌詞，所謂小舟從此逝，江海寄餘生者，與客大歌數過而散。翌日喧傳子瞻夜作此詞，掛冠服江邊，拏舟長嘯去矣。郡守徐君猷聞之，驚且懼，以為州失罪人。急命駕往謁，則子瞻鼻鼾如雷，猶未興也。」這項記錄不見得全是事實，但文中說郡守「以為州失罪人」確是實情，東坡在黃州是一個罪人的身分，只是無須關在監牢中，因為沒有進項，生活雖尚自由，比起當官的一般日子卻應該窮苦困頓得多。

因此想到超拔的問題，東坡自黃州後，人生的境界與創作的成就大進，著名的〈前、後赤壁賦〉與書法極品〈寒食帖〉，詞的〈定風波〉（「莫聽穿林打葉聲」）、〈念奴嬌〉（「大江東去」）都作於此時。人的改頭換面，通常在居夷處困的日子中，所以生活中的困難或痛苦往往是人生的關鍵，孟子說：「困於心、衡於慮而後作」，即是指此而言。

東坡在黃州雖是罪人身分，但並不孤單，與名人雅士尚有往來，彼此還有不少唱和，長子蘇邁與家人左右相陪，加上有四名長隨幫忙勞務，《年譜》元豐三年條記：「先生乳母王氏八月卒於臨皋亭。」原來跟東坡到黃州的還有他的乳母，其他與他一起生活的人想是還有，只是沒詳記，可見他的貶謫生涯仍食指浩繁，但他的生活並不見得不能過，而此時的詩文，大多氣暢意朗，幾乎無消沉之作。這才知道，東坡為人，確有特殊涵養，讓他能夠從容的超拔苦辛，而從生活看，北宋時候一個貶謫的官吏，比今天的達官貴人，似乎都還要更闊氣一些呢。

田水月先生

田水月三字是由「渭」這個字拆解下來的，這篇文章想談的是徐渭，他曾自號田水月，其實是自署其名罷了。

徐渭（1521-1593）是明代中末葉的人，山陰人（浙江紹興），字文長，別號多了，有青藤老人、天池生、天池山人、天池漁隱、金壘、山陰布衣、白鷳山人、田水月等。他出生時王陽明（1472-1529）還在世，因與陽明同里（陽明餘姚人，但長居山陰，死後墓也在山陰），成年之後曾受教陽明弟子季本（1485-1563），說起來跟陽明學也有點淵源，但他對心性之學沒太大興趣。

要說徐渭是什麼樣的人，有些複雜，算起來他是個身分特殊的文人吧，這裡的文人是與武人對立而言。說他不是武人是可確定的，是因為他沒有軍階，也沒行伍當差的經驗，但嚴格說來也有點問題，因他跟陽明一樣，對軍事很有興趣，熟習兵書，善於韜略，曾做過明代有名一時的東南總兵（明代中國東南沿海諸省的軍事總司令）胡宗憲的幕僚，屢出奇計平定倭寇，是建有些功勞的，也不能說他與武人毫無關聯。

說他是文人，也是一般而論，他跟一般的文人也不很一樣，古時的文人都想應舉做官，他也想，但他連考了八次舉人都沒考上，只是個「生員」（又名秀才，只具應考鄉試資格的學生），這身分讓他謀不到有官秩的官職，雖然他也有混得好的時候，還是以「布衣」終其身。然而要他跟一般文人相比，他的「強項」實在太多了，他是很好的詩人，也是非常不錯的散文家，他的詩文不阿俗好，有自己的個性，此外他還善於丹青，是個有名的畫家，他又是個很好的書法家，臺北故宮博物院藏有他的字畫，我曾屢屢瞻仰過。在所有創作中，他對書法深有自信，曾說：「吾書第一，詩次之，文次之，畫又次之」，他認為他的詩、文、畫跟書法比是次之又次，其實那三項他也都非常好。他在各方面的稟賦都比別人要高，而且高過好多倍，在藝術與文學方面，他嶔崎磊落，表現不俗，這種人古人稱作「天授」，換成現在的話，就叫天才。

他雖是天才，作品也不少，但當時知道他的人並不多，文學家袁宏道（1568-1610）在一五九七年辭去吳縣縣令後到山陰訪友，在同是山陰人陶望齡（1562-1609）的書房裡不經意發現徐渭的文集，兩人如癡如狂，袁宏道在〈徐文長傳〉上寫道：

一夕，坐陶編修樓，隨意抽架上書，得《闕編》詩一帙。惡楮毛書，煙煤敗黑，微有字形。稍就燈間讀之，讀未數首，不覺驚躍，忽呼石簣：「《闕編》何人作者？今耶？古耶？」石簣曰：「此余鄉先輩徐天池先生書也。先生名渭，字文長，嘉、隆間人，前五六年方卒。今卷軸題額上有田水月者，即其人也。」……當詩道荒穢之時，獲此奇祕，如魘得醒，兩人躍起，燈影下，讀復叫，叫復讀，僮僕睡者皆驚起。余自是或向人，或作書，皆首稱文長先生。有來看余者，即出詩與之讀。一時名公巨匠，浸浸知嚮慕云。

原來有這種經歷，文中陶編修與石簣指的都是陶望齡。袁宏道記得年少時在湖北公安老家曾看過徐渭的北雜劇《四聲猿》，但作者題名「天池生」，他疑為元人所作。後來到浙江，見人家有單幅字畫，上有署「田水月」字樣，袁描述說：「強心鐵骨，與夫一種磊塊不平之氣，字畫之中，宛宛可見」，卻不知田水月為何人，這次在陶望齡家看書，才知道有徐渭此人。徐渭性格孤涼，處境不好，山陰之外，幾無名聲，此後經袁宏道與朋友大力推揚，就知名天下了。但袁宏揚的是他的詩文，他的字畫受到肯定，還須時間，明朝人談徐渭藝術的還不多，入清後就多了，譬如鄭燮（板橋，1693-1766）曾刻印，自題「青藤門下牛馬走」，對他表示無限欽服，民初的書家吳昌碩、民國的畫家齊白石對他的書畫都曾頂禮有加，吳昌碩說過：「青藤畫中聖，書法逾魯公」，徐渭自有傑出處，他與顏魯公的路數不同，兩人其實不好相比。

袁宏道在文中又形容徐渭的詩說：

文長既已不得志於有司，遂乃放浪曲蘗，恣情山水，走齊、魯、燕、趙之地，窮覽朔漠。其所見山奔海立，沙起雲行，風鳴樹偃，幽谷大都，人物魚鳥，一切可驚可愕之狀，一一皆達之於詩。其胸中又有一段不可磨滅之氣，英雄失路、托足無門之悲，故其為詩，如嗔如笑，如水鳴峽，如種出土，如寡婦之夜哭，羈人之寒起。當其放意，平疇千里；偶爾幽峭，鬼語秋墳。文長眼空千古，獨立一時。

以提倡「獨抒性靈」的袁宏道言，徐渭的詩已達到文學的至境了，說他「眼空千古，獨立一時」。說起徐渭，總令我想起十九世紀的荷蘭畫家梵谷來，梵谷用了十個整年勤勉畫畫，他活的時候不但沒有名聲，並且處處惹人嫌，據說一生只以極低廉的代價賣出過一幅畫，但他後來留下來的任何一幅油畫，在拍賣場上都有數千萬美元的價碼，這是很大的諷刺，但我們的世界容許諷刺不斷上演。很多後世知名的人，往往都是晦暗過他一生的。徐渭跟梵谷不同的是，他除了是畫家，還有更奪人的文學創作。

但他跟梵谷比，還是複雜多了，他在品格上有點油滑的部分，在日常生活上，他會逞些小慧以求勝人，有時也會仗勢凌人，民間流傳的「徐文長故事」，部分是有根據的。要說耍油滑、賽聰明的事，梵谷就從未有過，梵谷的為人比徐渭更「純粹」一些，有部分原因是梵谷的壽命僅及徐渭一半吧。徐渭曾為胡宗憲設計過些破敵的技巧，而敵人不見得全是倭寇，也有國內的政敵，雖說兵不厭詐，不過常使以假亂真的手段，也往往影

徐渭〈花竹〉圖，臺北故宮收藏。這幅畫極大，337.6cmx103.5cm，畫中竹、芭蕉與岩石間分布有十六種花卉，一筆不苟，堪稱巨作。

響到自己的心術，終至害到自己。後來胡宗憲失勢，他擔心受牽連報復便發狂了，因而自殺過好幾次，史書說他為避禍而「佯狂」，其實是真狂了，狂哪是假裝得來的呢？後來他又因疑妻（繼室）不忠而殺妻，被判了個死罪，在獄中待決了七年，一五七三年在同鄉狀元張元忭（明末清初大散文家張岱的曾祖父）的營救，又在萬曆登基大赦天下的情況下被赦免出獄，但一直到一五九三他死，他還有整整二十年的悲慘生活要面對。

徐渭在他四十五歲時曾寫過一篇〈自為墓誌銘〉，上面說：「山陰徐渭者，少知慕古文詞，及長益力。既而有慕於道，往從長沙公究王氏宗。謂道類禪，又去扣於禪，久之，人稍許之，然文與道終兩無得也。賤而懶且直，故憚貴交似傲，與眾處不浼袒裼似玩，人多病之，然傲與玩，亦終兩不得其情也。」文中對自己的形容非常坦誠，缺點都直言無諱，他說過他最有心得的書是《首楞嚴》、《莊周》（即《莊子》）、《列禦寇》（即《列子》）與《黃帝素問》諸編。大約他喜歡並熟悉的都不是儒家正統的書，他對以上諸書都有專門著作的，可惜因半生潦倒，那些書都沒有留傳下來，所以看他，不能一般正統儒門學者來看待。

我讀《徐文長三集》，覺得他的詩很值得讀，他善於創作語言，直寫胸臆，不作閃躲，袁宏道評他詩有「如寡婦之夜哭，羈人之寒起。當其放意，平疇千里；偶爾幽峭，鬼語秋墳」之句，直把他當作李長吉（李賀）看了，其實他跟李賀很不同，他的詩界比李賀要寬廣很多。我對他的書信也很欣賞，他對朋友說話從不故作冠冕堂皇，都是掏心掏肺的直言無諱，更重要的是他善於嘲諷自己，這種特色，是傳統中國文學上少見的，譬如他寫信給朋友馬策之，描寫自己旅途不堪，信中寫道：

髮白齒搖矣，猶把一寸毛錐，走數千里道，營營一冷坑上，此與老牯踉蹌以耕，拽犁不動，而淚漬肩瘡者何異？噫，可悲也。每至菱筍候，必兀兀神馳，而尤搖搖者，策之之所也。廚書幸為好收藏，歸而尚健，當與吾子讀之也。

寫自己年老還須奔走道途以謀生，「猶把一寸毛錐」，毛錐指毛筆，已很特殊，他用老牛來形容自己，「此與老牯踉蹌以耕，拽犁不動，而淚漬肩瘡者何異」，所創造的語言不是極為驚悚嗎？

又在〈與柳生〉寫道：

在家時，以為到京，必漁獵滿船馬。及到，似處涸澤，終日不見支蹄寸鱗，言之羞人。凡有傳筌蹄緝緝者，非說謊則好我者也，大不足信。然謂非雞肋則不可，故且悠悠耳。

這兩封信都寫在遇赦後曾到各地走動，也曾到過南京、北京，當時的他心情很複雜，要想再在政治圈混當然沒希望了，但有生活得過，他只得售文賣畫為生，所以也必須在市場上出入，他形容自己辛苦，說京城「似處涸澤，終日不見支蹄寸鱗」，「不見支蹄寸鱗」指見不到任何走獸魚蝦，以與前面的「漁獵」相對，寫自己大失所望的窘境，像他這樣善於挖苦自己，在傳統文人之中，其實不多的，可見他在處理文學或藝術上，別具心眼。他在〈答許口北〉一信中曾寫到他對文學的看法，說：

公之選詩，可謂一歸於正，復得其大矣。此事更無他端，即公所謂可興、可觀、可群、可怨，一訣盡之矣。試取所選者讀之，果能如冷水澆背，陡然一驚，便是興觀群怨之品，如其不然，便不是矣。然有一種直展橫鋪，粗而似豪，質而似雅，可動俗眼，如頑塊大臠，入嘉筵則斥，在屠手則取者，不可不慎也。

他捻出詩要「冷水澆背」，令人「陡然一驚」的才是好詩，好的文學必須冷不防讓人驚嘆的本事，不見得是炫奇炫怪，而是作家要有自己的特色，不能人云亦云，譬如他在一封〈與梅君〉的信中形容自己身材龍鍾，又有流汗的毛病，有「肉質蠢重，衰老承之，不數步而揮汗成漿，須臾拌卻塵沙，便作未開光明泥菩薩矣」，字字鮮活，很少有人這麼直接的挖苦自己的，他的文學，該歸納成「本色派」中，但他也不忌刻意創造新奇。

徐渭本身是畫家，他對畫也有看法的，他在〈與兩畫史〉的信中說：

奇峰絕壁，大水懸流，怪石蒼松，幽人羽客，大抵以墨汁淋漓，煙嵐滿紙，曠如無天，密以無地為尚。

百叢媚萼，一榦枯枝，墨則雨潤，彩則露鮮，飛鳴棲息，動靜如生，悅性弄情，工而入逸，斯為妙品。

可見他對畫也有獨到的領悟與見解，他本人是極好的畫家，因為又是詩人，也有不少精彩的題畫詩，他曾為一幅山水畫題詩曰：

扁舟一葉下瞿塘，巫峽千峰插劍芒。髣髴猿啼深樹裡，披圖我亦淚沾裳。

徐渭有一套北曲集的作品，這套作品中包含有四個劇本，總題是《四聲猿》。稱這套劇集為「四聲猿」，是因為所寫的四個故事大體都是悲劇，《水經・江水注》中酈道元在描寫長江三峽時曾引當地漁歌有「巴東三峽巫峽長，猿鳴三聲淚沾裳」句，徐渭是說他曲中所呈現的悲劇比「猿鳴三聲」更為悲愴。他又有題〈榴實〉圖，詩作：

山深熟石榴，向日便開口；深山少人收，顆顆明珠走。

畫好詩也好，寫深山無人採收，任石榴子散落一地的消息，這首題畫詩有點似韋應物詩「空山松子落，幽人應未眠」。眼前一片山林，其中有許多松子落下，也有不少榴實落下，因是深山中，是從無人聞問的，這跟蘇東坡描寫的楊花一樣，「似花還似非花，也無人惜從教墜」（〈水龍吟・次韻章質夫楊花詞〉），寫的都是豪奢墜落的景象。

我每看這幅畫，都覺得是徐渭畫的是他自己，當然也是含有點懷才不遇的消息在其中的。袁宏道說：「先生詩文崛起，一掃近代蕪穢之習，百世而下，自有定論，胡為不遇哉？」說得不錯，但他的評論也只看到一面，沒有看到全部的真相。

其實世間的所有殞落都是注定好了的，人中的天才與凡夫跟所有的花與種子一樣，都會殞落，而落到無人處或落到有人處，其實也沒什麼兩樣，杜詩中不是有「千秋萬歲名，寂寞身後事」的句子嗎？不管你喧騰一時或默默無聞，都將歸於永恆的岑寂，這是事實，也是宇宙的宿命。我們本此，再來看徐渭或梵谷，也許就會心安一些了。

徐渭〈榴實〉圖，臺北故宮藏。

補記：一九九一夏秋之間我到紹興，曾特別參訪在該市中心的青藤書屋，在尋常巷陌中，地處清幽，那裡是徐渭生前所居之處，按書中記載尚有「酬字樓」與「櫻桃山館」等的遺跡，好像皆已不存了。「酬字樓」據徐渭自記，他在胡宗憲幕下曾代筆寫了一篇〈鎮海樓賦〉，大得歡心，胡贈以「白金百又二十為秀才廬」。古人常稱銀為白金，百二十的單位大約是兩吧，在當時或是筆極大數目。我所見的青藤書屋為新修，古物不多，引人注目的是院中池邊一株古藤，甚為挺拔可愛，是不是徐渭所親種，已不太能考了。今傳徐文長集《補編》中有〈青藤書屋八景圖記〉一文，上有記曰：「予卜居山陰縣治南觀巷西里，即幼年讀書處也，手植青藤一本於天池之傍，顏其居曰青藤書屋，自號青藤道士。」又在〈題青藤道士七十小象〉自注云：「正德辛卯吾年十歲，手植青藤一本於天池之傍，迄今萬曆庚寅，吾年政七十矣，此藤亦六十年之物。流光荏苒，兩鬢如霜，是藤大若虬松，綠蔭如蓋。今治此圖，壽藤亦壽吾也。」

苦瓜和尚的題畫詩

苦瓜和尚是清初畫家石濤的號。

石濤（1642-1707）據傳是明代靖江王朱贊儀的十世孫朱亨嘉的長子，本姓朱，名若極，家住桂林。清初，其父朱亨嘉企圖稱監國失敗被唐王處死，若極被一宦官（後來出家，名為喝濤和尚）救出，由桂林逃到全州，在湘山寺削髮為僧，改名石濤。石濤生在一個天崩地解的時代，幼年危機處處，四處躲藏，改名換姓是常事，所以別號特多，如法號有元濟、原濟等，別號苦瓜和尚外，尚有大滌子、清湘老人、瞎尊者等。

關於他的別號有很多不同的說法，有人說他自稱苦瓜是因為苦瓜皮青（清）瓤紅（朱，指明），暗藏反清復明思想，又他雙目明亮，卻稱己為瞎尊者，解者言「失明」為瞎，這些議論老在民族議題上打轉，其實全弄錯了。石濤雖是明代宗室，而受惠於明朝者少，幼時還因是宗室身分蒙難幾死，他對明之覆亡當然有一定的感悟，但要他跟別人一樣反清復明，好像程度上尚未達此。清初憤於民族消亡的人很多，但也有人以較寬容的態度看的，而清廷對政治意見不同者，起初多採懷柔態度，雍正之後，才轉趨嚴格。石濤在康熙二十三年（一六八四）、二十八年（一六八九）康熙帝南巡時，曾在南京、揚州兩次接駕，並獻詩畫，自稱「臣僧」，可見他是「順清」一派，他後來又北上，結交京城不少達官貴人，也常為他們作畫，他因有僧人身分，無法做官，但他對清朝的態度並不與另一同時的畫家八大山人般的嚴切，這是可確論的。

石濤的重點在繪畫，中國傳統繪畫以山水為大宗，旁及草木蟲魚，較少人物寫生，石濤作品中卻有不少人物之作，多是佛陀僧侶之造像，這些畫像各盡曲妙，允為特色。他也畫山水，而自創筆法，布局也大膽新穎，與其他畫家的謹守不同，黃賓虹與張大千都曾師法過他，張還曾說石濤是傳統畫家中的第一人。石濤對自己的山水畫很自得，曾在〈奇山突兀〉圖上題字云：「畫有南北宗，書有二王法。張融有言：『不恨臣無二王法，恨二王無臣法。』今問南北宗，我宗耶？宗我耶？一時捧腹曰：我自用我法。」可見他大膽以己為宗，旁若無人，又說過：「融古法為我法，不囿於陳式，不拘泥一格，取其為己所好者學之」，說出自己不拘於古法而勇於創新的態度。

石濤除了繪畫之外，還有很精闢的畫論，有《畫語錄》傳世，也影響很大，討論的人不少，此處就不說了，這篇短想談一下他的題畫詩。

題畫詩是中國畫的特色，其實起源不算長，宋以前的畫很少有題畫詩的，有的畫甚至連署名都缺，著名的北宋時范寬的〈谿山行旅〉圖就是，畫上題詩，是從文人畫興之後才有的習慣，時間大約是元末到明初，宋代之前，畫院中的畫師，專業在繪畫，多數不擅書法也不會題詩的。

石濤的字與畫都有自己的特色，他擅於寫題畫詩，可見他文學程度也很高。現選數則談談。

他有〈自畫竹一枝〉題作：

未許輕栽種，凌雲拔地根；試看雷霆後，破壁長兒孫。

此畫畫竹與竹筍，也道出竹子生長的特色，首句「未許輕栽種」，意思是如無特別原因，千萬不要隨便栽種竹子，因竹是一種很容易生長的植物，蔓生開來往往形成災害，所謂「凌雲拔地根」、「破壁長兒孫」都是指此。好的畫家都善於觀察，石濤所看的竹不是傳統勁節高挺的道德意象，而是人任植物滋生後的凌亂景象，所以他說的「我自用我法」，不只指畫圖的技巧，還包括了自己的觀察與對物象的解釋。

另有〈枇杷清藕〉圖，題詩曰：

滴滴酸同味，黃黃勝過金，有仙難作酒，無藕不空心。設芰情非少，投瓜意可深，
如何清更極，未許一塵侵。

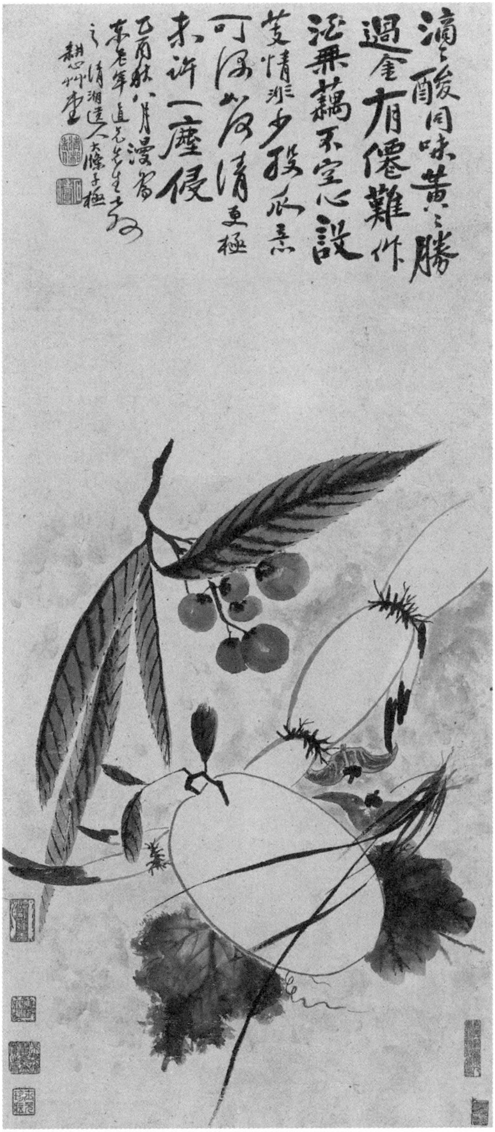

石濤〈枇杷清藕〉圖，臺北故宮藏。

這首詩描寫枇杷與蓮藕。枇杷色黃如金，臺灣的枇杷好吃的味甜，難吃的味淡，很少有酸味的，但石濤吃的枇杷卻如醋般酸，所以說「滴滴酸同味，黃黃勝過金」。「有仙難作酒，無藕不空心」是勉強湊出的對子，前句指有仙人因嗜酒而會品酒，杜詩有〈飲中八仙歌〉，就把嗜酒的喻為仙人，再好的酒師都難以在仙人專家面前釀酒，後句就切題了，說的是藕的事。芰一指菱一指荷，《離騷》有「製芰荷以為衣兮，集芙蓉以為裳」句，「設芰」指以芰荷的樣子裁製衣服，據說為隱士清流所穿著；「投瓜」的典故來自《詩經‧衛風‧木瓜》，有「投我以木瓜，報之以瓊琚；匪報也，永以為好也」句，意思是你送我木瓜，我送你瓊琚，不管互贈的禮物的貴賤，在乎的是我們有好的感情，這是一首很好的情詩，瓊琚、瓊瑤都指美玉，常為愛情的信物。一幅畫所寫的只是兩種植物而已，卻在詩中引發出這麼多聯想，所以好的題畫詩，會讓畫更增加了深度。

前面說過石濤是「順清」一派，但他並非完全沒有民族意識，「故國之思」有時也會在他畫中展現出來，這是因為藝術家都有矛盾的性格，因矛盾而激盪，才能產生偉大的藝術，他有〈行書七言詩〉曰：

當年任俠五湖遊，老大歸來臥一丘。江上數峰堪供眼，床頭斗酒醮詩喉。呑聲聽說國朝事，忍死愚忠旦夕休。無髮無冠雙鬢白，對君長夜話真州。

詩中寫國朝事魚爛海枯，孤臣餘死效忠已無濟於事了，這首詩把他困於現實的心理寫活了，他是否對亡明效過孤忠呢？當然沒有，所以詩中所寫，也許寫的是別人，或許自己也曾有過一些浪漫之想（民族氣節往往是有浪漫成分的），但不論是什麼，現在都過去了，自己無髮（和尚）無冠（不做官）而且雙鬢白（年老），閒時只有對老友閒話世事的真假了。他還有首原名〈題畫詩〉的詩，詩曰：

冷淡生涯本業儒，家貧休厭食無魚。菜根切莫多油煮，留點青燈教子書。

石濤是和尚，不論以禪入畫或以畫入禪，都是個典型的出家人，明清之際，出家人亦多干世事的，這是當時的風氣。不過看這首詩卻很不同，因為完全不像和尚寫的，他安貧生活，有點像《論語》中的孔顏的景象，勸人省下煮菜根的油，可讓孩子點燈讀書，他大約認為必如此，則山河有望，未來可圖，他背後的思想原是個典型的儒家呢。

天下與國家

有一次一位好學的友人問我，「天下興亡，匹夫有責」這句話源自何處？我一時答不上來，回來想想，所談是「天下興亡」而非「國家興亡」，好像跟顧亭林有關，果然在顧著的《日知錄》查到一段話：

有亡國亡天下。亡國與亡天下奚辨？曰：易姓改號，謂之亡國。仁義充塞，而至於率獸食人，人將相食，謂之亡天下。……是孟子所謂楊墨之言，至使天下無父無君而入於禽獸也。……保國者其君其臣，肉食者謀之。保天下者，匹夫之賤與有責焉耳矣。（〈正始〉）

這段話是歷史評論，題目是〈正始〉，說的是魏晉之際天下大亂的事。但顧亭林不停留在歷史的敘述，話鋒一轉，談到「亡國」與「亡天下」的問題。這問題在顧亭林之前，好像不存在，因為天下即國家，國家即天下，很少有人把它們之間相隔開來看。依照先秦的「封建」（與「郡縣」制對立，純粹是一種政治制度，沒有貶意）時代的看法，國家與天下是有分別的，當時的天子稱作王，王所統治的是「天下」，諸侯統治的是「國」，而大夫管理的地方叫「家」。看得出是天下最大，國次大，家最小。國與家比起天下來雖然小，但都十分重要，因為它們是組成天下不可缺的部分。

後來採用郡縣制，封建逐漸廢除，「天下」的觀念就空洞化了，「國」的觀念擴大了也堅實了，「國」由天子統治，而天子改稱為皇帝，表面上還保有諸侯，但秦漢之後的諸侯多是僅具空名，並無實權，諸侯下的「大夫」一層，則完全消失了。這時所提出的「家國一體」的觀念，是把「家」的定義延伸到一般家庭上面的，認為家庭與家人跟統治管理我們的國（政府）關係緜密，國（政府）幫家（人民）提供服務，保障安全，所以國一有難，家應竭力支援，因為「覆巢之下無完卵」呀。

顧亭林（炎武，1613-1682）為什麼又提出「有亡國亡天下」這一問題來呢？顧亭林所處的時代，是黃梨洲所謂中國「天崩地解」的時代。在他寫這篇文章的時候，清朝的勢力已擴盡天下，有志之士雖圖恢復，確實是心有餘而力不足了。亭林在清軍渡江之際，曾糾合同志起義兵，守吳江，失敗幾死，幸而逃脫，他母親王太夫人自崑山城破，絕粒二十七日而逝，遺命不許他事滿。他本是個血性男子，有高昂的鬥志，事敗殉國是很自然的，但他受母親遺命的教訓，知道世上還有比殉國更重要的事，那就是該負責「天下」的興亡。

在顧亭林看，「國」就是一朝一代，而「天下」比較抽象，是指一個民族的精神文化。只要民族的精神文化不死，朝代的更迭算起來只是小事。他說「保國者其君其臣，肉食者謀之」，意思是政權是國君與臣子的事，「肉食者」的典故出自《左傳》，是指衣錦食肉、生活條件很好的社會高層人士，朝代淪亡，他們負責便可，一般百姓用不著擔其責任的。但保天下就不同了，國只是少數人的政權，天下則含有生活方式與生活價值，是一個民族靈魂命脈之所繫，保留了它，民族自有再起的機會，沒了它，國亡就是真亡了。所以天下興亡遠比國家興亡來得重要，就算最卑微的「匹夫」，也該對天下的興亡負起責任來。

顧亭林此後的生活，完全放在學術上面，他認為在學術上的貢獻有益於民族文化的提昇，所以他一生提倡經世致用的學問。他對宋明之後的心性之學十分不滿，說他們「空疏不學」、「游談無根」，他批評當時的學風說：「是故性也命也，孔子之所罕言，而今之君子之所恆言也。出處去就、辭受取與之辨，孔子孟子之所恆言，而今之君子所罕言也。」（〈與友人論學書〉）他呼籲恢復孔孟的實學精神，他不唱高調，不走虛步，又提出「博學於文、行己有恥」的格言，一方面用以勵己，一方面用以勉人。

他一生著作不算多，但每部對後世都有很大的影響。他的《音學五書》，開啟清人有關聲韻學的討論與研究，他有三部探討地理沿革的書，即《肇域志》、《歷代君王宅京記》與《天下郡國利病書》，都是親身經歷，對勘史料，一點一滴的完成的。他的學生潘耒說：「先生足跡半天下，所至交其賢豪長者，考其山川風俗、疾苦利病，如指諸掌。」史學家全祖望說：「先生所至，呼老兵退卒，詢其曲折，或與平日所聞不合，則即坊肆中發書而對勘之。」顧亭林行旅全國，考察各地山川形式，當然有反清復明的用意在，不過並沒有真正用上，卻對清人以科學方法研究歷史與地理有了絕對性的影響，對以後盛行了百餘年的乾嘉考證之學，作了先導。

朝代的興替，在當時很重要，但一過了，也就不太有人注意了。倒是文化層面的問題牽涉較廣，而且一線相連，影響更深。回想四百多年前的顧亭林說過的，不見得都算過去的事，有些也可以用來針砭目前，我們對文化淪喪、價值錯亂的問題，應更為注意，多作思考。

茶與茶書

清明、穀雨之際，正是江南春茶出產季節，臺灣的春茶稍晚，但也近了。

十六世紀末，一位天主教耶穌會的教士利瑪竇（Matteo Ricci,1552-1610）來到中國，他對中國人神奇生活方式往往驚嘆不置，在他有名的《利瑪竇中國札記》中有段中國人喝茶的記錄，他說：

有一種灌木，它的葉子可以煎成中國人、日本人和他們鄰人叫做茶（Cia）的那種著名的飲料。中國人飲用它為期不會很久，因為在他們的古書中沒有表示這種特殊飲料的古字。……他們在春天採集這種葉子，放在蔭涼處陰乾，然後他們用乾葉子調製飲料。……這種飲料是要品啜，而不要大飲，並且總是趁熱喝。它的味道不很好，略帶苦澀，但即使經常飲用也被認為是有益健康的。

利瑪竇對茶的最初印象似乎不佳，他說：「味道不很好，略帶苦澀」，但這種苦澀感，常常跟隨中國人一輩子，成為記憶中最深沉而又近乎甜美的部分。

他當時對中國茶的認識還很膚淺（他後來是否認識深刻了，因無他文佐證，只好不論），他說中國人飲用茶不會很久，因為沒有茶的古字，這是他不了解的緣故。中國人開始飲茶，大約在秦漢之際，到了三國兩晉時期，由民間傳入宮廷，唐代飲茶已十分普遍，陸羽有《茶經》，盧仝有茶詩，到宋代，此俗已風行天下，在利瑪竇之前，茶在中國已有千餘年的歷史，怎所謂「為期不會很久」？但茶這個字確實比較晚出，這牽涉名稱改變的問題。中文在漢代尚無茶字，在尚未名之曰茶的時代，曾稱茶為荼，《說文》曰：「荼，苦荼也。」荼原指一種有苦味的葉子，這一點，利瑪竇的判斷是不錯的。

利瑪竇說：「他們在春天採集這種葉子」，證明他看到人喝的是春茶。春天採茶最為普遍，但江南之茶，四季可採。茶隨四季氣候變化，雖同採一株，風味亦殊。春茶稚嫩，冬茶老辣，其他夏茶、秋茶也各有特色，不能一概而論。

中國最早的產茶區在四川，大概在漢代就由長江往下傳，到隋唐時代，長江中下游就風行種茶了，到了宋代，種茶的區域不斷擴大，到了福建的武夷山也成了重要的產區，蘇東坡曾有詩提到武夷茶進獻給皇室成為「貢茶」的事，宋代文學中談到茶的事很多，可見茶已經在一般生活中占有重要位置了。

這裡談到福建的武夷茶，武夷地區是中國產茶的重要區域之一，而對我們臺灣特別重要，要知道臺灣後來有名的烏龍茶是輾轉由武夷茶移植過來的。武夷茶原本生長在山上，當地人稱之為「巖茶」（俗寫為「岩茶」），後來栽種面積逐漸擴大，終至福建全省，而稱閩茶。這種茶比長江中下游的茶耐泡，而茶湯深濃如鐵銹，明清之後為做區別，就幫它取了個名字叫「鐵觀音」。清代大量移民從安溪、泉州來到臺灣，順便把福建的茶種也帶來，早期的臺灣茶強調來自大陸的「本叢」（本株），但因土壤氣候的不同，自然演化出另外一個新的品種，便是我們俗稱的「烏龍茶」了。

但直到清末民初，烏龍茶在臺灣的評價不高。當時比較富裕的臺灣人喝茶喜歡把兩種以上的茶放在一起泡，形成一種很特殊的飲茶方式，寫《臺灣通史》的連橫（1878-1936）有本小書叫《雅堂筆記》，其中有篇文章叫〈茗談〉，談到臺灣人當時的飲茶習慣說：

> 新茶清而無骨，舊茶濃而少芬，必新舊合拌，色味得宜，嗅之而香，啜之而甘，雖歷數時，芳留齒頰，方為上品。

安溪之茶曰鐵觀音，亦稱上品。然性較寒冷，不可常飲。若合武夷泡之，可提其味。

在連橫的時代，鐵觀音與武夷的巖茶已成為不同的茶了，奇怪的是那時的人喜歡把不同種的茶合泡，這件事對我們而言，就如同把凍頂烏龍與文山包種合泡一樣的不可思議。連橫又說：

烏龍為北臺名產，味極清芬，色又濃郁，巨壺大盞，和以白糖，可以祛暑，可以消積，而不可以入品。

連橫說烏龍「不可以入品」，表示當時對烏龍茶的評價很低，另外喝烏龍茶要加糖，我們也覺得好笑，這豈不是糟蹋了茶嗎？其實這是古今飲茶習慣的不同，沒有什麼對錯的問題。中國茶書的「聖經」是唐代陸羽寫的《茶經》，《茶經》裡有句話說：

初沸，則水合量調之以鹽味。

可見唐代人煮茶，在茶水初沸時流行加鹽，這與連橫時代在烏龍茶裡加糖同樣的不可思議。我們在讀連橫文章時候，以為他寫的是很早很早之前的事，其實連橫距離我們並不遠，而是時代改變、流行改變得太快的原因。

從福建再往南移，到了廣東廣西甚至雲南，後來也慢慢種茶了。而南方所種的茶更適合做高發酵久烘焙的「紅茶」式的茶，這種茶因為耐久藏，可以做成茶磚、茶餅運到很遠不產茶的地區供人飲用，最有名的便是雲南的普洱茶。

以發酵烘焙的長短來算，中國的茶大致可分為低、中、高三大類。長江中下游所產的茶大多是低發酵低烘焙的茶，有名的「君山」、「龍井」、「碧螺春」等都是。中國早期茶書所記的茶大概都屬於這類，因為低發酵低烘焙，所以這類茶特別講究新鮮，其中以「明前」與「雨前」為最尊貴。明前指清明節前所採，雨前指農曆穀雨前所採，由於明前比雨前還要早十五日，所以更為稀罕。唐詩有「雀舌未經三月雨」，指的就是清明前後所採的既細且嫩如同雀舌一般稀罕的高貴茶種。低發酵茶的茶味比較清淡，所以沖泡時得特別講究用水，也特別講究水溫與沖泡的時間，水溫過高，會傷了茶色茶味，泡得過久，則為苦水矣。

閩茶（包括武夷茶、鐵觀音及臺灣的烏龍茶）是中發酵烘焙的茶，而普洱、「大紅袍」之類的茶都是高發酵高烘焙的茶，至於哪種茶要用哪種飲法，都各有講究之處，水溫之高低，茶具的軟硬（或陶、瓷或木、石）須嚴作區別，林林總總，便不細談了。

下面談一下茶書。中國人飲茶已至少有上千年的歷史，所以論茶的書也很多，重要的有近百種。當然最重要的是唐代陸羽（733-804）所寫的《茶經》，除了談茶的歷史、茶的生產、茶的沖泡方式之外，還談水。茶書中多會談水，這不稀奇，因為所飲之茶，其中百分之九十九都是水。傳統茶書談水的比例很重，《茶經》上就說：「其水，用山水上，江水中，井水下。」一點出水在飲茶活動中的重要。有些茶書，標題根本就是水，如唐代張又新寫的《煎茶水記》、宋代歐陽修寫的《大明水記》、明代田藝蘅的《煮泉小品》、徐獻忠的《水品》等等，可見水的重要。

古人對各地名泉，往往喜加品第，如無錫惠山泉，唐宋時多被品為「天下第二泉」，蘇州虎丘亦有泉，被品為「第三泉」，其餘議論紛紛，莫衷一是。至於天下第一泉在何處呢？依茶書所載，就更加神奇而有趣了。據張又新《煎茶水記》所記，揚子江南零段（今江蘇鎮江附近），江中會湧出一股泉水，此泉又名江心泉，為天下第一。據說此泉為陸羽所評定，該書記陸羽一次在揚州旅中，遇見當時赴湖州任所的李季卿，二人同行至南零，李派人挈瓶操舟至江心取泉，書中記此事頗為神妙，曰：

俄水至，陸（羽）以杓揚其水曰：「江則江矣，非南零者，似臨岸之水。」使（李所派取水之人）曰：「某櫂舟深入，見者累百，敢虛紿乎？」陸不言。既而傾諸盆，至半，陸遽止之，又以杓揚之曰：「自此南零者矣。」使蹶然大駭馳下曰：「某自南零齎至岸，舟蕩，覆半，懼甚尠，挹岸水增之。處士之鑒，神鑒也。其敢隱焉。」李與賓從，數十人皆大駭愕。

這段記錄誇張神話至極，可信與否，當然見仁見智。瓶中半置南零水半置岸邊水，放置一段時間後，竟然互不相混，這是不合常理之事，宋代陳振孫在他的《直齋書錄解題》中已直斥其妄，事實上，江心泉一湧出，即與江水混合，欲求純粹，斷無可能。當然《煎茶水記》所強調的是茶聖陸羽辨別泉水的能力，已到神妙境界，絕非常人所及，否則怎能算是「茶聖」呢？這個記錄，只是傳統「造神運動」的一部分罷了。

明清之際的張岱在他的《陶庵夢憶》中有段文字，記錄他早年在南京桃葉渡見閔汶水的故事。閔汶水是當時有名的品茶專家，時人稱其閔老子。張岱初嘗新茗於閔府，忽論及泉水，文中說：

余（張岱）問：「水何水？」曰：「惠泉。」余又曰：「莫紿余，惠泉走千里，水勞而圭角不動，何也？」汶水曰：「不復敢隱，其取惠水，必淘井，靜夜候新泉至，旋汲之，山石磊磊籍甕底，舟非風則勿行，故水不生磊。即尋常惠水，猶遜一頭地，況他水邪！」

這段文字可看出古人如何對待水了。淘井靜夜候新泉，汲泉以石籍甕底，以舟運水，非風則勿行，主要是使水在運送過程中，保持靜止、不受攪動，這樣才能作到「水不生磊」，泡開的茶湯，才能「圭角不動」，這段描寫，令人讀來糊裡糊塗的墮入神話境界，也就沒人管他什麼是「水不生磊」、什麼是「圭角不動」了。只知道張岱能體會茶水的些微差異，這證明他的味覺及嗅覺，已確實出神入化了。

我旅行在外，都會帶一小罐茶，一方面茶讓我隨時體嘗故鄉的滋味，一方面可以試試各地的水質，多年經驗告訴我，水能「發」出我帶的烏龍茶香的，必定是好水，而有好水的地方，往往值得留連。但很對不起，我跑過大陸各處，也跑過歐美一些地方，好像很少有一種水能真正讓我泡出我熟悉的茶的滋味的，真想泡茶只得買純淨的礦泉水或無雜質的蒸餾水，我才知道，茶雖然隨和，它的性格跟我一樣，是會「認生」的。

是不是世上最好的水，我不敢說，但臺北的自來水極適宜泡烏龍茶，是可以斷言的。每當旅行回家，不論晨昏，也不管是否疲倦，我會趕到廚房，旋開水龍頭，燒一小壺來自翡翠水庫的自來水，匆忙中就不講究了，直接把行囊所剩烏龍倒到馬克杯裡，用滾水沖泡起來。不一會兒醞蘊的氣味撲鼻而來，四周行李，一片狼藉，我隨便找個空處坐下，等茶稍涼，喝了一口。好長的旅行啊，茶的滋味，讓我覺得肉體終於安頓，靈魂開始清醒，而雙眼視線之所及，卻漸漸有些模糊起來。

明天會更好

民國七十四年也就是一九八五年，我正在淡江大學教書。那時的淡水一點還不繁華，是個有點寂靜的小鎮。學校在一個叫五虎崗的山坡上，面對的是淡水河與觀音山，後面靠著更高的大屯山，感覺很安全，學校航海館旁邊有一斜坡草坪，當時十幾層的商管大樓還沒蓋，坐在草坪上可以看到更遠的海，這裡學風自由，學生也清純可愛，我在淡江過了一段風高日暖的日子。

對我是好日子，對臺灣與世界就不能用「好」這一字來形容了，嚴格說來都有點大變來臨前的不安。臺灣戒嚴很久了，反對者抗議日亟，迫於壓力，好像不得不改，整體而言，秩序鬆動了，氣氛有點浮躁；大陸也傳出不穩的消息，不少地方有了杌陧之象，四年後終暴發了六四天安門事件。歐洲方面顯示將有更大變局，東、西德快要統一了，而捷克與斯洛伐克要分家，南斯拉夫亂事頻傳，分崩離析似乎是必然的，更重要的是自一九一七年建立的蘇維埃社會主義共和國聯邦，十幾個加盟國也意見不合的在鬧分手，幾年後，終於讓空前強大的蘇聯徹底解體了。

有的動亂正在醞釀，有的動亂正在發生，危機四伏，但久了，就覺察不出了。就在一九八五這年，非洲的衣索匹亞發生空前大饑荒，其實整個東非都陷入危機，這次饑荒引發了全球各地的人道救援活動，美國娛樂界組成 USA For Africa，推出合唱歌曲 *We Are the World*（我們就是世界），由紅極一時的如巴布・狄倫、史提夫・汪達、麥可・傑克森等率六十多位知名歌手共同演出，專輯版稅捐作賑災用途，迴響極為熱烈，也募得了鉅款，是一次成功的公益活動。當年十月，臺灣的羅大佑寫了首〈明天會更好〉，也用眾歌星輪唱的方式，推出後也轟動一時，不論從哪方面說，〈明〉歌受到 *We Are the World* 的影響，這是無庸置疑的。

〈明天會更好〉不是為賑災而寫，原先是為了團結音樂製造者為自己爭取音樂產權而作的，當時臺灣翻製唱片、盜印書籍十分氾濫，藝術與知識產權沒人顧。這首歌由許多歌手聯合接唱之後，快速火紅，成為臺灣校園民歌興起後最轟動歌曲，影響就不只在爭創作產權了。歌名令人聯想到是首讓人積極奮發的歌，可是後來有人問作曲者羅大佑，他說寫〈明天會更好〉，是每個人看到臺灣當時的處境，都覺得明天會更不好啊，可見歌中的「好」也有反意。他說的對也不對，臺灣的處境有壞的一面，也有好的一面，跟世界是一樣的，壞的一面令人不得不唱衰，但好的一面，也足以讓人覺得該好好的走下去。

歌詞的重心，大約是這幾句：「唱出你的熱情、伸出你雙手，讓我擁抱著你的夢，讓我擁有你真心的面孔；讓我們的笑容，充滿著青春的驕傲，為明天獻出虔誠的祈禱。」看得出有積極奮發的一面，其中「擁抱著你的夢」，又「擁有你真心的面孔」，這些句子都有點似是而非，也有點不通，但流行歌曲，是不很講究這方面的，也就別挑剔吧。

〈明天會更好〉不但風靡了當時的臺灣，也傳到香港跟大陸，同年香港的一個頒獎大會上，由許多歌星明星上臺接唱這首歌，當然已改成粵語唱出，竟也造成高潮，在YouTube上，可找到很多大陸的年度大型活動上在合唱這首歌的，而且經歷了二三十年迄未衰減。

兩年前（二〇一九）我在大陸開會，晚上幾位朋友來我旅館房中聊天，正聊到兩岸對峙與僵局的話題，一位激情的大陸學者說，要是「武統」的話，就免不了血流成河了。想不到房間電視正在播這首歌，對這首歌，大陸學者比我更熟，有一兩個竟跟著唱了起來，當他們唱到歌裡面「玉山白雪飄零，燃燒少年的心，使真情溶化成音符，傾訴遙遠的祝福」時，我說，我就住在這個有玉山的島上呀，你願意看到河裡流著我的血嗎？剛才發言的學者立刻改容說，周教授，真對不起。我當時覺得，假如更多大陸人唱這首歌，兩岸既存的鴻溝都會化為烏有的。

我再說另件事。今年四月底，新冠疫情在歐美已稍控制住了，但巴西、中南美與印度都還在肆虐之中，情況比之前還要嚴重許多。這時臺灣還是很安全的，一般活動都正常舉行，不久前中部幾縣市有媽祖出巡繞境的活動，動輒上萬人參加，不是也沒事嗎？一天我孫女以言跟她弟弟以立來我家，以言已小學六年級，今年六月要畢業了，弟弟二年級，他們在同一國小上學。

那天以言特別高興，說她跟幾個同學已被選定好要在學校畢業典禮上唱歌，我問她唱什麼，原來就是這首〈明天會更好〉。以言歌聲嘹亮又甜美，我想一定會唱得很好的，但想到這首歌很長，幾個同學上去唱，一定要分段來唱吧，問她唱的是哪一段呢？她說她要獨唱兩段，其中一段是「誰能不顧自己的家園，拋開記憶中的童年；誰能忍心看他昨日的憂愁，帶走我們的笑容」，另一段我忘了，當天她應我們要求，把要獨唱跟合唱的都唱了一次，家人聽了都拍手叫好，場面十分愉快。

但過了兩星期，到五月中旬，卻傳出不好的消息，臺灣原本和緩的疫情一下子轉劇了，學校被迫停課，所有活動都停頓下來，今年的畢業典禮也確定要取消了。我們分居兩地，為免感染危機，平日多以電話連絡，一天我問以言，畢業典禮取消了會不會失望，那首歌準備了兩個月卻不能上臺，不是很可惜嗎？想不到她竟淡淡的說還好啦，語氣倒像在安慰我。

這首歌的旋律，那幾天總縈繞在我腦際。我常想起，我們的「明天」，是不是會如歌詞裡說的「更好」呢？

這該先確定更好的含意。好與壞是對應的名詞，沒有壞就沒有好，就跟光明與黑暗一樣，如果人一直處在光明之中，從未經歷過黑暗，就不知道光明的意義，便也不知道光明的「好」了。有人說這次新冠流行跟目前極端氣候都是大自然對我們發出的警告，要我們不要貪婪，要更加謙虛，我覺得這說法很好。人類一向妄自尊大，以為任何事都可以由我們操控，想不到這次碰到小小的病毒，整個世界就慌了，弄到全球的人一時之間都不知所措。

只是警告而已，要是我們不好好反省改過，更大的災禍可能接踵而來。我們把地球視為己有，卻從未好好的對待過他，又把地上地下的資源開採殆盡，不要說不留給其他生物使用，甚至還要債留子孫，這就是自私與貪婪，現在的警告，不是來得恰是時候嗎？以言小時候曾問我，她說老師說我們是炎黃子孫，炎黃是公公你嗎？我說不是，炎黃是更早的人，她問那炎黃有沒有公公呢？這話問倒我了。是的，炎黃之前還有炎黃的，人類最早的炎黃，應該是十幾億年前潮間帶的微生物吧。所有的生物，都源於一樣的祖先，這事實告訴我們，地球不單單是人類的，而是所有生物所共有的，生物間相互依存，也就要彼此尊重。

以言小學畢業了，她人生的前景跟她的新書一樣，將一頁頁的在她面前展開。她的畢業典禮取消了，她跟同學不能站到臺上唱〈明天會更好〉，對她們而言是個損失，但這小損失並無大礙，她們的明天是否能變得「更好」，這才是主要的問題，而解決這問題，你我都有責任。

一時的壞，不見得必定終究壞，反之亦然。假以時日，再糟的疫情，也應會逐漸平復的，人要懂得不再汙染環境，海平面不會不斷上升了，氣候也可能回到正常。但到時大自然的警示與危機不會真的斷絕，處處都在考驗我們的智慧。好的科技可以改變生活，讓人祛病延年，然而這不是人生的究竟，人還需有更高的素養，包括品德與美學的歷練，要痌瘝在抱的把所得的善，普施到眾人眾物，這樣才能創造更好的未來，到此境界，人類的明天才可能「更好」。

所以只要是人類，都還要更努力。

士兵的故事

作曲家史特拉文斯基一九一八年寫《士兵的故事》（Igor F. Stravinsky,1882-1971: *L'Histoire du Soldat*），是個荒唐的沒有什麼「正面」意義的舞臺劇，全劇只四個演員，包括一個主角士兵，一個魔鬼，一個貫穿全劇擔任說故事角色的敘事者（Narrator），還有一個公主，公主在劇中只負責舞蹈，沒有說話，發聲的除敘事者之外，只有士兵與魔鬼兩人，都是男聲，顯得有點單調。

伴奏的樂團也很簡單，弦樂只要一把小提琴與一把低音大提琴，銅管有小號與長號，木管有低音管（巴頌管）與單簧管，再加上一個可打大、小鼓的鼓手就成了，一共七人演奏七種樂器，演出時也可看狀況決定加幾把同樣的樂器，譬如將弦樂編組擴大些，樂團編制可伸縮，是很自由的。音樂有強烈爵士風格，帶著即興的味道，曲風有點像他為單簧管與鋼琴、管樂寫的一首名叫《黑檀木協奏曲》（*Ebony Concerto*），黑檀木指單簧管，也有人叫它黑管。

故事寫一個士兵休假，要回鄉探視未婚妻，路上無聊，便坐在河邊拉小提琴，有魔鬼聞聲而至，願以手中的魔法書與士兵交換小提琴，士兵答應了，並糊裡糊塗的跟魔鬼到他家住了三天，可見士兵是個沒心眼的人。想不到鬼界的三天是人間的三年，士兵回家，未婚妻已跟人結婚且生子了。士兵十分失望，後來卻用魔法書中的魔法成了富翁，但他不覺快樂，過了些時候他想出門冒險。有天來到一處，聽說這地方的公主生病了，不吃不喝的，士兵打算去碰運氣，看看能否能救她，心想要是救好她，也許可娶她為妻呢。在去的路上遇到之前魔鬼，碰巧魔鬼也有相同的想法，士兵跟他賭牌，竟把原先失去的小提琴贏了回來。士兵搶先一步見到公主，用贏回的小提琴演奏了幾首曲子，公主跟著跳舞，病終於也好了，公主抱著士兵，兩人欣喜若狂。魔鬼看到後嫉妒又生氣，詛咒士兵不能離開此地，但士兵想念故鄉，還是決意要走，一天帶公主出境，剛走出界就被魔鬼俘虜，故事的結尾是魔鬼宣告勝利了。

這個故事有點荒誕，說它童話（fairy tales）也不是，因為結局不美麗也不「公平」，代表邪惡的魔鬼勝了，當然不公平，至少在一般人的觀念裡。但與我們熟悉的世事相較，也不見得完全是錯了，世上確實也有不少好人失敗壞人得志的事，不然便不會有司馬遷

「天之報施善人何如也」的喟歎了。

另一個士兵的故事來自黑澤明的電影《夢》，這個故事比史特拉文斯基的要短，卻深沉些，是描寫日軍一個名叫川野的低階軍官，戰後回鄉路上碰到的事。

一身疲憊的川野走向一條長又黑的隧道，一條狗跑來對他狂吠，細看也是條軍犬，身上還綁著手榴彈呢，他不理狗，繼續往隧道深處走，走了好久終於走出，遠處有燈光明滅，該很快到家了，他想。不久他聽到後面的隧道有人聲，回頭一看，是個臉上塗著白灰的士兵，士兵穿著全套軍服，頭上戴著鋼盔，背著步槍，原來是他部隊之前的一個下屬，名叫澤川，其實已經戰死了，卻也要跟著他一同回鄉呢。

士兵說：「川野長官，您確定我死了嗎？我要回家，我娘做好了飯菜等我呢。」

川野說：「澤川弟兄，你死了，你說的是你死前作的夢啊。你是在我懷中嚥氣的，這夢你對我說過，你真的死了。」

士兵說：「真的嗎？但我爹我娘都不相信我死了呀，」他指著前方說：「前面不遠，就是我家了。」

川野說：「但我很抱歉，你真的死了啊！」

士兵無奈，知道自己確實死了，朝遠處的家看了很久，心想算了吧，便沉痛的對軍官行了個軍禮，憂傷的朝山洞走回。士兵走後不久，又整整一隊灰面的士兵陣容浩大的從山洞列隊走出，跟澤川同樣的裝扮，領頭的士官向川野揮刀行軍禮，大聲報告說：

「報告長官，第三小隊全隊無傷亡。請指示。」其實這隊軍人也全戰死了。

川野看著他們無限激動，說：「大家聽著，我知道你們一定難過，但得告訴你們真相，你們是再也活不過來的了，你們陣亡了！全都死了，無一生還。」

停了一下，川野繼續說：「我很抱歉，我該跟你們一起死的，但我被俘虜，沒有死成。我沒臉見你們，是我犯了錯，造成你們這樣，但戰爭由不得我們不犯錯，這是命運，你們回去吧。」部隊依舊站立不動，要聽他訓話，他說：「我雖活著，跟狗也沒什麼兩樣！你們就請一起，都回去吧。」

僵了很久，川野只好下令，他整頓了一下上衣，頓足大聲喊道：「第三小隊，全體聽令，向後——轉，齊步——走！」部隊聽令向後轉，整齊的走入山洞，故事到此便停了。

不同的兩個故事，先來談史特拉文斯基的。史特拉文斯基為何要寫這個音樂劇，他的藝術動機或哲學動機是什麼，恐怕都有些謎的成分吧。但我想他主要目的是在唱反調，在樂曲結構上，他故意不走傳統音樂的老路，把音樂上的層層格式拋了，而採用更自由更隨意甚至有點下里巴人的曲風。至於哲學方面，他讓結局跌破大家的眼鏡，違反善有善報的傳統倫理觀念，恐怕也是在唱反調吧。史特拉文斯基創作音樂，總想另闢蹊徑，在他同時，是有很多人反對的，認為他把音樂帶到絕境，而他不為所動，繼續走他以不守格律為格律的路，而想不到峰迴路轉，路也給他走出來了，二十世紀的音樂，很少不受他革命性的啟發的。

史特拉文斯基故事中的士兵是個很一般的人，有點貪婪，有點自以為是，也勇於嘗試，但劇中的他，總敵不過魔鬼的擺布，魔鬼雖然也失敗過（一次是把之前贏來的小提琴輸了），但最後還是獲勝的一方，可見之前的失敗，也可能是他的「布局」。至於公主，就更無足輕重了，她病了好了都不由自主，她的愛與喜悅，也都短暫又更不可靠的。然而放開點看，劇中的魔鬼也可用「命運」或「天」這個字取代的，老子說過：「天地不仁，以萬物為芻狗」，《史記》描寫淮陰侯韓信在宮中被呂后所殺，臨死說：「吾悔不用蒯通之計，乃為兒女子所詐，豈非天哉」，其中的「天地」或「天」指的都是命運，而主持命運的，也不見得必然是方正之士。因此人要知道，不論我們多得意，總有主持命運的神或鬼在一旁窺視著，他要是設局，人逃得過嗎？

至於黑澤明的電影，可說的就更多了。他的士兵故事，主題在反戰，除此之外也談到宿命，他並沒談善惡報應的事。電影的主題是回家，活著的軍官和死去的士兵，不論遭遇過什麼，心中所想都是回家。你可說活著的人想回家，而死去的人想要的是落葉歸根吧，其實兩者是一樣的，人有時會植物化的，尤其在脆弱的時候，家不就是植物的根嗎？回家既是人的宿命，任誰也無法逃，但回得了回不了，不全操控在自己。

軍官說自己活著不如一條狗，寧願死卻沒死成，士兵都想活，但都死了，這一切，自己都做不得主的。軍官說：「戰爭由不得我們不犯錯，這是命運」。戰爭當然是錯了，被迫參戰的人由不得也犯了錯，但這些層層疊疊又錯綜複雜的錯，要算責任的話，也不該由電影中的軍官或士兵來擔吧，誰都知道，人的頭頂上有個冷冷的眼神在主司著一切的。

電影的結局，只剩下軍官無神獨立在洞口，其實沒了士兵，軍官也失去了意義。天黑得可怕，但明滅的燈光外，好像還看得到一點星光，是不是表示，我們人類還有點希望存在呢？答案誰也不敢說，山洞口一切都像魅影般，不是那麼可靠，我們所對的世界，其實也完全一樣。

人能掌握的東西是很少甚至沒有的，我們堅信的必然並不存在，腦中一條極細的神經稍稍錯置，人就可能從動物變成植物，一點點荷爾蒙的分泌與停止，都可以改變一人的性情與舉止，其他的轉變還很多，與善惡無關，卻都讓人適應困難。類似的困局，已死的士兵，未死的軍官都得面對。改變也不只是個人的事，看似真實固定且龐大的世界，也在不停的變著的，不是正在發生氣候變遷、海平面上升的事嗎？一切都不那麼可靠，世界的消失，可能發生得突然，也許並不必然要等到太陽變成紅巨星把我們的地球吞噬的那一天。

誰在掌控，誰該負責，沒人真正知道。我想起波蘭詩人米沃什（Czesław Miłosz,1911-2004）有一首名叫〈關於世界終結的一首歌〉的詩，詩中寫道：

在世界終結的那天，
一隻蜜蜂圍著一棵紅花草盤旋，
一個漁夫縫補一面微光閃爍的網。
快樂的海豚在海中跳躍，
排水口邊小麻雀在玩耍，
蛇像往常一樣皮膚金黃。

……
只要太陽和月亮還在頭上，
只要蜜蜂拜訪一朵玫瑰，
只要玫瑰色的嬰兒在誕生，
無人相信世界正在終結。

這首詩有點讓人不寒而慄，是因為他說「無人相信世界正在終結」，意思是說，就在這非常寧靜、無限安好甚至嬰兒在誕生的一刻，生命所依的世界就真的要停止且消失了。

但從另個角度來看，這樣的終結也並不算太壞，跟自己的孩子道別是困難的，尤其跟還在襁褓中的孩子，還有，這樣的終結也比人間措手不及的失戀要好，因為他再也沒機會把此後長長的時間，浪費在令人疲憊的追惜之中了。

拉克勞的收割

在梵谷眾多作品中，我印象最深又最熟悉的是一幅名叫〈拉克勞的收割〉（*Harvest at La Crau*），我在我之前寫的《同學少年》中的一篇叫〈梵谷之路〉的文章提過了，現在想再來談談。

梵谷（Vincent van Gogh,1853-1890）出身荷蘭，他對貧窮的煤礦工人十分同情，原想做新教牧師，要進神學院但幾次都沒考上，在教會幫忙時又與其他教士不合，終於讓他改變人生方向，他從二十七歲起開始習繪畫，就一直畫了下去，他認真的畫了十年，其實也因無路可走，就成為專業畫家了。由一般人看，十年很短，但對梵谷而言卻很長，因為他只活了三十七歲。他年輕時在荷蘭、比利時跟英國都待過，他後來到巴黎，跟當時流行的印象派（Impressionism）畫家們包括高更等認識，受到衝擊與影響很大，他早期的畫偏向幽暗，用色以黑與灰為主，主題描寫困苦低層人們的生活，〈食芋人〉（*The*

Potato Eaters）是代表作。到巴黎後他眼界大開，領悟漸多，畫風也因而大變，題材增多了不說，用色也一反常態的變得明亮大膽且多層次，筆觸則一仍舊緒，以粗獷豪邁的居多。

他大部分是畫風景，也有不少人像的畫作，因窮請不起模特兒，他的人物畫多以畫自己為主。他「晚年」有好幾幅右耳包著紗布的自畫像，是他跟高更鬧意見，情急之下把自己割傷了，其實他受傷的是左耳，因為鏡子裡的影像相反，畫裡卻成了右耳了。梵谷有強烈的自閉傾向，他除了一個弟弟之外，來往的親人朋友都少，他不善與人溝通，包括感情，我記得早年讀過一本寫他的傳記叫《生之慾》（*Lust for Life*）的，書中寫他愛上一個女子，女的不理他，他竟然當著女的面用蠟燭燒自己的手掌，他不善處理生活與感情的事，往往把原本已僵的事弄得更僵，他跟弟弟的感情也一樣，常形成僵局。他被斷定有憂鬱症，常會變得躁鬱，他後來到巴黎以南，最遠到過地中海附近的亞爾（Arles），所畫的風景畫裡都有無盡的陽光，夜晚則星空萬里，他想藉陽光與高朗的晴空來治療自己，但效果不彰。他曾被居民強拉進精神病院，但病一直沒有治好，一天他在巴黎附近一個名叫歐維爾（Auvers-sur-Oise）的麥田裡畫完最後一幅畫時舉槍自殺，那幅畫就是有名的〈麥田群鴉〉（*Wheatfield with Crows*），自殺後一時未死，他還能

梵谷一八八九年所繪〈自畫像：包紮過的耳朵和菸斗〉（*Self-Portrait with Bandaged Ear and Pipe*）。

踉蹌自己回到所租的房間，他有點後悔自己莽撞，心想也許會像去年割耳朵一樣，會慢慢好吧，但這次傷及內臟，鄉下沒有好醫生，隔了兩天終於因感染而死在房間。

梵谷的一生很少舒坦過，他的畫也反映了這個事實，多是緊張又有壓力的，譬如跟〈拉克勞的收割〉同一時期，他畫了幾幅以絲杉為主的風景畫，他畫中的絲杉不像一般人畫的，總像在燃燒一樣，天空線條也扭曲得厲害，整幅畫見得到壓力，可見他內心糾結與衝突得厲害。基本上言，梵谷內心的衝突顯示他對生命極有企圖，想盡一切辦法要去挑戰命運、「衝決網羅」（譚嗣同語），不管成功了沒，他都高傲又不屈服，力道十分遒勁，跟貝多芬的交響曲一樣。與同屬後期印象派也是朋友的高更來比，高更的筆觸也同樣剛健，然而高更比較懂得應付世界些，有時會有點油滑甚至媚俗的成分，梵谷從來就沒油滑過，當然更不媚俗，無論繪畫與做人都沒有，他的藝術比其他人更原始且粗糙，但絕對是從生命本色來的，這點無庸置疑。不過〈拉克勞的收割〉所表現的卻不同，雖然與畫絲杉的時間接近，這幅畫所展現的平和與寧靜是在其他畫中所罕見的，可能梵谷的內心同時存在著兩個世界，拉克勞的世界更是他所渴望的。

我跟這幅畫之結緣全是偶然。我少年到青年時代，曾過過貧窮的日子，我讀高一時正是一九五八年，因故搬到我姊姊眷村一家廢棄的廚房安身，睡的是一張很小的單人竹

有絲杉的〈星夜〉（*The Starry Night*），畫於一八八九年。

梵谷的〈拉克勞的收割〉（*Harvest at La Crau*），畫於一八八八年。

床，翻身時會則則作響，廚房有張竹桌，桌面由木板拼成，木板有部分翹起，不利使用。一天我撿到一大塊破了的玻璃，請玻璃行的人幫我修成一長方塊，拿來當桌墊使用。我又找到一張印有梵谷畫的舊月曆，就是前面說的〈拉克勞的收割〉那張，將它裁下來壓在玻璃下，目的在填充空白，沒有特別用意。但從此直到我高中畢業，共有兩年半或者更久，我幾乎天天面對這幅畫，有時沉思，有時只是看著它什麼也不想，我敢說我對這張畫熟悉的程度，要比畫這幅畫的梵谷還深了。

這幅畫有遠山，但山不高峻，天空藍白相混，看得出有雲，但淡淡的沒有梵谷慣常的緊張線條，畫中散落了三棟紅瓦白牆的農舍，右邊一處農舍前有馬車在裝貨，這臺馬車平行的左方，田間路上有臺馬車在往右疾馳。畫的中央左側有座金字塔型的麥草堆，有農人在用梯子堆草，中央有臺空著的馬車，更右有副卸下的馬車前輪，中央下方的是幾行短籬，短籬之間有灌木，灌木一側還有農婦，除此之外，整幅畫就是阡陌縱橫的麥田了，有的已收割，有的未曾，大地黃澄澄的一片。

我已讀高中，去童年漸久，已會為自己與時代擔憂了，高一剛開學，金門就發生了八二三砲戰，我們都意識到自己兵凶戰危的處境，看著這幅畫，心想如重回童年跟同伴遊蕩，這兒該是多好的遊戲場地啊，處處都可躲藏，處處都有驚喜，玩累了有草堆可躺，覺得太晒了，空著的馬車下有陰影……，這幅畫讓我有處可逃，也讓我重拾了久失的童心。

我大學畢業後有機會讀了點有關歐洲藝術史的書，由於我熟悉〈拉克勞的收割〉，也連帶也看了些未曾看過的他的畫。我因閱讀而知道與他同時的在歐洲興起的偉大的藝術運動，那就是「印象派」，印象派重要畫家有塞尚、羅得列克、雷諾瓦、竇加、高更與梵谷等人，這個畫派起源很早，到十九二十世紀之交，它極為昌盛，幾乎成了藝術世界「家族樹」（family tree）的主幹。印象派最講究光與色彩的結構，跟之前的傳統有承襲也有改革，而改革的部分居多，所以可視為一種革命，二十世紀之後興起的立體派、野獸派莫不取養於它，都與它關係密切。

我讀了不少此類的書，也看過許多有關的畫冊，時而自覺開通，時而自覺困惑，我發覺這些「外緣」的知識雖有助於我了解藝術，卻也知道藝術的真相不能全靠知識，好的藝術發自藝術家的心靈，藝術家的心靈不見得能由知識盡數籠罩。欣賞像塞尚或竇加一樣比較理性的畫家，甚至包括雷諾瓦，理論很重要，但欣賞羅得列克或梵谷，純用知識是不行的，因為他們的作品常有例外出現。梵谷的感情起伏太大了，連他自己都無法掌握，面對他的作品，理性的分析不只無用，有時甚至根本是錯的。要真正了解梵谷最終的作品，你非要在你生命之途，曾想過死、尋過死卻沒有死成，你的心靈殘破有待修補，你沮喪至極，一天一天的虛度日子，一天不小心，你待修心靈一截外露的電線跟梵谷畫中的「閃電」訊號相觸，你開始懂了（也許才一些，但已足夠），你恍然知道他在畫中尋求平靜的原因，也才知道他為什麼畫〈拉克勞的收割〉這幅畫，這跟你聽完貝多芬第七號交響曲裡大量描述死亡，再聽到他第九號交響曲終曲，你才知道貝多芬藝術的真相一樣。

強大的藝術給你激勵，但有時也會給你毀滅。記得早之前看過一部電影叫《將軍之夜》，是由彼得奧圖與奧馬雪瑞夫合演的，電影描寫二次大戰將結束時一位納粹將軍的故事，這位將軍素有潔癖且患有人格分裂的疾病，故事中的他涉嫌殺害了一名妓女，被軍中負責檢查業務的軍官追查，發現類似的故事之前在他身上已發生不只一次了，原來他是個累犯。他殺害妓女的主因是他性無能，他預期妓女會訕笑他，因而在事前就行兇，故事十分跌宕，讓我記憶最深的是這位將軍在幾次行兇之前，都會獨自面對梵谷的一幅自畫像獰笑又顫抖不已，是否暗示梵谷充滿神經質的畫暗藏有殺機呢，這點我無法斷定，但知道藝術的解釋多途，而最強有力的事件後面都常帶有危機存在的。

我跟這幅畫的遭遇還令我想起一些有關果報的問題。我沒有宗教信仰，對宗教常說

《將軍之夜》（*The Night of the Generals*），一九六七年。

的不太愛去談它，我寧願相信善有善報是好的事，人在經過努力後得到好的結果，不是很應該的嗎？我也想起朱子在注《大學》時寫過一種很特殊的經驗，他說：「至於用力之久，而一旦豁然貫通焉，則眾物之表裏精粗無不到，而吾心之全體大用無不明矣。」朱子所說是閱讀的經驗也是一種人生的經驗，從「用力之久」，到「一旦豁然貫通」，這不是所有認真的讀書人所祈求的果報嗎？果報論鼓勵人「向善」，所以有積極的一面。但人生有太多的起浮變化，真實的人生不見得全照我們期許來做的，我越老越明白，十年或更久的苦讀，讀書人對書中的道理也不見得必然會「豁然貫通」的，世上的寒士總比狀元郎要多，從朱子「用力之久」的角度看，你能說那些寒士在讀書上用力不夠久嗎？

說岔了，回到主題，我再來說點有關梵谷的事。據傳梵谷生前只賣出過一幅畫，而死後他才被肯定，記得尼采曾說過：「我的時代還沒到來；有人死後方生。」他是尼采所說的那類人。梵谷死在一八九〇年，一九九〇年他逝世一百周年，荷蘭阿姆斯特丹的梵谷美術館幫他辦了個特展，這個特展把散在全世界各處最重要的梵谷作品都搜羅過來了，造成世界「梵迷」的轟動，應各界要求，這項特展又持續展出了一年。一九九一年十月，我隨著一群朋友旅行捷克布拉格，朋友回臺後我一人又經德勒斯登到萊比錫，訪問嚮往已久的巴哈遺跡。回程經布拉格到阿姆斯特丹，我特別空出一天用來參觀梵谷美術館。雖然梵谷特展已一年多了，參觀的人仍人山人海，梵谷美術館比起附近的荷蘭皇家博物館與荷蘭現代美術館要小得多，但管制嚴格，不准攝影，我的相機也在櫃臺被強制留下。參觀的人以當地人與歐美人居多，他們身材高大，展廳相對狹隘，我擠於其間，感覺非常不舒服，當然所展的東西都看到了，多數是在人隙中探頭踮足勉強看到的，看梵谷的真跡，當然值得那麼做，但過程確實疲憊不堪又無趣極了。

我因疲憊，經過一條少人的走廊，打算到廊底的窗邊休息，不料就在這條少人走的走廊上，我從茫然到驚醒又再度陷入茫然，我竟看到梵谷的〈拉克勞的收割〉好端端的掛在牆上，它像我的老友一般善意站在我面前，完全出乎我的意料，整個故事又好像是刻意安排的騙局，我必須如張岱一般的自囓其臂的說，「莫是夢否？」等我稍清醒後才發現，這幅畫被一個棕色帶一點棗紅的畫框框著，我從未看過它被畫框框著的樣子，要說這幅畫的內容，我就太熟悉了，也就無須再細說，還有跟我習慣看到的不同的在於，我之前看到的是印刷品，在真畫上我看得出灌木與籬笆上的筆觸，有些還留著些未溶盡的色粒與色塊，我面前的真跡顯得更為立體。

尼采又說過：「最好的作家，是那種羞於成為作家的人」，梵谷被命運選擇為畫家，卻無疑是一個羞於成為一般畫家的人，他太不合時宜，也有太多不合於美學標準的作品了。奇怪的是我面對這幅「真的」〈拉克勞的收割〉的時候，幾乎沒有一個人經過我左右，四周顯得空曠與寧靜，才知道我進美術館之後的壅塞與壓迫感，原來是為這次紓壓在預作準備。我站在畫前也許有七八分鐘之久，但在我而言，好像有一整年那麼長，那時我從緊繃到放鬆，到聽得到自己舒緩之後的心跳聲，我也感覺我的人生，似乎在畫前面重新倒帶過一次，包括我的童年與青年，也包括我的當時與後來。當然不能與梵谷比，他的一生蹇迫，結局也很驚悚，而我的則相對平凡，但不管我的人生再平凡，得與失、暢快與沉痛的事也都曾有過的。判斷藝術的好壞很難，除客觀知識之外，還得看它跟你

一八八九年四月梵谷所畫〈在亞爾的臥室〉（*La Chambre à coucher*）。

生命的契合的程度，我不敢說梵谷最契合我，只是我知道我曾死過多次，但發現有好多次是在梵谷畫的前面，我又重新活了過來。

二〇一一年八月十一日，女兒在巴黎南方Auvers-sur-Oise梵谷最後居室所照，高危的木製樓梯通向房間，房中只剩椅子一張，狀況很像他在Arles時所畫的居室。女兒也許受我影響吧，也很喜歡梵谷的畫作。

達利與我

我因小友趙小斌先生傳來他寫的《薩爾瓦多・達利：怪奇夢境與永恆記憶》一文而想起達利。趙先生用「怪奇夢境」一詞形容達利是很恰當的，超現實主義的畫家最喜歡描寫的風景就是夢境，夏卡爾當然是，米羅其實也是，只不過米羅常把夢境化成抽象的符號，讓人不太意會出來。達利很少用抽象的手法，他精於素描，以準確的光影與透視取勝，連小地方也刻畫入微，他的勝境全在他獨創的想像或夢境，而且多是驚險又令人害怕的噩夢。在談達利的繪畫之前，先談些別的。

四十多年前，我還在中學教書，承一位長輩之命，要我在當時一家報紙寫有關藝術的報導與評論，我一直對藝術關心，也自覺對藝術有些看法，所以答應一試。我有個朋友也是學校的同事名叫沙究，沙究本身是小說家，也對西洋藝術史中的超現實主義有興趣，便找他合作，我們除了經常討論外，也找了不少有關的書與畫冊來看，那時候臺灣可看的書不多，超現實主義雖怪，而在藝術市場並不起眼，注意的人很少。

市面可看到一些有關西洋美術的畫冊，大都是日本一家名叫「河出」出版社（名字應是從《繫辭》「河出圖，洛出書，聖人則之」得來）出的。十九世紀末到二十世紀初，藝術世界的掌門是「印象派」，曾喧騰一時，被認為是西方藝術「家族樹」的主幹。事實是二十世紀之後，印象派本身已分化了，又不斷有新的派別建立，那時的歐洲藝壇是非常多元與繽紛的，我們東方因道路遙遠，聲聞不達，影響我們的還是半世紀之前的舊知識。

「河出」也出了幾本有關超現實主義畫家的畫冊，其中就有達利、夏卡爾和米羅的，我們不通日文，幸好看畫也可明白大半。我與沙究用了其中的一些畫片，再加上平時閱讀經驗，還憑了點不知何處來的勇氣，寫了幾篇「介紹」超現實主義作品的文章，文章當然不成熟，現在再看，一定羞愧無比的，但報社領導很興奮，報紙用新買的高斯（Goss）彩色印刷機印出，被稱為「圖文並茂」，讀者反應還不錯。

我當時曾對另一位德國的超現實畫家馬克思‧恩斯特（Max Ernst, 1891-1976）也有興趣，他名氣比不上米羅、夏卡爾，而我覺得他的畫更為厚實，他的作品介於抽象與寫實之間，含意比較陰沉，用色也偏灰暗，大約他的人生觀比較悲觀，跟我一生某一時期的感受接近吧，我覺得他的作品比起別人的更有味道，也更「耐看」些，便連續寫了兩篇有關恩斯特的文章。但報社主編有點外行，抱怨我們不介紹比較明亮又熱門的作品，還說像這樣醜的畫不能算美術，何必去寫它呢，我聽了有點火大，一氣之下，就決定不寫了。

但因這次經歷，也讓我對超現實派大將達利（Salvador Dalí,1904-1989）熟悉起來，能搜到的資料，大多看了。我後來到臺大研究所進修，寫論文因要參考故宮的善本書，申請了故宮圖書館的閱覽證，常到裡面看書並查考資料。我論文寫的是明代思想與文學，參考的當然是故宮有名的明、清文獻，檢索之餘，也常徘徊在館中其他藝術書籍的收藏之中。故宮是世界級的博物館，跟其他「同行」常交換出版品，因此館中藏有許多國外博物館、美術館所贈的畫冊，內容豐富之外，印刷裝幀都極其考究。當時故宮圖書館很少有人利用，我去時，館中往往只我一人，幽靜又冷氣足，館內有不少超現實主義的圖書，當然包括達利的，我自然也看了，自覺進益不少。

我覺得美術界的超現實主義，是跟二十世紀心理學領域的開展與發現有關連的，與佛洛依德發表的《夢的解析》（Sigmund Freud,1856-1939:*Die Traumdeutung*）關係尤為密切。佛洛依德認為人的潛意識（unconscious mind 或 subconscious）往往比外表所見更為重要，超現實所描寫的，大多是人潛意識裡的東西，現象世界不可能的事，在潛意識裡是完全可能的。另位心理學大師榮格（Carl Gustav Jung,1875-1961）也解說過潛意識，曾說：「潛意識是未曾付諸文字的人類洪荒史」，說明了它的普遍性與原始性，超現實主義，讓原本許多不可能的變成可能。譬如同屬超現實的夏卡爾，他在一幅畫中畫了頭乳牛，而天空竟然出現了個天使，這在傳統畫中，不論是否為印象派，都是從未見到過的場面，類似的景象在超現實主義的畫作中，卻可以常常見到。潛意識世界的物可以重疊，可以分化，人當然也可以，夏卡爾戀愛中的男女，男的好端端的在地上站著，而被他牽著手的女的竟飛上天去了，這跟馬奎斯小說裡描寫的魔幻場景有點類似。達利畫中燃燒的長頸鹿，在石上或枯樹幹上融化了時鐘、腿如細柴的大象，背上卻承載著一座城堡，還有被螞蟻蛀食的人的雕像，這些都是他們特殊的夢境或潛意識之所見，只是夏卡爾的夢境比較「優美」，而達利的比較驚險。

我一開始對達利不很認同，總認為他是個喜歡搞怪的畫家，這跟他老愛撚著細又長的八字鬍，逢人就擠眉弄眼是一樣的，再加上他對市場很敏感，作品雖有獨創性，但他的怪異也有迎合時尚的成分，所以之前我對他的尊敬總有點保留。一次我有機會到美國探視在馬里蘭讀書的女兒，馬里蘭大學就在美國首都華盛頓特區的旁邊，因此我可常去參訪華盛頓的各家博物館或美術館。華盛頓有許多很好的博物館與美術館，收藏豐富不說，建築也考究堂皇，有一共同特色是門票全免。美國國會邊上有家宏偉的國家畫廊，國家畫廊分東西兩棟，西邊的是羅馬式的，東邊是新式建築，因所用的石塊是同一色調，所以並不突兀，東西館之間有半潛式走道相聯，這東廳是由華人設計師貝聿銘設計的，所以特別值得一看。

畫廊東館一二樓之間的穿堂上，掛著一幅巨大的達利的《最後晚餐聖禮圖》（*The Sacrament of the Last Supper*），這幅畫放在人來人往的位置，令人不得不注意，我初看就被它強大的氣場給鎮懾住了。說起這個主題的畫作，在西方可說多到不勝枚舉，達文奇就有同名的作品，達利當然有效法達文奇之意，我之前雖在畫冊看過，也沒太注意，但在真跡前面，才知道他與傳統的畫作是大相逕庭的。他畫中中間的耶穌在比著手勢，彷彿在說話，耶穌的面容也跟一般習知的不同，但因所居位置，誰都知道他就是耶穌，十二門徒都身著白袍，跪在桌四周在低頭聽訓或祈禱，完全不見面孔，長桌上除兩條麵包之外，只耶穌前面一杯水，其他都空著的，不似一般晚餐的景象。耶穌後方有幾個拼在一起的多角窗，有點像二次大戰時轟炸機的前窗，大量的光從窗外射入，窗的上方，一個巨大且有點透明的半身赤裸的男體張開手臂，看他身上細節，更像凡人不像天使。

達利此畫雖是炒冷飯，他卻把超現實的意象與所冀圖的全帶進畫裡了，所以是創新的，這幅畫有虔敬成分，也帶著一點不很虔敬甚至有顛覆意味，都很特殊，他至少把一般的陳腔濫調給排除了。他的這幅畫，比其他人所畫的，引起我更多的沉思。

我在之前就很喜歡達利「軟鐘」（又叫「融化了時鐘」）系列的作品，大約達利自己也很喜歡，同樣主題畫了許多，我喜歡的原因是這畫所提示的觀念很豐富，能觸發許多想像。時鐘是記錄時間的器具，融化了、變形了的時鐘還會再「走」嗎？如果還在走，它所計算的時間，是否也因時鐘的扭曲而「扭曲」了呢？要是時鐘不能走了，表示時間也得停了，假如時間可以改變或停止的話，孔子說的「逝者如斯夫，不舍晝夜」，是否也該重新定義呢？

也許只是畫家的錯覺，超現實主義的畫家讓他們心中的錯覺呈現出來，我們則因他的錯覺而想到平時不曾想到的事，譬如什麼是開始什麼是結束，什麼是永恆什麼是暫時，還有延續與終止之間夾雜著的諸多問題。持四維度空間觀的人（如愛因斯坦）常把時間當成另一維度的空間來看，要是時間可以停止，維度與空間的觀念也隨著改變，這是攸關我們生死甚至比生死更大的問題，超現實主義讓我們意識到生存或消亡的意義不見得是單層的。

同屬超現實的米羅的抽象畫也可如是觀，他的潛意識觀察法是把所畫之物極力的擴大或縮小，之前有人稱天體是大宇宙，稱人體為小宇宙，其實有比小宇宙有更小的，我們可叫它「迷你」或「微奈米」宇宙。把頭皮屑用顯微鏡放大，可以看到我們從未看到的色塊與線條，你不能說你頭皮屑不是你自己，眼睛鼻子才是，所以也不能說達文奇畫的蒙娜麗莎才是蒙娜麗莎，米羅畫的不是，米羅透過他潛意識看到的蒙娜麗莎當然也是蒙娜麗莎，只不過與我們習以為常的蒙娜麗莎不像，這是超現實主義神奇又有點弔詭的地方。

超現實主義所談不見得準確，他們的表現也不忌誇張，畫中表現的往往不是一般人見到的事實，或是跟我們見到的事實有段距離，但他們所涉的，有時是有關生命的意義層面的事，這些事常令人理不出頭緒，但思想的目的不僅在理出頭緒，豐富與紛亂有時也算是。

再說點別的吧。二〇一八年，大陸某家有名出版社要出版我之前在臺灣出過的《有的記得，有的忘了》一書，二〇一三他們的「理想國」曾幫我出過《家族合照》，書的設計與編排都令我滿意，所以我們之間是有過愉快的合作經驗的。《有的記得，有的忘了》最後已到設計封面的階段，設計家很認真，據說他熟讀了我的書，設計了兩款請我挑選，一是以落葉為圖案，紙上幾片剪影的落葉，各具姿態，另款取材達利的畫，一是雲，一是「軟鐘」。兩種設計都簡單高雅，落葉的兩式以磚紅為底色，取材達利的以灰色為底色，我偏愛達利的那款，雖稍嫌低暗了，但覺得跟書的調性更切合些，因為書中所記，不論該「記得」或該「忘了」的，莫不都與時間有關。

設計師並不知道，我選擇它還有個個人的理由，就是幾乎半個世紀以來，達利的那個包含著夢魇恐懼與極富暗示性的扭曲圖示，從未在我腦中真正離去過。我常意識到，我們習慣的世界不會永遠如恆常所見，是隨時可能改變的，我雖不信佛，佛教「成、住、壞、空」觀念裡，「壞、空」的陰影一直在我心中揮之不去，不論歲月如何靜好，生活如何平順，在我生命的底層，總還是還存有如達利畫中危險的城堡、燃燒的長頸鹿等的無法預料的不安在的。對我而言，世界的美好當然存在，只不過它猶如眼前的薄薄的玻璃，並不那麼牢靠，也許一天會毫無預警的融了、破了，就像達利的「軟鐘」所示，鋼製的錶殼，也會莫名其妙的被螞蟻給蛀蝕。

預期會有波折，並沒真正碰到，但當封面確定之後，竟然出現了。管出版社的一個地方機關突然表示書中還有一篇有問題，主編來信，問我能否更改或取消此篇。之前書已應不斷要求而調整過多次，我考慮到這地步還要改，原意與真相就真的會被「扭曲」

太過了，雖然達利的「軟鐘」畫的就是扭曲的時鐘，然而對我而言，書如不能以真面目示人，又何必出書呢？想了想，便跟出版社說，書不如不出了吧，最後就決定解約了。

只是應了達利的夢罷了，畫裡的時鐘軟了塌了，不再能計時，而我們活著的真實世界，時間倒是毫秒不差的繼續往前走，似乎一刻也沒有停止的跡象呢。

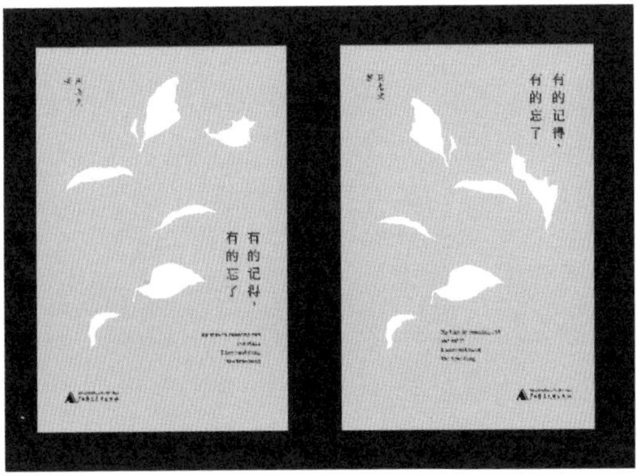

取像落葉的《有得記得，有的忘了》封面。

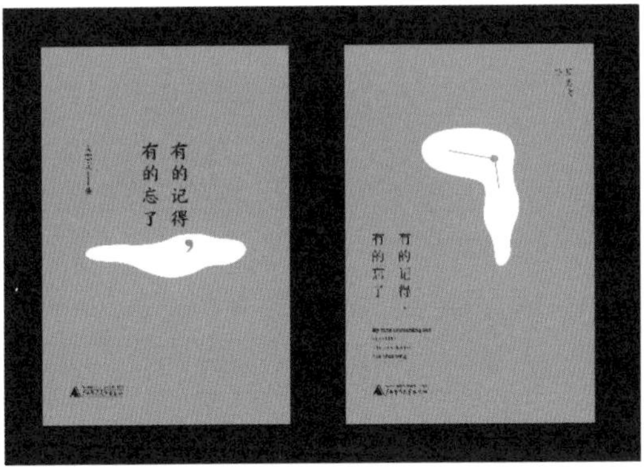

取像達利畫中雲彩與融化時鐘的封面。

輯二

老人與海

三人在天很暗的下午來到那裡。下車的時候，核二廠後面的群山似有隱隱雷聲，氣壓很反常，雖然是海邊，卻悶得慌人。女兒帶我們彎了兩彎，經過了幾個人家的後院，又越過幾棵林投樹與一些荊棘叢，前面湧出大片海景。等看到海，風也來了。

女兒說她以前跟朋友來過。堤岸邊一座小廟，旁邊有幾個遊客在指手劃腳，由於海浪聲大，聽不見他們說什麼，走過時聽到是在爭論昨晚韓劇的劇情。內人與女兒走在前面，她們越過堤岸找到一條朝下的小路，是由水泥澆灌的石階，但年久失修，再加上被海水侵蝕，已有部分陷落了，陷落的地方長著一種肉葉的小草，石階盡頭，埋在黑汙的沙石之間。站在石階上，終於看清了，我們在一個半圓海岸的中心點，左邊看得到金山外海的燭臺嶼，右邊有一堆山石，後面連緜而出的就是野柳海岬了，但天很暗，看不到那麼遠。

內人掏出速寫簿來，周圍其實沒什可畫的，海面暗藍與白相間，岸邊有不少垃圾，也有些沒拾盡的飄流木，顯得髒亂。倒是海濤的聲音好聽，砰砰作響的，海濤都是有規則又可預期的。有一種海的低鳴聲，不是任何海邊都聽得到的，這裡卻有，我特別喜歡聽，有點像白遼士在安魂曲中所用的那種大又很軟的鼓所發出的聲音，不像定音鼓清朗，它的鼓聲很悶很長，咚一聲，啊不對，再低一點，能再低一點嗎？把鼓面再調鬆一點，咚，這次對了，但還要輕一點，記得鼓點要極輕極輕，才能敲擊到靈魂深處的那一種鼓聲。

是的，這鼓聲不是浪拍沙岸所發的，而是一股回流經過海灣底下的海溝或洞窟所形成，它的聲音也許不大，但共鳴性卻很高，也可傳到很遠，我懷疑剛才下車時聽到隱隱的雷聲，莫不是它所發的。

小時候在羅東，那時候窮，都還沒電視，連有收音機的家庭也沒幾個，晚上缺少娛樂，很早就睡了。大約十點左右，已是萬籟俱寂。我在竹床上，睡不著時，就聽到利澤簡海邊的海浪聲一陣陣傳來，其實利澤簡離羅東還蠻遠的，直線距離有十公里以上，但晚上靜，還是聽得到的。尤其偶爾聽到的海的低鳴，人還小時聽那聲音覺得恐懼，長大了卻覺得其中藏有玄機，值得探索。但對生活而言，都不是重要的，像海濤那樣，就是因為不重要，才能用來填補生命的空隙，有時湧現，讓你覺得生命的意義，或者不限於眼前所見。

我想起剛才在車上，我們三人還在討論聯副向我約「三年級」特稿的笑話，內人不知道三年級何指，女兒說民國三十幾年生的就三年級，內人說這樣四十幾年生叫四年級，反而要比三十幾年生的還「大」呢，最後的結論是現在流行的一切，都沒什麼「道理」可言，唯一有道理的可能是，我與內人都老了。

當時我想到，做「三年級」的老人很好，不需要隨波逐流。老人要有智慧，老人的智慧與少年人的不同，少年的智慧在為自己謀機會進取，老年的智慧是知道什麼該放棄，什麼該丟了。

我從學校退休，改為兼任，還有研究室，但須與其他教授共用，我必須騰空我研究室原來容量的四分之三，從那次起，我有了大量捨棄的經驗。後來為了照顧晚年才得到的孫兒，我們必須搬家，照顧事了，又須搬回，兩次搬家，把我們身外之物又捨棄了一半以上，丟掉最多的是書與衣服，當內人與我把我們家的東西大部清空之後，開始還有點不適應，但很快就覺得理當如此，才知道我們一生能用上的東西其實不多。當時的心情有如盧仝詩〈七碗茶〉最後一句：「唯覺兩腋習習清風生」，終於有機會，能體會富家子敗光家產之後的岑寂與痛快。

之後有很多改變，有好有壞，在我身上，我覺得好的居多。

我很幸運，在退休之前學會電腦，我從《時光倒影》之後幾本書，全是在電腦上一個字一個字「敲」出來的，用電腦寫作除了沒「手稿」可留下，其他好處多多，現在已沒有「手民」幫你排字了，不用電腦，已幾乎無法投稿。對我而言，用電腦寫作的好處是可以一面寫作，一面由電腦放音樂，電腦裡的音樂在音質上與正式音響當然不可比，但電腦太方便了，可以「隨叫隨停」，有的還有影像畫面。我這兩年都是趁寫作的時候聽音樂，被我聽「熟」的有阿巴多與伯恩斯坦指揮的所有馬勒交響曲，還有波里尼的貝多芬奏鳴曲集，與早些時期卡爾．李希特的很多巴哈，大部分是沒有影像只有聲音的。更早的有穆拉汶斯基指揮當時叫列寧格勒愛樂演出的蕭斯塔可維奇的交響曲，其中第五號與第七號，還是預演實況錄影呢，真是珍貴得不得了，對這些珍寶，就不能只聽了，要停下寫作以專心「看」之。

我有一次不小心，在 YouTube 上竟然發現了托斯卡尼尼演出的蕭斯塔可維奇的第七號，你知道有多珍貴嗎？當一九四一年蕭斯塔可維奇寫了這首名叫《列寧格勒》的交響曲，卻因得罪了史達林當局，蕭氏透過友人將總譜偷偷寄給當時在紐約的托斯卡尼尼，這首交響曲「世界性」的首演，就是托氏指揮NBC交響樂團一九四二年在美國演出的，這是音樂史上的大事，卻讓我在無意中「撞到」，你不覺得真是幸運嗎？

這樣的極「視聽之娛」，不是會影響到正常的工作嗎？在我沒有，我的工作總是與見聞有關，保持適當的知識來源對我而言是重要的。我退休後花很多時間在寫作上。我最近在做的是寫「陽明學十講」的講稿，明年（二〇一七）要在教育電臺播出的，我的心願是寫成逐字稿，將來稍作補充，就可成書了。這稿不好寫，雖然不標明，但任何小節都得有出處，所以得不斷查書找資料，今年特別熱，我埋首在有時是三十四五度的書房裡，我只開電扇，幸好始終有巴哈與馬勒陪伴。

當然知識的來源不盡來自一處，閱讀是最重要的，我最喜歡的方式還是「風簷展書讀」，所讀包括中外古今。今年酷熱，風簷展讀，風很少，但書是有的。我聽過一句啟人深思的話，「沒讀過的都是新書」，有時候，讀過了的也是新書，《論語》與杜詩，還有托爾斯泰與卡夫卡，不是每次讀都有「新」感受嗎？

孔子說：「古之學者為己」，讀書當然是為自己，至於寫作呢，寫作也是自己的事，是不見得要期許回報的，好在都看開了。但世事也是說不準的，有時候也有回報，只是來得很晚，距離也很遠。一天我在忙，突然接到北京三聯書店旗下的《讀書》雜誌來信，約我幫他們寫稿，我知道這本刊物在大陸的聲望很高的，我問原因，他們說是看了我前面說的那本《時光倒影》，我想書已出了九年，連我自己都快忘了呢。另外，我兩年多之前又出了本名叫《冬夜繁星》的書，是聽古典音樂的札記，在臺灣沒很多反應，想不到這兩天突然收到北京大學的出版社徵詢我同意的訊息，說他們已通過「選題」，決定要出這書的大陸版了。這些消息對我而言都很正面，也都是從未預料過的，有趣的是，很多正面的回音來自遙遠的陌生者，而且總是隔了很久很久之後。

都可能有某種因果關係在吧，對我而言都有些複雜，我沒心去探究。到我們這個年紀，熱衷名利的也會把名利看淡了，何況一向就看淡的人呢。一切便讓它這樣子吧，佛家講隨緣，我們儒家說的是直道而行。

海風轉緊了，波濤比剛才要密了些，風中夾著鹹鹹的海水絲，我喜歡這樣迎著風的感覺。這個島，我已生活一生，我也別無選擇的將與它過完我後來的日子，是欣喜或懊喪呢，都不太說得上來。我曾憧憬遼闊，不論是風景與心境上的，島嶼確實小了點。還好有海在，海是想像，也是招喚，在地球，海洋比所有的陸塊都大，它提示人不應受限於島嶼。

有漲潮也有退潮，如同蘇東坡說的月有陰晴圓缺，各有好壞，凡事都不可一概而論的。我看過一部紀錄片，拍的是俄國指揮家魯道夫・巴夏的故事，一次他跟人說，人的一生都在找有永恆意義的東西，哪怕只一點點也好，對他而言，馬勒的第十號是永恆的，雖然馬勒只寫了一個樂章就死了。老指揮家說起話來，臉上帶著羞赧的笑，右手併著掌，做一個上揚的手勢，你會感覺他的手掌上有風，那風跟海邊颳的一樣。

回家女兒給我看她幫我拍的照片，一個純然已老的人坐在岸邊，前面是無盡的海，亂髮上看得出有風，我從沒發現自己髮白得那麼厲害。

殺戒

記得我大約快六歲的時候，當時我們住在武昌，母親為家計得到漢陽一個父親之前同事家去幫傭，父親在我快四歲時在湖南去世了。母親把姊姊跟妹妹留在武昌的家裡，只帶我到漢陽是因為我病了，母親帶著我，為的是可以就近照顧我吧。

大人之間的關係與情節，我當然不清楚。只記得在漢陽我們住在湖邊，應該是秋天，湖邊長滿了芒草，開著一片白花，還有些蘆葦長在水裡，上面有著一條條暗紫色像熱狗條的葦實。我的病也許不重，母親外出幫傭時就讓我躺在空無一人的房間裡，床邊小桌放了杯開水，說要是渴了就喝吧，有一次臨走，她又塞了個柿餅在我枕頭底下，說要餓了就吃它，她不久就回來的。那個柿餅我好像一直沒吃，什麼原因記不得了，那次起，柿餅的氣味就陪伴著，直到我的一生，每當看到聞到柿餅就想起湖畔的秋天，也想起母親，童年也像在不久之前一樣。

一天也許病好了，我無聊的獨自走到湖邊，看到湖邊的小路上有兩個漢子在趕牛，是條深棕色的黃牛，起初牛是走的，後來不知何故不肯走了，前面的人狠命拉繩子，後面的人在用一條粗桿子打牛的腹部兩側，有時戳牠屁眼，牛在流血，但還是抵死不從。由於離得不是很遠，我看得出牛已老了，牛的皮色不很光潤，頸下如簾子的垂肉隨著頭不停往兩邊甩著，眼睛冒著血絲，那景象令我害怕，我就回房間了。

母親回來我把看見的告訴她，她說牛應該是要牽去殺吧，附近好像有個屠宰場的，後來又說牛是很「懂事」的畜生，跟人一樣，牛是會怕死的，知道人要殺牠，就不肯走了。

有好長一段時間，我腦中不斷「反芻」那個畫面，想到許多六歲孩童不該想的事，老想著牛進了屠宰場要如何挨殺等的，心情不禁淒然。

母親信佛教，但她跟一般中國人一樣，只是偶爾吃齋念個佛號，信得不是很嚴格，平時也是吃肉的，而我從出娘胎，就天生茹素。母親生我時我們住湖南，以當時的標準言母親算是年紀稍大了，身體又不好，正好我大姊也生孩子，我吃過大姊的奶，後來搬家，大姊不跟我們住一起了，當時湘西因為窮，流行餵小孩吃一種米糕（把米磨成粉的東西，泡了水蒸熟，糯黏得跟糨糊一樣），有時餵我吃稀飯，稀飯裡要是攪一些肉漿肉末，我死也不肯吃，勉強吃了一定吐，母親迷信，找人算命，說這小孩該是和尚轉世吧，還記得上輩子的事呢。我開始能吃點葷了，是我到臺灣讀小學之後的事。

我稍長大，跟母親討論過漢陽湖邊見到的那一幕，問也有畜生是不怕死的嗎？她說凡叫做畜生，就是雞鴨，也都怕死的，只有比畜生還低的才不怕死，她舉例說像釣魚的蚯蚓就不怕死，你捏斷牠，牠逃也不逃的。我後來知道，所有動物都有痛覺，凡有痛覺的都會「逃死」的，說蚯蚓不怕死，是不了解所有生物都有求生的本能，連螞蟻也有，但逃不過人的腳印，被踩踏也就不喊痛的死了，螞蟻與蚯蚓假使能逃，也一定逃的。

牛比蚯蚓怕死，由於牠可能「意識」到將死的處境悲慘，蚯蚓大約不會吧，這是牛高於蚯蚓的地方，也是更接近「人情」的地方。這跟「高人一著」的棋手能預知很多「步」之後的棋局是一樣的，然而「高人」的憂患總是比常人多很多的。

我少年也曾幫二姊殺過雞。姊姊殺雞的時候，總要我一手拉住雞的雙翅，一手抓著雞的雙腳，她提著雞頭，先拉直雞的脖子，把喙之下的一撮毛拔了，便毫不猶疑的用刀「抹」過去，殺雞之前，姊姊總把菜刀磨得飛快，刀一抹脖子，血就像噴泉般的噴出來，與猶豫不決正好相反，殘忍其實就是勇氣與決斷力。殺雞前必須把盛血的碗準備好，一隻雞流的血，正好可盛滿一小碗，等血凝固了，可以在湯中做配料，加上薑絲，好吃得不得了，這是姊姊說的。雞在被拔喙下那撮毛時，因痛身體會亂竄，亂拍翅膀，雙腳死命的蹭蹬，脖子挨刀時更是，但血一放完，就不能動了。大鍋的水已燒開，把已死的雞丟進滾水中，稍待一刻，就可拔全身的毛了。

雞是姊姊殺的，但「幫凶」的是我，我從未吃過經我手而死的雞，就連雞血做的湯也從沒喝過，儘管我那時已「開葷」食肉了。

我不夠清明，想起這類事還是驚恐連連，試圖釐清卻總是釐不清。人生在世，殘酷的事還少嗎？後來知道更可怕的殺戮，往往是不用刀的，而屠牛殺雞刀刀見血，還是可怕，因為更有「臨場」的震撼效應。

之後讀過喬治・歐威爾一篇叫〈射象〉的短文，是寫他年輕時在緬甸當警察時不得不射殺一頭發情公象的故事。那頭象原來是人所豢養以服勞役的，不知何故掙脫了鐵鍊，連續在村野奔走，後來又踩死了一個印度苦力，弄得當警察的歐威爾不得不出來殺牠。但當歐威爾要射殺牠時，象已不再暴躁，變得十分平靜了，牠在田間用長鼻捲起一把草，在粗腿上拍了幾下，很從容的甩掉草根上的泥再送進口中，這時他想，他只要讓馴象師來帶走牠便應沒事了。

然而此時的歐威爾手持步槍，後面又跟著成千上百看熱鬧而鼓譟不休的緬甸人，最後在自己的虛榮心與眾人的期待下，他不得不開槍，連開了五槍，象太大了，不容易死的，描寫象死的那一段，是文章的高潮。

事後歐威爾回想這件事，自忖自己一切合理合法，尤其在大象踏死一個印度苦力之後。但他自忖合理合法，其實源自自己內心的脆弱，他射象，據他說是「為了不想在當地人面前顯得像是個傻瓜」，他如沒有這個感覺，便應可放下手上的武器了。另一原因是殖民地的警察，在被殖民者之前，是不能顯示軟弱的，射象對維護統治權而言，也有殺一儆百的立威功用。在歐威爾的《緬甸歲月》一書裡，有段文字描寫一個白人少年看到緬甸人出殯，仍然習慣的脫帽致敬，一個英國人出面阻止他說：「小子，別忘了，我們白人才是主人，他們這群人都是糞土。」一語道出了傲慢也是裝出來的。殘酷的理由千百種，但其為殘酷一也，這就是人性，也就是虛假世界的現實真相。

歐威爾是文學家，儘管是「高高在上」的占領者，心裡還有點人道主義在的，所以他在射象時還猶豫了一下，要他對同屬人類的黃種人殘酷，恐怕也會有點不忍的吧。想起當年基督教文明對中南美的馬雅文明、印加文明就比歐威爾的缺乏溫情多了，十九世紀之前，西方列強的公平觀僅限於同為白人、同為基督教徒才有的，對異族或異文明，公平觀是完全不存在的，對之趕盡殺絕也不會困餒於心。這是當時白人主流社會流行的思想，我們非白種人當然覺得憤憤不平，但我們太弱了，無力導正，就像小時在漢陽湖邊看到的那條老黃牛，讓人打得戳得滿身是血，最後還是得被拖到屠宰場任人給殺了。幸好今天的世界，人種之間的這類不平好像少些了，但這些偏見，曾左右了人類歷史一部分的思想，而思想又左右了人類的行為，一直到現在，很多殘暴還是存在著的，只是我們為了「和諧」，避免去談它想它。

想起佛教有「眾生平等」的觀點，就不只講人類之間的平等了，但做得到嗎？《孟子》裡面寫齊宣王見人為了要「釁鐘」而宰牛，說：「吾不忍其觳觫，若無罪而就死地。」就是將人的平等、仁慈觀點普及到畜生身上，這一點，儒家的「仁民愛物」很接近佛教的慈愛眾生的想法的，我雖是人，我有什麼權力決定別的動物是為了供應我的生活而死呢？無論是為了釁鐘，或為了做我們人的盤中飧。

這是說真正博愛是愛人之外，還得把愛普及到四周的眾生靈，我們選擇茹素是好辦法，但真能做到普世又周愜嗎？高原沙漠沒有植物，連喇嘛都得吃肉的，施惠眾生是人的最高理想，但人真餓死，這思想也無法推展了吧。還有，一天我們解決了供需的問題，讓高原沙漠的喇嘛都有蔬果為食，但你能讓草原的獅子、豹都改為吃草嗎？牠們的口器與消化器官，都是為食肉而設計的，不能讓食肉的動物都改為吃草，世上就不斷有「弱肉強食」的故事在的。還有更嚴重的是，世間的殘忍不見得依「弱肉強食」的方式展現的，舉個例吧，和尚廟裡的鬥爭，一向都少嗎？

記憶紛雜，思想混亂，有關生死的事，總是難想得透的。有仁愛之心很好，能普渡眾生更好，這代表了人性的光輝，但也不能把那團光輝想得太大，以為能解決人世的所有問題。存在一直決定了命運，貪婪與殘忍有時是與生俱來的，既是與生俱來，就有某些成分是必然的。不管貪婪與殘忍是源自既有的「性惡」，或源自人性的軟弱，或者無關乎善惡，要知道聰明人再多手段，總也有途窮的時候。

好吧，這類的話永遠說不完，就不再說了。

我的尊嚴

內人的朋友用LINE傳了影片給她，影片是拍大陸鄉下地方困窮生活的狀況，一對沒父母在旁的小兄妹，哥哥用顯然過大的杓子把碗中的白米飯舀出，自己吃了一大口又給旁邊的妹妹吃，妹妹大口吃時，哥哥在一旁笑。另一畫面是一個小男孩在簡陋的鍋子下麵條，麵條熟了撈起來吃，擺在麵碗旁的只是一碟發黃的野菜，我問內人你朋友為什麼傳這影片來？她說大約是說影片中的大陸小孩窮又沒尊嚴吧。

沒料她提起這麼嚴肅的議題。

我想，世上生物千百種，只有人是講尊嚴的，歷史上很多高貴的人往往為了它，不惜拋棄生命，可見尊嚴的重要性有時候超過實質的生命。但老實說，我看影片時，並沒想到這麼複雜的事，我想起我早年的生活，也跟影片裡的一樣，或者更加悽慘，人在溫飽不濟之餘，好像是想不到尊嚴的。

假如說富者有尊嚴貧者無尊嚴，我們這一代的人，大多數都有過貧窮的童年，說起來都曾無尊嚴過。內人說她讀小學時父親得了重病，當時家裡不只窮，她媽忙得無心煮飯，有時煮鍋白飯，就著白煮的青菜蘿蔔吃了，白菜蘿蔔有時有鹽有時忘了加鹽，小孩便也吃了上學去，她說這是她跟弟弟到現在還喜歡吃白煮食物的緣故，一說起，臉上還浮出甜美的表情。我則想起我讀小學的時候，住在姊姊的眷村，是個「黑戶」，生活條件很差，平日得跟我母親到鐵路拾煤渣、採野菜，成天在外頭胡混或許有些野趣，而當時是為生活所逼，並非心甘情願，拾煤渣是為了幫爐子添燃料，採野菜是可以炒來配飯吃。菜場最便宜的是俗名空心菜的「甕菜」，就算便宜也得用錢買，不如鐵路兩旁的野菜分文不取。

野菜大致分兩種，一種是蕨菜，臺語叫它「過貓」，葉頂捲曲像小提琴的琴頭，只那部分是可以吃的，另一種野菜是有點像現在流行的多肉植物叫馬齒莧，色澤是綠中帶紅，其實很不好吃，我們小時不知它的學名，跟著幾個湖北老兵叫它「馬屎漢」，這盤「馬屎漢」雖用花生油猛炒，好像總會帶有煤油的嗆味，但有菜配飯吃便不錯了，一點嗆味算不上什麼。還有當時配給的「眷糧」有很多米蟲，淘米時有的會飄起來，有的不會，煮熟了的米蟲跟米沒什麼兩樣，仔細看蟲的頭部有個黑點，米則沒有，大人叫我們大口扒飯，肚子餓時，也分不出是米還是蟲了。

軍眷都從大陸來，認為自己是逃難來的，吃得差不以為意，而鄰近的本地農家吃的也不見得好，好些的或許能吃頓白米飯，其他兩頓得搭配番薯，窮的呢，只得全以番薯簽配番薯葉來過三餐了，比起影片上大陸小孩有白米飯可舀來吃，還要差著點呢。我們小時，番薯是最「低賤」的，既是主食也是副食，吃了它老放屁，吃它的人是談不上尊嚴的。

影片中的貧窮，與我們年少時相差不遠，當然後來我們富了，不管是努力或僥倖的緣故，就忘了自己窮過，而且笑起人家窮了，這點有些「忘本」。貧窮變富裕，富裕變貧窮，其實是轉眼的事，不然《桃花扇》怎麼有「眼見他起高樓、眼見他宴賓客、眼見他樓塌了」的句子？

小時候生長危難，也連帶知道一件事，是人隨時隨地會死的，就算你處處提防也避它不過，人死南方人叫「翹辮子」，北方人說是「嗝屁著涼」，充滿了嘲笑的意思，當然談起死，不以玩笑視之的還是多些。記得當年眷村一位新婚不久的連長，隨軍進攻金門之南的東山島，在搶灘登陸時被防守的共軍機槍掃到，屍體被潮水沖走，人還沒登岸呢，就不見了，我記得那個新娘，過了幾個月還在滿貼滿紅色雙喜貼紙的房裡幽幽的哭著，說死了也該給我個證明呀，旁邊的人說：「你還要什麼，人沒回來不就是『證明』嗎？」我稍大，認識了螻蟻兩字，才知道在搶灘時被成排的機槍掃到，人的死是跟螻蟻一樣的。

我家在當地俗稱的「南門港」附近，有兩家醫院在此，也得以見到比人家多見的生老病死。當時得盲腸炎，推進醫院十個有九個出不來了，更沒聽說得了心臟病還可裝支架，心臟病是富貴病，窮地方的人沒太多這病的經驗，只知道心臟病一發，就得早進鬼門關了，不是嗎？而人在忙著進鬼門關的時候，也是沒空談尊嚴的。

還有一個不忘隨時提醒我們生死無常的地方是棺材鋪，棺材鋪就在距眷村門口兩百公尺之外，正好在河邊，就在我上學或出入小鎮必走的路上。像樣的棺材得用原木來做，當時做棺材，都得先由師父揮著大斧，在鋸開的巨木上先一斧一斧的劈出四大部件的輪廓，等拼湊好了，再用量尺刨刀來做細活兒，最後塗粉上漆，等漆都蔭乾了，才算告成。做棺材的師父胖的居多，好像不論冷熱，都赤膊著上身，頭上綁條毛巾，準備隨時擦汗，棺材上漆之前，店家喜歡用鐵路枕木支著，大剌剌的陳列在路邊，一點都不顧忌，那一「軀軀」（念成「枯枯」，臺語棺材的單位）尚未上漆近乎人類膚色的棺木，特別令人作怪異的聯想。

生命最好一路順風，也得提防其中有一些不測，就像經過沒人看守的平交道，沒車來時要快步通過，大多數人都涉險若夷的過了關，但也有倒楣漢，會無由的被來車撞到，人好像總在「一線之隔」的上下徘徊吧。我的少年時代，四周總有許多有關貧困生死的提醒，涉不涉及尊嚴呢，好像算不上，尊嚴是一種意識，有這種意識，是過了險巇少年之後才有的。

尊嚴也是一種自覺，開始覺得生命除了活下去之外，或許還有其他的意義。孟子說：「人之異於禽獸者幾希」，尊嚴就來自這種自覺吧。既是「幾希」，就表示它是微小的，對一般人而言是可有可無的。世上人雖多，一般人活著就是活著，沒太高的價值目的，記得賈誼說過：「貪夫徇財，烈士徇名，夸者死權，眾庶馮生」，「馮生」就是憑生，就是憑藉活著的本領活著，根本談不上或不談意義層面的事，人到這一步，就跟一般的動植物的活著沒什麼兩樣了，但對絕大多數的人而言，這反而是活著的真相。

一個人如隨風起伏的草談不上尊嚴，能威風凜凜又支配別人生死的才算有。但支配權很詭異，因為它總是暴起暴落。民主國家的民意如流水，從來不好掌握，而獨裁國家的獨裁者永遠會有向他競逐的敵人，當大權旁落，就像被逐出群的老獅王，最後被比自己小幾倍的豺狼野犬給拆了分了，連屍骨都不存了呢，到這田地，尊嚴何在？

表面上看，凌辱別人的人豈不總是高高在上，而且威風八面，還好總會時過境遷，主客易位，判斷也要顛倒了。證明真理，掃除迷霧，往往要時間，十五、六世紀的歐洲，哥白尼與伽利略在數學與天文學上的看法與《聖經》的說法抵觸，受到當時教會的極力壓迫，教廷不但將其學說列為「異端」，並限制他們人身自由，強迫他們認錯。過了幾個世紀，教會才承認當初給他們的壓迫錯了，不得不將學識上的尊嚴還給他們，有人說這遲來的正義對哥白尼與伽利略無關，因為他們早死了。

然而正義遲來總比不來好，這表示世界變得更合理。李白當年受誣被流放夜郎，一路辛苦，最後遇赦，但有家歸不得，還是客死異鄉，杜甫形容他：「千秋萬歲名，寂寞身後事」，後來的滿城熱鬧，李白享受得到嗎？這遇赦對李白有何意義呢？然而對讀歷史的人看，迷霧掃除了，畢竟是好事。苦難與挫折，有時能使生命成為一種藝術，結局不見得豐美，但一與藝術結合，往往讓生命形成了一種特殊的氣勢，讓人聯想到，人生在世，或許真有尊嚴存在吧。

寫《東方主義》的巴勒斯坦學者薩依德，一次與音樂家巴倫波因談起柏林國立歌劇院交響樂團的事，當時巴倫波因剛接掌這個樂團的音樂總監不久。這個歌劇院的樂團與同樣冠著柏林的柏林愛樂不同，柏林愛樂在還分東西德時是在西柏林這邊，早就享受到自由的了，而歌劇院是在東柏林，在兩德統一之前，這個樂團經歷過納粹德國與之後的共產德國，是長達六十多年極權統治的。但這長期的壓抑與苦難，據巴倫波因說對音樂的演出卻造成了一種特殊的奇蹟，他說歌劇院的音樂家「面對音樂時心懷畏懼，但又積極無懼」。

這句話表面看來是矛盾的，但巴倫波因說這種矛盾是很多高明藝術的基本要素之一，因為凡藝術必須有內在的衝擊性。為什麼矛盾會在藝術上產生強大的動力呢？他說：「極權政體要繼續下去，需要猜疑的成分，朋友之間的猜疑，家人之間的猜疑等等。但當這些音樂家在國立歌劇院推出音樂會或歌劇的時候，他們是真的能自由呼吸、不受拘束的。反抗極權統治的人覺得音樂像某種氧氣，因為他們唯有在此才覺得自在。」一語道破了其中的關鍵，生命經過淘洗，困局形成動力，越缺少自由，越會去追求自由，越喪失尊嚴，越渴望去找到尊嚴，就在這狀況下，驚奇的藝術產生了。

鳥以高飛來顯示自由，而鳥總趁著逆風才能高飛。

有人問我，你的自由在哪裡？答案是：我受阻越多，自由就越多；而尊嚴呢？我想，我真正的尊嚴，總是藏在生活中最不起眼的似乎一無尊嚴之處。

鄉音

一天教外孫女讀賀知章的詩〈回鄉偶書〉，其中兩句：「少小離家老大回，鄉音無改鬢毛衰」，她問我：「公公，什麼是鄉音呢？」我說鄉音就是家鄉話，她又問什麼是家鄉話呢？這問題很簡單，但我想該如何用她懂的話解釋，因而沉吟，一時間竟無言了。

後來我越想，這問題就變得越複雜，確定不是如我原先想的好回答。

譬如我「該」講哪一種話，我是哪裡人？還有哪兒是我的故鄉？對別人都是最簡單不過的問題，對我卻都是很難說明的事。

以前身分證上是要登記籍貫的，我身分證上面寫的籍貫是浙江鄞縣。這原是我母親的故鄉，我父親不是那兒人，但我父親早逝，報戶口時便把我的籍貫寫成跟母親一樣了。浙江鄞縣古時屬寧波府，現在屬於寧波市，我因讀書對歷經沿革的事還算熟，知道此處是清代「浙東學術」的產生地，出了不少有名的史學家，也是清末《南京條約》規定開放五口通商的「五口」之一，是個重要的港灣城市。這個「紙上」的故鄉，我從沒「回」去過，因為在那兒我無家可回，但「浙江鄞縣」四字的註記一直緊跟著我，除了身分證之外，畢業證書、退伍證、在職證明、退職證明上，都明明白白的寫或印上了那四個字，不棄不離的幾乎跟了我一生。直到後來政府規定不許寫籍貫而要寫出生地了，這四字便不再出現，我因抗戰時出生在湖南，一下子我又變成湖南辰溪人了。其實當因抗戰勝利而遷離後，我也再也沒「回」過辰溪，戰爭時期的出生地能算什麼呢，你可以去問寫《黑暗之心》的康拉德或寫《戰地春夢》的海明威，你總不能因出生在一條逃離的船上，就認定那條船是你的故鄉吧？我一生絕大多數的歲月都消耗在一個不算大的島上，假如不允許我算這個島上的人，我其實完全無「家」可歸的。

上個月隱地先生送了本他們爾雅出版社的書給我，是左桂芳小姐寫的《回到電影年代》，這本書寫的是有關國語「老」電影的故事，書寫得真好。我小時住在宜蘭的眷區，會偶爾陪母親與姊姊去看電影，她們看的大多是國片，有時跟著去看勞軍電影，也多是國片，因而我對國片的劇情與電影裡的「明星」，多少有點認識，這本書讓我重溫了一些兒時的舊夢。

在小男生時代，心中醉心的是當時流行的美國西部片，對國片裡面男女扭扭捏捏的談戀愛很沒興趣，猛不防男女主角還唱起歌來，廣告上寫著插曲十二支，支支動聽，對我而言，真是肉麻之外還加上荒謬絕倫，但看勞軍電影，哪由你三挑四揀呢？左小姐書中所敘述的一些早期影片，譬如《清宮秘史》、《月兒彎彎照九州》等的，我雖沒看過，眷區地狹人稠，又皆以嚼舌根為能事，在四周人的不斷討論之下，也多數耳熟能詳了。但很多國片界的「祕辛」是讀了這本書才知道的，如童月娟跟周曼華原來都是上海人，私下相處說的都是上海話。書中一次記兩人吃飯，一個說：

「阿架，儂好伐？儂切。（阿姐，你好嗎？你吃。）」

另一個說：

「儂勿曉得，阿拉弗來事。（你不知道，我不行的。）」

據我所知，「阿拉弗來事」在浙江話中好像表示的是我沒事，而非說我不行。我因書中的這些對話，突然想起我母親的語言。我記得小時，偶爾會聽到母親說「阿拉弗來事」這樣的話，母親說這種話都不是對我們說的，因為我們聽不懂，也許大姐或大姐夫來了，或遇到很少的寧波同鄉，她會跟他們用家鄉話交談，不過有時急了，也會無由的說出那些話來。母親家鄉話都把主詞「我」說成「阿拉」，把「你」叫成「儂」，「弗來事」據我所知就是指沒事，譬如她切菜時突然停下，有人問是不是切到手了，她會說「阿拉弗來事」，表示一切沒事啦，還有我以前叫姊姊也是叫「阿架」的。

我一直弄不清寧波話與上海話的差異，兩種話好像非常接近。我後來知道母親很早就遷居上海了，或許我聽到的，其實是上海話也說不定。據說上海話跟寧波話很像，也是把我叫做阿拉，把你叫做儂的，我小時就聽人說上海是寧波人去開的「埠」，也許就是這原因，兩邊的話就一樣了吧。

寧波人叫父親為「阿爸」，這兩字都要讀入聲，入聲要清楚而短促有力，所以寧波人叫阿爸是不宜撒嬌的，寧波人叫母親是「姆媽」，姆媽的「姆」字不可讀成姆，而是「媽」這個字的子音 m 往前延伸，讀起來就該是 m-ma。

我讀了左小姐的書，有幾天心裡一直想，書中童月娟跟周曼華說的也可能該是我的「鄉音」吧，為什麼我對之陌生又迷離呢？

我日常生活，都是說國語，這是因為內人與我都從事教育，要說方言呢，我唯一精熟的可以算是臺語了，因為我在臺灣長大且過了大半人生。

有一次我跟人說臺語，旁邊人聽了說我的臺語有點「腔」，我想是因為後來少說，有點不夠「輪轉」的緣故，但他說不是，而是有點「後山」的口音，臺灣把宜蘭、花蓮當成「後山」，我說你指的可能是宜蘭腔吧，我驚訝他對語音分辨的能力，忙問他哪裡人，他說其實是臺北人，不過是縣不是市，但現在又是市了，臺北縣變成了新北市。他小時住在一個名叫貢寮的地方，得到基隆讀省中，在通勤火車上，常遇到一些從宜蘭來的學生，因而知道宜蘭方言的特殊處。

我們後來又談起，當年臺鐵把這條臺北通到蘇澳的叫做「宜蘭線」，以與西部主線區別，他們通學，在學校被歸為「宜蘭線」學生，所以對宜蘭自小有認同感，有趣的是「宜蘭線」三字用國語念，就念成「宜蘭縣」了，因為線、縣兩字同音，但用臺語是分別得很清楚的，一個念 suang 一個念 guan，是完全不同的兩個音，提起這個，我們都開懷的笑了。

我清楚宜蘭人的語言的細節，卻對我母親的語言很不熟，這也令我想起，兩年前，一位朋友在信中質疑我「臺灣的作家」的身分，因為我在文章上偶爾會說像是「我們中國人」這樣話，朋友的質疑讓我一時間詫異得說不出話來。作家這詞是別人說的，我從來不敢說自己是作家，難道我不能算是臺灣許多從事文學的人中的一人嗎？

令我不解的是沒有人懷疑我的鄰居，一位跟我大約同年也跟我同樣白首的「老阿伯」是臺灣人或不是，為什麼卻懷疑我是或不是臺灣的作家呢？有人說這問題在你是不是「認同」臺灣，這事我想過，但我從來也沒有聽到有人問那位跟我一樣白首的老阿伯是否認同臺灣，卻為什麼單單要來問我呢？

「認同」有歧義，是很難解釋清楚的，但要知道，認同與否並不影響身分。就以作家而言，你要是問托爾斯泰與杜斯妥也夫斯基，他們並不見得「認同」當時的俄羅斯的，卻沒人會懷疑他們是俄國的作家，這跟巴爾扎克跟雨果不見得認同法國、狄更斯與D・H・勞倫斯不見得認同英國是一樣的，誰能說他們是不是法國人或英國人呢，還有常年住在外國不肯回美國去的海明威，誰能說他不是美國作家呢？每個人表示感情的方式都不同，最大最深的東西往往只放在內心，公然「示愛」往往是肉麻又膚淺的行為。

我出生在外地，成長到老年都住在臺灣，呼吸這裡的空氣，吃這裡田裡的出產，與所有這裡的人共同渡過地震、颱風的驚恐，忍過時局的動盪，受過別人的背信的痛，還有自己一度沉淪的傷。我在這裡談戀愛、生孩子，後來寫論文、評時事，我的一切感情與理智的生活，幾乎所有所有，莫不盤根錯結的在這塊不算很大的島上。

再說我已不年輕，我已沒有機會變成外人了。這裡是我母親還有兩個姊姊的埋骨之所，也是我岳父岳母與很多師長還有不少好友的埋骨的地方，好友中甚至有比我還年輕的。我想不久之後，我的骨肉也會在這裡腐爛成土壤，不是有「蝴蝶效應」的說法嗎？我最後的呼吸，可能像南美的一隻蝴蝶展翅，影響到一些周圍空氣的震幅，也許可以在遠方引起一陣風暴呢，也許不是，但空中有一絲如煙的雲，可能是我餘溫之所致，啊，再微小的人生也曾一度盛大啊。但再大的風暴也會很快的消失的，最終變得一無痕跡的一無所有，不是所有世事都一樣嗎？這一點我當然知道。然而就在這個時候，朋友突然懷疑我是外人，你知道我心中的沉痛。

我幾乎不會說母親所說的寧波話，我只能說一兩句，而且生疏得很的。下次外孫女要我舉鄉音的例子，不如便在我很熟悉的有宜蘭腔的話中去找吧，反正真正的鄉音藏在心中，往往是無人識的。

故鄉

我寫過幾篇文章，雖然沒有冠故鄉之名，而寫的都是跟故鄉有關的事，或者根本就是故鄉，現在想再談一談這個主題。

一般人想起故鄉，常是甜蜜又溫馨的事，因為總是跟母親、家人或自己的童年有關。但是要我想起故鄉，就免不了有徬徨、猜疑的成分，情緒不是那麼安穩的，因為我不確定自己的故鄉究竟在哪兒。

我出生在西元一九四二年的夏末，要算中國的抗戰已是後半段了，不過要算第二次世界大戰的話，還算是大戰的初期，出生地在湖南的辰溪。我父母都是浙江人，抗戰家父隨服務的兵工廠遷居湘西，那裡崇山峻嶺，是個以出土匪與趕屍客有名的地方，似乎是華夏文明的盡頭，看沈從文早年小說的描寫，就可知大概。

沈從文寫的辰溪，其實是有文化也有文明的，因為在文明的盡頭，總會在主體文化之外又開啟了新的一章，那邊的人活得痛快、死得爽朗，從不扭捏作態，一切都比其他地方的中國人放得更開些。沈從文一篇小說寫一對夫妻恩愛，但湘西山窮水盡，男人賺不上錢，得靠女的到鎮上船家做營生來養家活口，女的做的是船妓，卻也做得義正詞嚴，一點沒見不得人的味道。幾次男人來看她，正好女的有恩客在，男的一人獨坐船尾艙板，吸自己捲的香菸，或跟鄰船船家搭訕，耐心等女人做完出來，再跟她說話。我每讀到這段，都心中大慟，才知道我們一直被我們認可的文明捆綁，與洪荒且真實的世界，距離有多遙遠呀。

我的故鄉是辰溪嗎？應該是吧，多數人的故鄉就是指他的出生地。但我在抗戰勝利後，就隨父親的兵工廠遷離辰溪了，父親在我們遷徙之前死去，我對父親與辰溪一樣，只有模糊的印象，具體的事一件也記不得了，三四歲的孩子會有什麼記憶呢？記得小時不乖，睡時母親哄我說小心老虎會來咬你，細聽遠處山谷，彷彿真有虎叫聲呢，那兒還有老虎嗎？誰也不知道，長大讀了一些的傳記，說山的深處還真是有的。

抗戰結束後，我與母親與姐妹搬到武昌大約住了三年，我們在武昌時候是租屋住的，是誰出錢租房子，我當然不知道，我們沒父親仰仗，經濟條件差可以想像。我記得我跟我三姐曾各背著一個「洋油箱」，到知名景點黃鶴樓公園撿拾香菸頭（當地人叫它香菸屁股）與橘子皮，是遊人丟的，撿拾來的都有人來收，我們所賺的，當然連蠅頭小利都算不上。

我也記得我們家住在離長江不遠的一個巷道間，當時沒有自來水，要人從長江挑水來賣給我們。江水不乾淨，大人會先拿明礬在水中攪混，等雜物沉澱後水才可用。冬天缸裡的水面都結凍成冰了，得使力敲碎浮冰才能舀到下面的水，我記得的都是這類的小事，大事一件也不記得。

還記得巷內一家的一位大姊姊，留著一雙長辮子，人長得也好看，喜歡帶附近的女孩子在她家門口跳繩踢毽子，一天不知怎麼死了。她家人把遺體放在一張門板上，頭對著巷口，前面插著香，不知為何，又在她的頭上蓋著一張蠟黃的薄紙，我跟別的孩子跑去看，不巧那張黃紙飛了，露出她擦著紅粉的臉，雙眼閉著，跟睡著了一樣，並不嚇人。她家人跑來，罵開我們，重新幫她蓋上紙，當時的我不懂悲傷，也不懂真正的喜悅，所有感覺都很表面。

後來我六歲了，跟我三姐一同到蛇山山腳的一家小學去上學，上的什麼，我都忘了。只記得上學時，三姐有把有燕子圖案的陽傘，張開旋轉，像有群燕子在頭上飛，我求她給我轉，她不肯，她唱了一首名叫「燕子」的歌給我聽，歌詞裡有：「燕子啊，你來自北方」。但那群燕子在我頭頂只飛了很短一陣，便聽大人說武昌要「失守」了，我們得快快離開。後來想，武昌算我故鄉嗎？我也不能確定。

之後我們展開了不斷的「逃難」之旅，從湖南、廣東到海南島，最後輾轉到了臺灣，旅程中變化莫測的遭遇都令大人心憂，卻總讓小孩興奮不已。最後的落腳地是宜蘭的羅東，我在那兒從國民小學三年級讀起，到把高中讀完，直到後來讀大學才離開。在到羅東之前，算是我的童年吧，而到那兒之後，就算是我的少年到青年了。我在羅東連續住了十年，幾乎沒離開過，旅行當時是豪奢的事。

二姐夫是軍人，我們隨二姐住在鎮南的眷村，所居逼窄，最初是茅草頂，吃飯時常有蟲會掉到碗裡，還有一種垂絲的小蟲會掉到人的臉上脖子上，特別讓人不舒服。眷村門口有條沿溪的小路，與大街相連接的路口有家打鐵店，還有家有兩個門面的棺材鋪，再過來有家雜貨鋪，之後便是一叢叢的竹林了，溪邊間隙還有野薑花。清澈的溪裡荇草擺動，荇草之間藏有小魚與蚌殼，小魚以溪哥仔與鯽魚為多。溪邊有幾塊鋪平的大石頭，是附近婦人洗衣的地方，當時婦人還常用木杵敲打衣服，也喜高聲說話，早晨的溪邊喧譁得很。後來讀到唐詩，其中有「竹喧歸浣女」句，才知道洗衣的婦女自古以來都是很吵的。

就在與我家更近一點的溪邊路旁，停著一臺舊式的卡車，車身漆成海軍灰，上有明顯的日文，應是日據時代留下的，車牌則是民國時代的，車號我一直記得，是15-2955，可見光復後這輛車開過。但不知什麼原因，我自一九五一年搬到羅東到我後來讀初二，幾乎經過了五六年之久，似從未見它移動過，羅東多雨，夏秋之間又多颱風，眼見它銹跡斑斑的到全車快被侵蝕光了，從無人理睬過它。直到我升初三暑假母親過世，一次我經過路邊，發現那兒風景大變，才知道卡車已被移除掉了，地也鋪了柏油，而竹林與野薑花也隨著沒了。四周的世界，白天嘈雜，但晚上十點過後，就安靜下來，躺在床上，聽得到十公里外的利澤簡那邊海浪拍擊沙岸的聲音，像夏日遠處的隱雷一樣，只是比雷聲規則，隆隆作響，一波接著一波。

那十年，世界變化之大，卻完全出乎想像，包括兩岸對峙與接踵而來的韓戰，韓戰過後又有越戰，臺灣因地緣關係都被牽連進去，一九五八年的八二三金門砲戰，更是臺灣的危急存亡之秋，因為那便是直接開戰了。所有的困局與危機都與戰爭有關，首當其衝的是軍人，這麼說來，眷村的男人，是隨時會喪命的，所以四周一直有一種特殊不安的氣氛，只是大人怕一語成讖吧，從不把話明說出來。

眷村南北東西的人都有，家居狹隘又幾無隔音，眼色與耳語也都藏不住的。婆婆媽媽平日關心的是自家長別家短，男人在戰場或外地的事她們不懂，但碰到一家有男人從外島回來，四周便有老店要新開了呀、久旱又逢甘霖了呀的蜚短流長了，隱語中帶著情色與狠毒，就連小孩也理會得到，眷村的孩子比起外面的總是早熟些。

但眷村之外，世界就不同了，一般人對當時的險巇，都沒察覺到或者根本無動於衷，像顛簸山路上的卡車運送雞蛋，看的人都擔心它會碎，而雞蛋是不會有此自覺的，最後好像也都沒碎呢。早先的羅東曾因林業繁華過，酒家與茶室特別多，我住的眷村旁的小溪對面，曾有一整排街被稱為「風化區」的，那兒夜夜笙歌不斷。飲酒作樂時總有一種叫「那嘎西」的小型樂團伴奏，樂器多是手風琴加吉他，是日據時期留下的習慣，上了年紀的客人喜歡唱日本歌，年輕的唱臺語歌，但兩者相差不遠，因臺語歌百分之九十都是從日本歌翻唱過來的。不論哪種日式歌曲，總帶著些莫名的悲哀情調，揮也揮之不去的，有點像舒伯特的音樂，歡樂的場合唱那種歌更讓人覺得憂傷，尤其是從遠處聽。

我在讀一般國校不滿一年後，因圖省錢，轉學到二姐服務的被服廠附設的小學，這所學校不但學雜費全免，還有制服供應，福利比一般學校要好些。被服廠是從南京遷來的，老師與學生以南京人居多，他們的話中多帶有不少南京口音。南京話有個特點是n、l不分，有時r、l，n、ng也不分，會把「牛奶」念成「liu-lai」，又如：「我是南京人」，他們會說成：「wo shi lan jin len」，聽起來有點好笑，他們說話又喜歡用「咧」收尾，也顯得有些娘娘腔，我受此影響，之後也鬧過不少笑話。

小學設在鐵路旁，原是一座廢棄的鋸木廠，校舍是幾間大小不一的木造建築。鐵路地基高過教室屋頂，每天看到那些黝黑的蒸汽車頭拉著整列火車在頭頂排山倒海而過，車頭毫無節制的冒著黑煙與蒸氣，還有浮誇的鋼鐵相擊的聲響，是我少年時最盛大的節奏與場景，對我一生的衝擊很大。相形之下，四周的老師與同學都很一般，不算有什麼太特殊的。

有件事我一直忘不了，我五年級時被莫名其妙的拉去演話劇，好像是慶祝什麼節日吧，話劇演的是游擊隊在敵後作戰的故事。派我演的是一個老人，劇中要我講的話不多，正式上演時，我要不時用手去按住那個沒被膠水黏牢的鬍子，令我喪氣不已。

我由同班的一個女生攙扶著，劇中只聽她不時喊我爺爺，她這樣喊我讓我不很開心，但劇本如此，也沒辦法，而我一生從沒被一個同齡的女生攙扶過，短暫的肌膚之親，讓我一度想入非非。

那段時候我沉迷看牛哥的漫畫，都是描寫敵後打游擊的故事，牛哥漫畫題目都帶個牛字頭，如《牛伯伯打游擊》、《牛小妹》等的，我當時太投入了。正式演出結束的那晚，卸完妝的她突然問我可否送她回家，她公然示好讓我受寵若驚，也讓我意亂情迷起來。她的父親是被服廠的高層，住在高官住的「金陵四村」，到她家有段黑路要走，快到她家時有座木橋，走上木橋時，她因害怕伸手過來讓我牽，這事讓我心旌蕩漾。我千不該萬不該在那時候生出了膽子，就是描寫黑道小說裡常說的「惡從膽邊生」吧，問了她不該問的問題，我問她想不想長大後跟我到新疆去打游擊呢？一問就後悔了，而她先是頓了一下，隨即愉快的說好呀好呀！這回應讓我稍安了心。

不料第二天到學校，教室裡幾個同學圍著她竊竊私語，一個比我年長的男生走過來說，聽說你還要帶女生去打游擊啊！我當時的處境，只能用五雷轟頂來形容，我第一次體會個人隱私被攤開後的羞愧，而更大的殺傷在於我顯示了自己的幼稚。那次的被出賣，對我一生的影響很深，形成了我一些不正常的人格，讓我之後一直畏懼跟同齡的女性接觸，當然還有其他負面的影響，包括故步自封與逃避，直到我完全成年後才逐漸消失。

她對我的傷害，也許是無意的，她只是顯示了她天生的心機與自居比我高一等而已，而少年的我分辨不出，其實在我周圍的霸凌事件不斷，當時人比較遲鈍，也不太會把羞辱與霸凌當成嚴重的事。不過一些屬於生命層面的智慧也在痛苦中成長，我一路走來，總是跌跌撞撞的，古人不是說「不經一事，不長一智」嗎？雖然傷害我的事不少，安撫與鼓勵也是會有的，安撫與鼓勵多由之後我不斷發現的文學與藝術帶來，有的是老師或朋友的指引，有的是自己無師自通的領悟。

我得感謝那些無意中得來的傷痛，包括那位演我孫女同學給我的，那些傷痛顯示我脆弱而易感，我因有這些特質，比較能接受文學與藝術的滋養，而我貧窮與幽暗的生活，又讓我像冬日懷抱著一團黑色棉絮，容易吸取來自別處的光與熱。啟迪一直是有的，一切都很緩慢，儲備能量需要時間。我從小學到高中，碰到的老師同學正面的居多，不那麼正面乃至負面的也不少，整體而言，我置身的是良窳不齊又龍蛇雜處的社會，不論空間或時間，都欠缺秩序，誰要我碰到的是個混亂無比的時代呢。

那是我處身在羅東，後來我到臺北讀大學，因為我說的閩南語中帶有點宜蘭口音，別人常會問你宜蘭人嗎？我點頭承認，再問宜蘭哪裡呢？我會說是羅東。我確實是把羅東當成故鄉的，羅東是不是我的故鄉呢？我之前曾說是的，要是你現在問我，我又有些遲疑了。

故鄉是指土地、土地上的動植物、空氣陽光還有地上的人是嗎？如果不是，又該是指什麼而言呢？七八十年後，臺灣經濟起飛，社會的諸多面相（當然包括內容）也隨之大變。我之前相依的親人已先後去世，我好幾次回鄉參加初中同學會，少年時代的同學已多人不在了，其他的人跟我一樣都老了，人世的變化何其大。如果沒有親人、故舊，就算同一地方，還能算是故鄉嗎？何況連地景也變了，一次興奮的回初中母校，看到的全是新建築，不要說舊的片瓦不存，連蕩漾在空中的空氣都全然是陌生的，學校四周原來的稻田與竹林，已成了壅塞的街巷，我住過的地方，早已沒了之前的痕跡。

這些事要說總是說不完的，還是別說了吧。我曾在任教的學校問過一位來自中東的朋友，問他會不會懷念故鄉呢，他說想家人是會的，但對故鄉就比較模糊了，原來沙漠沒有固定的地景，那兒的山川風貌隨時改變，所以游牧民族是不太講故鄉的。我才恍然，一切懷舊都是傳統農業時代的遺物，已進入日行千里的工商時代了，我們對故鄉的想法也得調整才對。

但也許上了年紀，要調整並不簡單，明知思之無益，對往事仍不太能割捨，尤其在獨自一人的時候。我特別懷念羅東舊家門口的那條小溪，那是我童年與朋友習泳的地方，可惜它深埋地下，已成了條陰溝暗渠了。那條小溪對我而言非常重要，沒了小溪，就沒了潺潺流水，也沒了岸邊的竹林還有成叢的野薑花，沒了小溪，也沒有水中擺動的荇草與溪邊喧囂的浣衣女人。沒了小溪，也沒有「對岸」，就沒了成排被稱為的「風化區」與其中的歌舞昇平，沒了對岸的歌舞昇平，便沒有我危機四伏的童年。

沒有我危機四伏的童年，那裡還能算是我的故鄉嗎？

幾個有關機械的事

最近我在一個音樂頻道上看到佩特連科（Kirill G. Petrenko,1972-）指揮柏林愛樂演出，這位年輕的指揮家有點倒楣，二〇一九年剛接賽門・拉圖之棒後不久，就碰上蔓延全球的新冠疫疾，很多演奏會都取消了，偶爾為顯示樂團還在，便在空無一人的演奏廳表演，二〇二〇年的除夕音樂會，就是以這情況呈現。上週看到的一場是他們在柏林愛樂的大樓一角演出，面對的是空空的迴廊，沒任何觀眾，我深為他們抱屈。節目中有首約翰・亞當斯的《快速機器之短乘》（John Adams,1947-: *Short Ride in a Fast Machine*），是部有趣的管弦樂曲。曲子取名叫「短乘」，表示不長，只短短四五分鐘吧，亞當斯在此曲中，用的是一個正式規模的管弦樂團，增加了各式奇形怪狀的打擊樂器，全曲以短音促音為主，速度很快，描寫大型機械運作時的聲音與節奏，熱鬧得很，令人聽得「耳」不暇給，非常有趣，聽的時候，我想起小時一些跟機械有關的事來。

只要是小男孩，很少不曾迷戀過機械的，大了也許就好了。機械有小有大，小的如鐘錶、會動的玩具，還有如小刀、小鋸、螺絲起子等可以拆解東西的工具，大的如機車、汽車、大型紡織機或火車等，靜態的機械就有一定的美感，動起來更會鼓動人的情緒，現在選幾個來談談。

先說鐘錶，我對鐘錶一度沉迷。我小時還沒有電子鐘，也沒石英鐘，所有的鐘錶後頭都要帶著一大堆齒輪，要是手錶的話，更要把那堆層層疊疊的齒輪壓縮到極小的空間裡，這便算精緻的工藝吧。鐘錶的動力來自「發條」，要把發條旋緊（又叫上鍊），鐘錶才會「走」。手錶、懷錶最好每天上一次鍊，家裡的鬧鐘也一樣，大型的鐘的發條長些，可走上幾天。我讀初中時，班上有個同學叫劉用凱，他家在鎮上大街開鐘錶店，就在有名的陳五福眼科對面，我偶爾到他家，常被他們店壁上的各式時鐘所迷，也覺得滴答的鐘聲特別悅耳。一次劉用凱指著一臺立式大鐘對我說，別看它鐘擺搖得慢，這鐘準得不得了，一年也差不了一分鐘呢，我問他多久得上鍊一次？他說一個月上一次就好了，越大的鐘，發條存的能量越大，又有鐘擺輔助它，是不須每天上鍊的。

鐘錶是計時的工具，很多與時間有關的事，都令人沉思。十多年前看了一部中文譯作《班傑明的奇幻旅程》的電影，故事由一位盲眼的製鐘師父說起。一九一八年第一次大戰已快結束了，鐘錶師父的兒子被徵兵派到歐洲作戰，不料剛上戰場就陣亡了，鐘錶師父從此腦中都是回憶，他想時間如能「倒流」，他就能憑觸覺或聽覺再「碰」到他未死的兒子。這想法盤據他腦中，當新建的火車站請他在大廳做大鐘時，他不由自主的竟把它做成了一個反轉的時鐘了，站在那座大鐘前面，藉著反轉的時針、分針，想像就可以讓你「回到」從前，拾取已失的所有。當然是個不可能實現幻想，那真是個令人悲傷的故事。

再談小刀。提起小刀總會令人想起瑞士刀，深紅的刀柄，雪亮的刀身，刀柄上鑄著瑞士十字國旗圖樣，迷人得不得了，但我們小時還見不到這種有名的舶來品。初中時我有一位同學，有把可折疊的小刀，圓弧造形，刀為精鋼，鋒利無比，刀柄黑木穿銅釘又鑲著銅片，十分考究，當時稱為「士林刀」，他對這把小刀珍視異常，很少示人，有機會拿出，幾個小男生總輪流借來把玩，把玩不到的人，面上都流出羨慕的眼神。想不到有次小刀的主人發神經，竟用它在木製的課桌上刻了個女生的名字，大約出自少男的單戀吧，從此之後，大家對他的崇拜就變成取笑了。他敵不過壓力，隔了段時候，只得再用那把刀把所刻的字削除了，桌面就留下一塊很深且寬的凹槽，想在上面寫字，得墊一塊很厚的墊板了。

半世紀後一次開同學會，聽一位同學不經意提起一個名字，我突然想起他就是那位擁有士林刀的同學吧，忙問他人在哪兒，同學說你不知道嗎？早亡故了呀。奇怪的是，此後我不論怎麼想，卻再也想不起他的名字了，而曾令他「刻骨銘心」的那場愛戀，也因而變得無憑無據的不可捉摸起來。

再談車輛吧，交通工具往往是男生最著迷的東西。小時候時汽車摩托車不多，常見的是腳踏車，有人叫它自行車，大約是從日本話來的，日本人叫它「自轉車」，兩個名稱都不通，這車你不踩它，它會「自行」或「自轉」嗎？當時很多小男孩初習腳踏車，沒有大人扶，是這隻腳踏這邊的踏板，另隻腳岔過橫梁踏另一踏板，搖搖晃晃、驚險萬狀下學會的。以今天角度來說，一般腳踏車都算低廉，但之前，它卻往往是富家炫富的工具，記得我有位同學有臺英製菲利浦男式腳踏車，那種車子在鄉下很少見，輪圈是二十八英寸的，騎起來帥氣的不得了，我曾幻想自己也擁有一臺呢。

那時鄉下還不少日據時代留下的腳踏車，有種既粗壯又笨重的，大家叫它「富士霸王」，大概車廠原名富士吧，供人騎乘之外，還可用來運貨。後來臺灣自己也能生產腳踏車了，當時最好的品牌叫伍順牌，再過一陣，也有把橫檔做成彎曲狀的女用腳踏車了，比起一般的更為輕巧。

我初二時，有個同學叫林震和跟我要好，是個面孔黝黑身體壯碩的男生，座位在班上最後一排，正好在我後面。他每天從三星鄉騎老式的富士霸王來學校，得花一個小時以上。其實從三星到學校大約十公里，現在騎車，半小時可達，但要考量當時鄉鎮之間最好的路面也是碎石鋪成，坑洞又多，騎車很是辛苦的，他的富士霸王我曾騎過，實在重得不得了。

也許太費力氣吧，他每天來學校，一定要帶兩個便當，別人要「蒸飯」，他不要，他喜歡吃冷飯，問他為什麼帶兩個便當呢？他只回答說「餓啊」。比較稀奇的是，他第一個便當都會在第一節上課時吃掉，常利用老師寫黑板時吃，不寫黑板時，老師專心講課，也常看不到最後一排，所以總是有機可乘。他每要吃時，便要我坐直，幫他擋著，上數學課時，教我們的是一個綽號叫「火雞母」的女老師，兇得不得了，但火雞母雖兇惡，卻深度近視，常處罰沒犯案的無辜者，真犯案的她倒抓不著。林震和吃便當速度飛快，吃時會分段，吃完一個總計不會超過三四分鐘，他從不用筷子，只用隻鐵製的中式調羹，他曾說，最危險是送飯入口時，這時被抓，叫人贓俱獲，咀嚼吞嚥時可裝模作樣的混過，相對安全。他便當的菜色簡單，通常有豆豉炒的蘿蔔乾，臺語叫作「蔭豉仔菜脯」，還有條鹹魚，他送鹹魚入口，不到半分鐘可把全條魚的魚刺叮叮咚咚的吐在他的便當蓋上，我因保護他不能回頭，但能聞到魚的氣味與他吐刺的聲音。他偶爾會從三星家中帶個橘子給我，做為我「罩」他的回報，橘子是他家產的，後來同學也來跟他要，他就帶多些來賣給同學，做起生意來了，反正他有臺載重的富士霸王可用。橘子的價錢我早忘了，那種橘子皮很厚，叫做「桶柑」，有時甜有時不甜，沒有「椪柑」好吃，但平時也不見得吃得到，吃它還得等冬天橘子上市的時候。

我大學畢業後在中學教書，一次回鄉，在路上竟遇見了林震和，那時他已不是早先的壯碩模樣了，變得比我還矮，皮膚還是黝黑如昔，說話變得有些靦腆，問他目前狀況，他說由於學歷問題，只得在縣政府的一個分支機構做臨時性的工作，對自己的處境不是很滿意，問我臺北有沒有機會呢，之後便不再見過他了。

初一時我們有位數學老師姓游，他的大名我也忘了。這位游老師應該出身富貴家庭，原因是在那個時代，他竟有臺BMW的大型機車，不是有錢，誰能辦到？當時機車不多，而這臺機車是德系車不說，又是大排氣量的，所以更令人側目。老師待它非常周到，車的每個小部位小轉角，都擦拭得乾乾淨淨，車身是純黑的，銀色的引擎碩大又繁複，引擎上的散熱片，一片片的閃著耀眼的光亮，好看極了。

這輛摩托車沒有鍊條，跟汽車一樣，是靠傳動軸傳動的，游老師要騎它，便用腳勾出車側的踏板，輕輕一踩，引擎就發動了，引擎發出咚咚咚低沉的聲音，跟後來一般小排氣量的機車，如什麼 Suzuki、Honda 等發的劈里啪啦的響聲大大不同，真是沉穩又威風呀。由於全校甚至全縣僅此一臺，所以游老師可直接騎進學校，並且毫不忌諱的停在校長室前的長廊上，老師與學生經過，無不將眼光投注在車上。

游老師只教了我們一年，初二數學課上的是代數，就不是他教了。我讀初三時，學校內外竟再也見不到那臺耀眼的BMW了，也再不見游老師的蹤影，當時有「白色恐怖」，有些老師會莫名其妙的失蹤，據說都與政治有關。但後來聽說游老師不是，他是因為家道突然中落，傾家蕩產的結果，竟殃及那臺令我們小男生神馳不已的機車了。

世上沒有永恆的事，所有的事都會過去，機器會生銹，年久失修，也會消亡的。記得有部老電影叫《阿拉伯的勞倫斯》，描寫第一次大戰前後一個的英國軍官幫阿拉伯人爭取權益的故事，整個故事曲折又悲壯。電影採用倒敘的手法，一開始飾演勞倫斯的彼得・奧圖騎著一臺名叫 Brough Superior 的重型摩托車，在有黃沙的路上急駛，好壯麗的序幕啊，但不久出了車禍，勞倫斯就死了，那是一九三五年的事，而緜長的故事都由主角的死而展開。好像在說，所有結束其實都是開始，而所有開始呢，都寓有不久後定要收攤的消息。勞倫斯的故事跟《班傑明》說的是的一樣的，似乎都是在闡明杜甫〈閣夜〉詩中的句子：「臥龍躍馬終黃土，人事音書漫寂寥」，算起來，都是悲傷的故事呢。

八二三雜憶

黃碧端先生寄來她舊作〈回望俞大維和八二三炮戰〉，提醒我臺大圖書館日然廳正在舉辦俞大維特展。

談起金門一九五八年發生的八二三砲戰，必然想起俞大維來。他當時擔任國防部長，他是民國史上第一位不完全出身軍方的國防部長，這點很合古制，古代的兵部尚書是文職，很少直接由軍人充任的，軍人只能管戍衛征伐之事。但要說俞大維無軍職，也不見得完全成立，他在對日抗戰時曾領導國家兵工生產，因有功曾被授予陸軍中將的軍銜，也曾獲軍人才能得的青天白日勳章，只是他的軍階與授勳是因犒賞得來，他不出身行伍，也非正統軍校出身。

俞大維（1897-1993）浙江紹興人，出身名門，有很好的家學，弟弟俞大綱是國內著名戲劇專家，妹妹俞大彩是臺大前校長傅斯年夫人。他有幸很早出國留學，在哈佛得過哲學博士學位，後又到德國柏林大學研究物理數學，專研彈道理論，成為有名的彈道學家，論文曾刊登在愛因斯坦主編的數學年刊上，可見他如專心學術，也會成為極好的學者，而他後來沒在學術發展，因為他講學以致用，再加上國難當頭，報國非學術一途。八二三砲戰，他正以國防部長的身分「督師」金門，不料中彈，緊急搶救，命是撿回了，腦中一塊彈片卻不敢取出，這塊彈片直到他一九九三年去世仍在他身上，他去世後遺命骨灰沉在金廈之間海峽，以示不忘八二三。他一九六四年因病辭國防部長，接替他部長一職的是次長蔣經國。

俞大維做過高官參與過政治，但他從頭到腳都不是個政治人物，民國人物中有三個類似的人，一個是吳稚暉，一個是王雲五，另外一個就是他了。王雲五看起來較嚴肅，其實個性很隨和，吳稚暉跟俞大維品德上都操持嚴正，但都是嘻嘻哈哈的人，外表看來不是很正經，其實這三人的志向高、興趣廣也都非常博學，整體言他們是多方面的人，不能以政界的小框子來衡量的。

俞大維跟我們臺大老師毛子水先生很要好，在柏林時曾同學過（毛先生原來研究的也是數學），一次他跟毛先生說，《論語・陽貨》裡有段孔子言：「吾豈匏瓜也哉，焉能繫而不食？」懷疑文中的匏瓜指的不是真的匏瓜而是天上的「匏瓜星」，毛先生在他的《論語今註今譯》的序文中寫道：

俞大維先生知道我從事《論語》的注釋，便將他所有而我所沒有的關於《論語》的書給了我，並且提示若干對於寫作這書的意見。我平生在學問上受到他的益處，自不止在《論語》；但即就《論語》講，我亦有一個難以忘記的故事。往昔同在柏林時，有一天他對我說，《論語・陽貨》篇的「匏瓜」，以講星名為合：匏瓜記於《史記・天官書》，周《詩》已有箕、斗，春秋時當已有匏瓜的星名了。我雖在大學時即知道皇《疏》有星名的「一通」，但只當異聞。現在聽到俞君的話，覺得「擇善而從」的重要。這件事影響我後來讀書時對先哲學說取捨的態度很大，所以五十餘年來沒有忘記。

果然在〈陽貨〉「佛肸召」章，毛先生引皇侃的《論語義疏》言：「一通云，匏瓜，星名也。言人有材智，宜佐時理務，為人所用；豈得如匏瓜繫天而不可食耶！」毛先生譯文是：「我豈是天上的匏瓜星！怎麼能夠高高掛著而不讓人吃呢！」我曾在〈毛先生講論語〉一文上提過此事，皇《疏》與毛先生說的，不是絕不能成立，但我總覺得有點彆扭，因為匏瓜星名也是從匏瓜得來，把匏瓜解釋成一般匏瓜，說「讓那匏瓜掛在瓜棚上不許人來吃，不可惜了嗎？」這說法人人都懂，天上有星名匏瓜，知道的人並不多，而且當匏瓜作星名解釋時，誰都該知道是不能吃的了，所以此章的匏瓜直接以瓜作解更自然些，一般作比方，要「以近取譬」，沒有原本易懂的事，反而要舉更難懂的例子來說明的，這是我對此事的不同看法。毛先生注《論語》時往往會炫奇，而他釋匏瓜為星又是受到俞大維影響，可見這位知名的「彈道學家」對傳統國學是有研究也有意見的。

俞大維晚年將他的藏書全捐給臺大了，當時臺大有個「研究圖書館」（現在已併入總圖了），研圖為他開了個特藏室，就在閱覽室的旁邊，我進去過，確實琳瑯滿目，有國學古書，也有不少外文書，那些書不是擺樣子用的，大部分書都曾仔細讀過，因為書上留有不少註記。我讀研究所時他已八十好幾了，大約無事可做吧，常來館裡跟女性管理員聊天，他個子矮胖，常一襲藍袍，用帶有浙江口音的普通話高聲言笑，而言談內容，往往也不見得與書籍有關，大約是年老重聽的緣故，說話聲音還特別大，在別的房間也常能聽到，但沒人怪罪他，因為他有恩於臺大呀，他一來會為館中帶來平日少見歡樂的場面。

俞大維風華正盛時我無緣見過他，我與他的幾次照面都是他「下野」之後無官一身輕的時候，我們身分不同，再加上我們在圖書館的「所圖」也不同，我跟他始終未說過一句話。

現在再說些有關八二三的事。

八二三發生在民國四十七年，那時我正在羅東中學讀高一。當年羅東中學分初、高中兩部，高一共四班，我們那班是唯一有女生的班，女生數量也不及男生多，當時臺灣還受傳統觀念影響，鄉下尤甚，讀高中的女生殊少。剛開學不久，我們還在適應各種老師的不同口音之中，就發生了八二三砲戰了。

學校響應救國團發起的一人一信運動，要我們每人寫一封信去「慰問」前線的將士，學校怕有不妥，要求信寄出之前，必須請國文老師看過。教我們國文的老師是湖南耒陽人，他的湖南鄉音非常難懂，國文第一課是韓愈的〈師說〉，他念成「撕學」，搖頭擺腦把文章念上一遍，同學面面相覷，也不知他念的是哪段。又記得他一次說，撕剩豆腐是死在他家鄉耒陽的，後來他把關鍵字寫在黑板上，才知道他的「撕剩豆腐」是「詩聖杜甫」，他這樣敘述他故鄉，沒為家鄉增添光彩，只增添了黯淡吧，不過黯淡也正好是當時我們讀書時的處境，有時會想到，萬一金門打敗了我們會怎麼辦？

兵凶戰危的氣氛，在我們四周傳布渲染，那氣氛有時會讓人恐懼，我們有時以開玩笑的方式來沖淡它。前線戰況猛烈，以為敵人隨時會打過來，當時臺灣跟美國簽訂有協防條約，但美國軍艦只協防到離金門十二海里處就不管了，我們落後的補給艦、登陸艇在敵方砲彈不斷落下的料羅灣搶灘，等於在光天化日之下挨打，人員貨物損失可想的嚴重。

由於當時大陸的海空軍都不行，只得靠火砲日夜轟擊金門，而金門全島，幾無死角，都在大陸砲火的掩蓋之內。全臺都緊張，我們雖在「後山」宜蘭，地方與學校不斷做各種演習，也得練習躲警報，由於缺少防空洞，空襲警報時我們正在上課，也都得跑到田間野地去，說是疏散，其實是到竹林溪邊嬉戲閒逛吧，等從野地回來，心早就散光，再也無心再上課了。

關於「一人一信」，這事有趣不在寫信，而在收到回信，不久有了回音，收到回信的大部分是女生，男生很少。我們班上一位叫游秋芳的，其實是男生，竟收到了回信，而一個女生卻沒收到，她名叫柏勝利，誰要她的名字充滿了陽剛意味呢。這些事我們都能體會，戰場是純男性的，男性渴望女性的慰藉，這是最原始且自然的天性，所以也沒責之太過。

得到信的女生通常會立即將信公開，以示自己與這場曖昧無關，而公開的場面多含有嬉戲與嘲謔的性質，這也與當時的我們幼稚有關吧。我看過其中的不少信，其實有的是動了真感情的，有個士兵請求給他信的女同學提示地址，想把他父母家人的照片寄她保存，他說他害怕身邊的唯一寶藏毀於戰火，當然也有來信想交友的，由懇摯的語言看，也該是真心。但我們看信的人，都會以嘲笑的方式看之，我後來覺得他們無辜，真心的信不該得到這樣不公正的對待的。所幸像這種來信因久不得回音，最後都只得都停了，在戰地的危機下，片刻的浪漫也是很容易清醒的吧。

我覺得戰爭對我們這群學生造成的傷害也許更大些，當時我們正碰上該懂得男女感情的時刻（似懂非懂吧），卻以這種嘲笑的方式開始，對我們的健康是很不利的。我不知道我的記憶是否準確，好像當年八二三前後我正在讀德國小說家雷•馬克的《西線無戰事》，這本書寫的是一次大戰時德法兩軍對壘的故事。書中一段描寫擔任德軍的主角保羅不得已刺殺衝進自己戰壕的法國士兵，受傷的士兵在戰壕拖了一整晚才死，主角看他痛苦，一度想救他，但已傷得太重無法救了。法兵死後，保羅在他懷中找文件，想寫封信給死者家屬通知不幸，發現死者生前是個與人無爭的排字工人，保羅突然想到，如在承平之世，他們可能成為好友呢。

戰爭的荒謬，人性的無聊，還有命運的不可捉摸，不論彼時此時都隨處可見。當時金門島上的駐軍，很大一部分是從大陸撤退過來的，其實兩岸一家，刻正發生的砲戰，是名符其實的骨肉相殘啊，細探下去，不是有更多悲慘的故事在其中呢？

人到一老就要小
——談吳稚暉的不正經與他的嬉笑文章

民國時代有三位有名的人，出身文化或學界，後來也做過大官，但他們的存在，不以做大官為要，他們也從不以做大官為傲，他們視官場，都是雲淡風輕的，而且在他們人格氣質上，都有點正經之外的不正經，都有點逗趣的成分，這三位是吳敬恆（1865-1953）、王雲五（1888-1979）與俞大維（1897-1993）。

王雲五是個自學成功又有百科全書式學養的人物，主要是長期主持民國時代的商務印書館，讓這個出版社在學術界發光發熱，對增進全民知識，做了很大的貢獻，後來也被推出來做官，曾出任國府的行政院副院長，以他的才學出任院長也綽綽有餘，但他個性謙退，只喜讀書不願做官，行事簡易又平和，是個寬厚能容的人。俞大維出身讀書世家，得過哈佛博士，因研究數學與彈道，成了個軍事專家，做過國府的交通部長，八二三砲戰時任國府的國防部長，副部長是蔣經國，可見他的顯赫。但他這個人天高日暖，成天嘻嘻哈哈，做官不是他的本願，晚年將他一生的藏書都捐給臺大了。我讀書時在臺大圖書館常看到他，幾乎每次都看他在跟女館員說笑，有時還會打情罵俏，完全沒有曾為高官的樣子。

本文想談談吳敬恆，吳敬恆字稚暉，江蘇武進人，三人中他年紀最長。算起來他在國民黨的輩分跟孫中山一般高，一九二七年，授旗蔣介石領軍北伐的就是吳稚暉，一九四六年行憲，他又代表國民大會頒授《中華民國憲法》給元首蔣介石，可見他地位之高名望之重，當時幾乎無人可比。但他為人寬容，一點架子都不擺，嬉笑怒罵也常不顧人嫌，傳說一九四三年，國民政府主席林森病逝，當局曾力薦吳稚暉為新任主席，卻被他推掉了，他提出的理由據說有三個，是「一、做元首要穿著正式、結領帶，我覺得不自在；二、我臉長得很醜，不像一個大人物的模樣；三、我這個人愛笑，看到什麼會不自主地笑，哪天外國使節來呈遞國書，我會不由得笑起來，不雅」，理由啼笑皆非，但倒也是事實，他以後也基於此，不出任任何官職。

吳稚暉雖是國民黨的大老，與民國早期的政治人物（包括共產黨人）關係都深，但他早年曾到英國留學，也到歐洲等地遊歷，當時歐洲流行社會主義（共產主義其實是其中一支），也流行無政府主義，吳曾是個無政府主義的擁護者，回國後曾與李石曾（煜瀛）等人一同主持過「世界社」，他寫過不少旅歐的見聞，文字則佻㒓可愛，親切動人，我早年對「巴黎公社」的認知，是通過閱讀他的文章得知的，他對我曾有政治學上的啟蒙作用。除此之外，他也一度擁護西方機械文明，有極端唯物主義的傾向，他曾說：「人的需要在用器具，世界發明科學，文明就在此。人是製造器具的，器具愈完備，文明的程度愈高。科學愈發達，道德愈高尚。」

對所謂東方的「精神文明」，他則抱有徹底嘲諷與否定的態度，這跟五四之後的某些西化論者論調高度一致，他有一本叫《一個新信仰的宇宙觀及人生觀》的書，書中批評中國傳統文化，說：「雖也有什麼洒掃應對，禮樂射御，許多空章程貼著，他們只是著衣也不曾著好，吃飯也不像吃飯，走路也不像走路，鼻涕眼淚亂迸，指甲內泥汙積疊，所以他們的總和道德叫做低淺。」說西方文明說：「那個西洋民族，什麼仁義道德，孝弟忠信，吃飯睡覺，無一不較上三族（即閃彌與罕彌兩族、印度民族、與中國民族）的人較有作法，較有心，講他們的總和道德叫做高明。」當時西方的科學發展確實超過中國，所以他一度主張「全盤西化」，說：「精神離不了物質，精神物質是雙方並進，互相促成的。道德乃文化結晶，物質文明愈發達，道德水平便愈高，中國的唯一出路是全盤接受西方的道德文化。」其實最後一句應改為「中國的唯一出路是全盤接受西方的由物質文明領導出來的道德文化」，因為他認可的西方道德文化是由科學或物質文明引發出來的。

由於主張物質文明，他曾反對一切人世有關「精神」層面的事，甚至不承認有男女之間有愛情，他曾說：「愛情並不存在，精卵結合一如飢之擇食、寒之擇衣，皆一種需要時的反應作用，男女之愛純粹只有性慾，全是生理作用，並無絲毫微妙。」既認為如此，他也跟寫《大同書》時的康有為一樣，主張廢棄婚姻制度，毀家棄國，以成就其理想世界，至於人類生命緜延的問題，他甚至主張男女各憑性慾實行雜交，甚至說過：「大同之世，乃一雜交之世」，將孔子「大同」理想做如此的詮釋發揮，可見極端。

清末民初，這類「解放」思想曾流行一時，傳統學術常被一群人嗤之以鼻，這是他們世界主義主的一環，吳稚暉就是其中的勇者，對所謂的「國故」，他有句話說：「『國故』的臭東西，非再把他丟在毛廁裏三十年不可。現在鼓吹一個乾燥無味的物質文明，人家用機關槍打來，我也用機關槍對打，把中國站住了，再整理什麼國故，毫不嫌遲！」因而又產生另一句：「把線裝書投入毛廁去」，都是十分急切的言論，都表示傳統中國學問於世無益，毫無價值可言。毛廁指的是中國傳統的簡陋廁所，不是西方抽水馬桶，線裝書其實是無法丟進抽水馬桶的。

他所談的其實是有關文化價值選擇的大問題，是不能靠一兩句口號式的語言解決的，但當時人的頭腦都被革命的熱血沖昏了，很少能做深沉思考。熟悉吳稚暉言論的人都會發現他在文章中特別喜歡以廁所為況，以此說明中國與西方之不同，他一九二四年有篇〈物質文明與科學、臭毛廁與洋八股〉的文章，就長篇大論的從他在他無錫常州老家上廁所的事，因而談起文明與科學的諸問題，他說：

我今天晚上，就到五福弄去辦了「恭」事回來，去的時候已打過十一點。這是特地候到晚一點才去的，否則人才濟濟的時候，共有四十個缺，倒有六七十人同時擠去，那便有二三十個側身在狹路上掩鼻候補了。……那五福弄這排泄公所，卻黑得連五指也辨不出來，在刺骨的北風裡，刮了三四根火柴，才刮著一根，尋照一座兩腳踏臺，沒什麼麵糊漿一般的東西黏著，就放心的一躍而登，那中間的好東西，已經堆積著與踏板一樣高，那只好算不曾看見，知道再刮一根火柴起來，也徒然違了「眼不見為淨」的金言，反是無益的。

寫他在中國上公廁的經驗確實入木三分，他的文筆純白描，放口直說，葷素不忌，也是特色。與在故鄉不同的是，他又寫他在倫敦上廁所的經驗說：

老實拆穿了西洋景講，人是一個造糞動物，要叫出貨之際，十分安適，的確與人生幸福，大有關係的。……又想到我家賃居倫敦，小小八九間房的一個四等居民住宅，竟然樓上樓下，有兩間比佛龕都潔淨的排泄房，白磁的盆子，可以打麵，油木的坐板，可以下棋。「恭」事方畢，引手把銅鍊一挽，所出之貨，已送到十八層地底，還賸一隻潔白的磁缸。

他從「出恭」的事，以作文明與野蠻之比較，他曾鉅細靡遺的論人類如廁歷史，說人最初如貓狗，糞便當街行之，「無所謂拭之以瓦片棉絮粗紙也。稍有進，便如庫倫之蒙古人，釘兩木於排泄處近旁，相離尋丈，橫繫一草索，各人以恭事既畢，就草索而闖之，索上既累累塗油漆迨遍，乃易新索；再進即為印度阿三，事畢，以手摸索，塗於壁，復尋少水滌手，但必以左手為之，右手將以摶飯拈香，戒勿為也。再進則五福弄風味，做馬坑、金漆馬子相與競爽矣」，馬坑只有蹲式，金漆馬子指塗了好金漆的考究馬桶，可以坐著使用，在如廁上已算更上層樓了，文明至此才分出優劣來。

文明所涉萬端，廁所是一端，不是全體，也須明其界限的，但如一個民族基本衛生習慣差，卻非要說自己的文明光輝萬丈，也是誇誇其談吧，這叫做不切實際。但從另一角度言，吳稚暉喜歡談這類的「穢事」也很有趣，讀過「成長心理學」的人都知道，人在成長過程中有三個時期，即口腔期、肛門期與性器期，在口腔期時只圖飲食，不顧其他，人之嬰兒時期屬之，到肛門期時會注意到排洩、排遺，成天談的是與屎尿有關的事，越髒越他越樂，人在少年時都有這一段的，到了性器期時就會注意到男女器官之不同，對生殖有關的事開始會注意也有興趣了，人自此刻起，就慢慢進入成熟了。

吳稚暉享高壽，但童心未泯，他不只在上面所舉的文章上談那類事，在其他著作中也常見，一九六七年文星書店曾出過他好多冊「選集」與《上下古今談》等，很多地方他會「跑馬」（岔開題目說雜話），到那些被視為「穢事」的議題上打轉，我覺得他的注意力好像一直停留在肛門期之間，這是一個非常特殊的現象，與他授旗誓師的嚴肅畫面對比，也構成了「笑話」的成分呢，因為前頭所引談如廁的文章，就寫在革命軍北伐的當年。文星選集選了他「雜文」一小冊，內中還雜選了他一篇日記，有段記他拉肚子的趣事，還賦詩一首，文是妙文，詩也不算壞詩，現抄錄如下：

九月九日夜半四時許，瀉藥之性發，急急開燈，披棉袍，已來不及，知不能走到毛廁矣，即扯住棉袍角，在床前放手一撤，自然一地一天星，臭氣薰騰，糞花四濺，又走到毛廁撤個暢快，洗淨臀部。然並未喊老媽子送爐灰一糞箕，並未喊小當差拿巨大拖糞帚做工，止花了面盆一隻，括墨刀兩把，揩布一塊，五點鐘大功告成，吟詩一首：

半個鐘頭半截腰，居然遮蓋絕絕好。不是親眼看見過，不信有此不得了。無錫常常稱老小，人到一老就要小。出屎出尿尋常事，還要裝出大好老！

真是以啼笑作尋常了，而吳稚暉之風趣也在此。

當然看人也不能只從一端來看，吳稚暉為人風趣，說話總有點插科打諢的味道，但他不是沒有中心思想的。他曾提倡過無政府主義，也曾傾心社會主義，然而他後來又極力反共，在國民黨內力主清黨，先後主張幾乎矛盾，但都立場堂堂，從一特定的角度看，也都能言之成理，在他的時代，他曾披星戴月以先行者自居，但他跟別人一樣，也有無法跨越的局限。他主張將代表傳統思想的線裝書丟進毛廁，這是因為當時中國守舊的人太多，中國被列強欺負，幾至滅國，而傳統文化並不能發揮富國強兵的作用，也就是說不能「應急」，他本人是讀線裝書出身的，而且讀了不少，但他深知一般的讀書人糊塗，掌握不到重點，所以他做了不少激烈的語言，主要在提醒。

整體而言，吳稚暉的個人生活極為傳統，他不喜穿著西服，家居或見客都長袍一襲，儀容很少整齊過，看起來總有點邋遢，比較起來，他更像中國傳統名士，而非一個主張全盤西化的人。他晚年喜歡傳統書法，也擅長把握小篆筆意，終成為一代有名書家。他一九五三年過世時，遺命學生將其骨灰海葬金廈之間海道，由此看來，他的思想其實是有強烈的「憂時」成分，他對時代與傳統文化的關懷，也絕不能用插科打諢一筆帶過的。

梅塔與馬勒

一次在電腦音樂頻道上看到祖賓・梅塔竟然坐在高腳椅子上指揮，這鏡頭讓我十分不忍，記得不久之前我寫過追思另一指揮家海汀克的文章，一次他回到阿姆斯特丹的皇家大會堂指揮他指揮過的老樂團，演奏莫札特的三十五號交響曲《哈夫納》，演奏得還很順暢，只是他拄著拐杖由護衛扶著走短梯上臺，幾次要摔倒的樣子，看了覺得難過。世事滄桑，人是會老的，道理都很明白，但真看到心儀的對象變老，心中還是不免愀然起來。

祖賓・梅塔（Zubin Mehta）生於一九三六年，原是猶太裔的印度人，後入籍美國。梅塔幼年就有音樂天賦，跟著小提琴家的父親學習，據說十六歲就指揮過印度孟買的交響樂團了。青年時的梅塔曾一度聽父親建議習醫，但音樂是他的初心，後來還是到維也納學音樂了。他二十幾歲參加英國利物浦的指揮比賽，在一百多位競賽者中奪第一，得到利物浦交響樂團副指揮之職，之後也到歐陸，客席指揮過柏林或維也納的樂團，但其實是一般的角色。改變梅塔最大的，是他之後又參加了在美國波士頓坦格塢音樂中心（Tanglewood Music Center）舉辦的音樂大賽，得到指揮獎的第二名（第一名的是阿巴多），比賽雖得第二，卻讓梅塔在新大陸有了揚名立萬的機會，當時北美樂壇求才孔亟，之後他出任蒙特婁交響樂團指揮，又轉任洛杉磯交響樂團指揮，過了幾年，算起來巧，又碰上伯恩斯坦辭紐約愛樂，決定讓這位名已初顯的梅塔來接棒，他便成為人人稱羨的紐約愛樂的指揮了，並且垂十三年之久。

誰都知道美國的藝壇、樂壇的生殺大權是操縱在一小票猶太人手上，因為主導美國與世界財經的華爾街的金主，十個人倒有八個有猶太血統，他們是美術館、博物館與交響樂團的資助者（sponsors），出錢的老爺，怎能不聽他的呢？在美國藝壇（其實也是世界樂壇）要想混得好，當然得靠自己有點本事，但除此之外，血統也極重要，我們看在美排名前面的十交響樂團，有名的指揮家，有幾個「不是」猶太裔的？知名的演奏家，更不勝枚舉了。

但如說伯恩斯坦或梅塔只靠猶太血統居高位也不盡公平，他們還是各有幾把「刷子」的，刷子事此處不細談，我只來談談自己與梅塔的關係。梅塔來過臺灣五六次，此間的聽眾對他都算熟。幾次好像都是帶紐約愛樂前來，我曾聽過其中的兩次，都在國家音樂廳，紐愛技巧嫻熟，音色飽滿，確實是樂團中的翹楚。我又聽過一位看過他們排演的朋友說，在指揮家中，梅塔是特別細心又認真的人，排演時他常會讓別人指揮，自己跑到音樂廳的各個角落去試聽，發現有問題，馬上調整樂團樂器的位置。

我跟梅塔最初結緣不是親聆樂團，而是聽他的唱片。我讀博士班的時候是西元七〇年代末，當時我花了不少錢買了臺單獨的 Garrard 唱盤，也買了對還算不錯的 Bose301 喇叭，現在講都是很普通的音響，而在那時已算不錯的了。正碰上梅塔指揮紐約愛樂的盛產期，紐愛與芝加哥交響樂團的唱片權都是交給 Decca 經營的。臺灣有家唱片公司叫福茂的代理 Decca，不是賣原版的 Decca，而是在臺翻製他們的唱片，因屬「國產」，訂價比原版便宜不少，那時有幾家世界級的唱片公司如 EMI、DGG 或 Philips，都因為原版進口，賣得太貴，競爭不過 Decca。據福茂說他們的 Decca 用的是原刻版，只是在臺灣壓製，價錢低而品質不低，曲目也還算多，很多人因此受此惠，我也買了一些，因而對紐愛與芝加哥這兩樂團也漸漸熟起來了。

有張梅塔指揮以色列愛樂的馬勒第一號交響曲（梅塔也指揮過紐愛演奏此曲，錄過唱片，但我當時聽的是以色列愛樂版的），我聽得最多，幾乎能倒背如流，之後又聽蕭提（Georg Solti,1912-1997）指揮的芝加哥演出的馬勒第二號，兩種唱片（一號是一張，二號是兩張裝），都錄得不錯。馬勒二號我比較熟，我更早聽過華爾特（Bruno Walter,1876-1962）指揮紐約愛樂的，印象很深，但華爾特的是比較早的錄音，音響效果比蕭提的差了一大截。馬勒第二號有女高音與女中音的獨唱，也有合唱，終曲交響齊鳴，加上極亮麗的合唱，是古典樂中有名的篇章，名字叫《復活》（*Auferstehung*），顧名思義，有強烈的宗教意味。之前我知識不足，以為馬勒交響曲都有獨唱或合唱的，聽了梅塔指揮的第一號卻沒有，後來知道馬勒九首交響曲中，只二、三、四、八號有人聲，其他的沒有，純樂器演出的還是多一點。

馬勒的交響曲雖充滿個人情緒，而也幾乎都跟宗教有些關聯，尤其關鍵部分，雖然他的宗教信仰不算強烈。馬勒出生在布拉格的猶太區，也是猶太人，按理是信猶太教的，但他後來到維也納，考慮融入該地的樂壇與社會，便「改信」天主教了。他音樂有宗教的性格，不完全是因為信仰的緣故，而是當時的歐洲音樂，碰到比較嚴肅的話題譬如生死，幾乎都會聯想起基督教義的，連貝多芬或布拉姆斯也一樣，音樂家中，只華格納與理查・史特勞斯比較是異類。

要說馬勒的音樂是在宣敘基督教義也不對，他的第一號交響曲的標題是《巨人》

（Titan），是根據一位德國詩人的詩作，內容跟基督教沒什麼關係，故事比較接近童話。但他在第一號到第三號交響曲，都用了在舞臺之外的小號聲代表上帝的召喚，這就是明證，第一號交響曲用了，第二號《復活》不用說，他第三號交響曲最後樂章女中音所唱的歌，跟他的聲樂曲《少年的魔號》（*Des Knaben Wunderborn*）中〈三個天使在歌唱〉（*Es sungen drei Engel*）一模一樣，歌中的天使當然是基督教式的，馬勒音樂有基督教元素無庸置疑。

當然音樂還有其他，一時也說不完。我對馬勒的音樂開始有較豐富的感受，是從聽梅塔的唱片來的，有些部分他也啟發了我。那時我唱片不多，他的這張只得反覆聽，每次似都有新發現。後來我逐漸對馬勒熟了，才知道要論馬勒是輪不到梅塔的，他的馬勒錄音並沒有錄全，錄過全集的伯恩斯坦、阿巴多、海汀克、鄧許泰特（Klaus Tennstedt,1926-1998）甚至馬捷爾（Lorin Maazel,1930-2014），在馬勒這區塊，成績都遠勝過他。

梅塔後來離職紐愛，隨即到以色列愛樂任職，這遭遇跟他紐愛的前任伯恩斯坦完全一樣，伯恩斯坦離開後也是到以色列了，好像兩家樂團的背後老闆都同一個集團。只是伯恩斯坦在以色列待的時間不算久，後來又到維也納愛樂去了，而梅塔到了以色列便一直待下去，大約從上世紀九〇年代初直到今天，算算有三十多年了吧。

我記得一九九一年十月中旬，我到萊比錫，當時東西德剛統一，有幸與萊比錫大學的校長 Dr.Cornelius Weiss 見面，談話很是愉快，校長想約我共進晚餐，我說我已買好票，晚上要去聽布商大廈管弦樂團的音樂會。說起這個樂團大大有名，它的德文名叫 Gewandhausorchester Leipzig，在十八世紀初原是一小型演奏的團體，成為有規模的交響樂團是十九世紀的事，一八三五年，孟德爾頌曾當此樂團的首任指揮。校長對我熟悉這個樂團很驚訝，他問晚上節目是什麼？我說是拉威爾的鋼琴協奏曲與馬勒的第六號，他沉吟了下說，要是馬勒，我是搶不過他的呀。晚上我去聽，以為是我比較熟識的庫特•馬殊（Kurt Masur,1927-2015）指揮的，到了才知道臨時換人代打，原因是馬殊到紐約是接梅塔的位置，去擔任紐愛的指揮了。馬殊在紐約只待了三年吧，後來又回萊比錫了。巧的是當晚代馬殊的是一個名叫納札雷斯（Daniel Nazareth,1948-2014）年輕的印度指揮家，跟梅塔一樣，也是來自孟買。

我最近看到梅塔是在 YouTube 上面，是去年十二月十八日的公演，他坐在一隻特製的高架椅子上指揮，樂團是柏林愛樂，曲目是馬勒三號。不知是拍攝或後製時發生問題，片子一片灰濛濛的，完全沒有現代影片該有的光鮮亮麗，跟卡拉揚或伯恩斯坦四十年前拍的影片倒很像。馬勒三號是有名的長曲子，影片播完要一小時四十分鐘左右，光第五樂章終曲慢板（Langsam）就有近三十分鐘，比海頓、莫札特的一般交響曲還要長，曲子由柏林愛樂演出，此樂團底子夠厚，任何人指揮都不會太差的，但我「看」此曲時，特別覺得憂傷，因為梅塔是坐著指揮的，表示他老了，知道老友年老，行動受限，總會有些不舒服的，古人說：「日月逝於上，體貌衰於下，忽然與萬物遷化，斯志士之大痛也」，當然後面兩句更不願去想它，在此心情之下，整個曲子聽起來就不覺得精彩了。

其實之前看梅塔的影片，有部在二〇一九年十月錄的片子，他已坐著指揮了，當時是指揮以色列愛樂演出馬勒第二號，他雖坐著，表現還是中規中矩的，結尾一段尤其精彩，過後兩年，顯得更蒼老也是必然。好吧，生老病死，是每個人逃不過的命運，也無須多說，只是幾週後我再上 YouTube，卻再也找不出那套灰濛濛的影片了，也許梅塔自己看了不滿意，要人撤下它，也許柏林愛樂，或者連 YouTube 的管理當局都覺得不好看，因而決定撤掉的吧。

我為何寫作？（一）

大約五年前我看了本名叫《我為何寫作》（*Why I Write?*）的小書，是英國作家歐威爾（George Orwell,1903-1950）寫的，讀了後想寫點雜感，但不記得什麼原因沒寫，書扔在書堆中，久了也忘了。昨天找別的書時又發現了它，心情真如張岱說的：「如遊舊徑，如見故人，城郭人民，翻用自喜」，翻開來再匆匆看了一遍。

要查歐威爾所列著作，並無此書，這本小書是後人把他幾篇短篇文字收攏一起，用其中一篇為書名。此文寫於一九四六年，在他出版《動物農莊》（*Animal Farm*,1945）與《一九八四》（*Nineteen Eighty-Four*,1949）之間，《一九八四》出版幾個月後的次年一月，歐威爾就死了。歐威爾以西方的算法只活了四十六歲，如不算太短命，至少他算不上是個高壽的作家。

歐威爾在這篇短文中說了他寫作的四個理由，第一個是完全的以自我為中心。所謂以自我中心，就是想讓自己看起來比別人聰明、讓自己成為話題人物，或讓曾經冷落你或瞧不起你的人好看，理由是有點自私的。第二是熱衷於美的事物，這是指自己對審美觀察有興趣，特別是對文字選用、安排等事著迷，寫作就是遂成了自己這方面的興趣。第三是對歷史有使命感，例如想積極了解被蒙蔽的事情，並盡自己的力量以使真相大白。第四個理由有點驚悚，指寫作要有政治性的（political）目的，他所謂的「政治性」定義十分廣泛，包括試圖改變別人的想法，想讓世界朝我認為正確方向發展。這點有些特殊，歐威爾認為，世界上沒有一本書，是可以完全沒有政治傾向的。

歐威爾強調作品要有政治傾向，豈不在使文學朝政治勢力低頭嗎？不是的，他所謂的文學的政治性，不但不贊成向有權力的人屈服，而是要在比自己大的權力面前，宣布自己政治上的正義主張，想法子去改變他們，如不能，也要勇敢的與他們對抗，絕不屈服。

歐威爾非常注意文學在這方面的作用，他曾說：「當我回顧我的作品，只要缺少了政治性的動機，作品就會毫無生氣，充斥空洞的華麗詞藻與通篇的胡言亂語。」其實他的政治性動機，有點像中國古人所說的「言必有物」、「文以載道」中的「物」與「道」，不過更現實一些，更有衝突性而且堅持不妥協。但歐威爾只是文學家，不是政治參與者，文學家便是有政治主張，也會讓他的主張符合他的審美要求的，也就是說，他有政治理想，也得以他認為高雅且嚴謹的文詞來展現，自與一般粗糙的宣傳品不同了，因此他又說：「我寫作，是因為我想要揭露謊言，吸引別人注意真相。然而在寫一本書或一篇文章時，要我欠缺美感的考量，我也辦不到。」這段話透露了他試圖將他的「政治理想」與文學緊密結合。

歐威爾的「政治性」，不如看成是作者心中不願被掩蓋的真理，說它有「政治性」，是含有不惜使用某些「政治手段」來促其實現。文學家可做的是用文字或語言喚醒世人，讓更多人跟我一樣有相同的理想，譬如歐威爾寫《動物農莊》或《一九八四》的目的，都在揭露集權、獨斷的可怕，是要人間社會不再有集權與獨斷。這使我想起清初的哲學家顏元（1635-1704）來，他的《四存編》包括《存人編》，《存人編》原本叫《喚迷途》，主張要喚醒世人，不為邪教與迷信所誤，歐威爾所說文學的政治性，立意跟顏元是很接近的，只是顏元寫的不算文學，因為他沒有注意文學美的問題。

我讀這歐威爾短文後很有所感，因為他所寫的跟我很「切身」。歐威爾在談到寫作理由之前，說了不少有關自己寫作的事，他說他大約在五、六歲的時候，就知道自己以後要當作家，十七到二十四歲時，曾一度放棄這個想法，但之後又恢復了，直到最後終以寫作成名，這段話讓我想起自己年少時的一些有關文學的經歷。

五六歲算是剛不用兜尿布，偶爾還會尿床的幼年，他就立志當作家，確實太早了，大多數人在此時都還蒙昧，我也是，可見他的特殊。幸好英文的作家寫成 writer，只是在 write 後面加個 r 就成了，英文作家該翻譯成「寫作的人」才對。我對中文的「作家」一詞有點敏感，我後來寫過一些文章，也出過幾本小書，勉強算有點寫作經驗，但我從不承認自己是「作家」，別人叫我，我也會表示承受不起，中文中的「家」的陳義很高，有英文 master 的含意，「家」不是自己叫的，是別人或歷史給你的評價。

跟歐威爾比起來就慚愧了，我五、六歲時跟著大人逃難，見過不少兵燹離亂，也過過艱難的生活，卻根本不知道世上有寫作的事，寫作須要有感受，也須要有一定的文字能力，而那時的我一無所有。艱難的童年也有快樂，但好像都與閱讀或寫作無關，我真正能夠展開閱讀之旅，是我在宜蘭鄉下第二次上初二之後，之前還是非常懵懂的。

我開始嘗到閱讀之趣，是在我從同班同學那兒借讀他的《小說報》。《小說報》是像報紙一樣的刊物，在民國四十五六年時曾很時髦，一期有四版一大張，有時可加大為一大張半或兩大張，當時報紙的字都排得密，一大張的可刊登一兩篇萬餘字的短篇小說，加大的就可刊登幾萬字的中篇小說了。《小說報》編得比其他報紙要花俏，第一版總會有彩色插畫，不見得與故事有關，像花中有一女子的側影，或情侶月下蕩舟之類的，其實都陳腔濫調又俗不可耐，而這感覺是後來才有的，當時還沒有。小說以言情為主，多是男歡女愛的故事，對初二男生而言，其中有不少啟迪性的場景。《小說報》不刊登時事，同學借我的多是過期的，但對我都算新鮮，正好印證後來才得知一句名言：「凡是沒讀過的，都是新書」，又證明文學比起政治來總要恆久一些，卻不知道那些言情小說能不能算是真正的文學。

言情小說對我有一項好處，是開啟了之後自己對文字的好奇與重視，譬如一篇小說寫一對情侶在月下的柳樹邊，男士竟莫名其妙的對著女生背誦起全篇的蘇東坡〈水調歌頭〉來，就是開始是「明月幾時有」的那闋，當他背到最後「但願人長久，千里共嬋娟」一句時，女的也「輕啟朱唇」的跟著念，才知道女的也愛這闋詞的，之後停了一下，女的把自己的頭輕靠在男的胸口上，這叫作「依偎」，在當時這是最帶情色意味的描述了。

我後來費了不少工夫，才知道「嬋娟」原來所指是月亮，幹嘛不直接說月亮呢？才知道文學家是要耍一些像間諜的手段的，隱藏與改頭換面便是一端，身懷絕技的人往往深藏不露，這跟後來讀到杜詩有「香稻啄餘鸚鵡粒，碧梧棲老鳳凰枝」是一樣的，明明該寫成「鸚鵡啄餘香稻粒，鳳凰棲老碧梧枝」的，為什麼要拐彎又造成如此險釁的句子呢？原因是不這樣就不會「耐人尋味」，有時隱藏與費解比直接亮出傢伙更能吸引人，這是我比較早期對文學的體悟。

還有一段探訪文字的奇幻之旅是，有一段時候，我跟一個與我一樣癡迷文言文的朋友相約，之後交談要用文言，不准用白話，我們初中才接觸到很淺近的文言文，說起來，連「腹笥甚淺」都談不到，當然鬧了不少笑話。譬如把「你好嗎」要說成「汝佳否」、「我很好」要說成「余甚安也」，「昨天老師指定要先讀這篇好文章」，要說成「此乃琬琰之章也，夫子昨日已示我等，得先閱之矣」等等，這樣說話，當然裝模作樣，荒腔走板，非常可笑。其中對「閱」這字我們又有爭論，我同學認為閱字是上對下用的，老師看我們作業，可逕批一閱字，學生就不可，還有總統府前面閱兵，總統「方能閱之」，我問該用何字，他答曰：「竊以為『讀』之可也」，拐了半天彎，從「閱」又回到「讀」字，像如此對話往來，都酸腐且「迂」得厲害。但這些荒誕行徑，讓我們在比較早的時候，知道了語言或文字依類型有變化的可能，應了歐威爾說的第二點，從事文學必須對文字或遣詞，要敏感又有興趣。

是應了少年血氣發展的需要吧，不久我對怪力亂神的故事有了興趣，要是帶點懸疑的成分，再涉及點暴力就更好了。借我《小說報》的父母是醫生，有錢又有閒，才會買

《小說報》來看，我有時趁還報紙之便，因而造訪他們樓下一家很小的租書店。租書店開在我同學家旁邊的防火巷中，主人是外省人，似乎之前讀過書，現在落魄了。租書店允許試閱，但極狹窄，光線又不好，其實不利閱讀的，但我憑少年的好眼力與好奇心，在他店裡東摸西摸，得寸進尺，竟半明半暗又一毛沒花的把他店裡的幾本「名著」看完。

其中最吸引我的是費蒙寫的《情報販子》與《賭國仇城》，這兩套小說故事都很離奇，一個講間諜，一個講賭場黑道的鬥爭，人物刻畫分明，情節又高潮迭起，緊張有趣，從此我知道文字之外，敘事情節對文學的重要。情節起伏可視為故事的線條，文學跟繪畫一樣，也得講線條的，而線條要曲折，所以古人有「文如春山不喜平」的說法。我很晚才知道，這位文字不凡，堪稱文學高手的費蒙，竟然是在報上連載漫畫《牛伯伯打游擊》、《老油條》的漫畫家牛哥，亂世中的荒唐事可真不少呀。

到我讀高中，便有能力閱讀一些真正的文學名著了，這能力由自己的成長帶來，大量閱讀與漸增的閱歷，便知道什麼是高低深淺，哪些是好作品，哪些是差的作品，但人生如樹，成長需要營養，雜草汙泥乃至矢溺，堆積得好也可成為肥料，這證明之前亂讀風花雪月或怪力亂神，不見得全是浪費。

讀多了書有時會手癢，手癢的結果是創作，說起創作來，我也有些奇怪的歷程。我最早有興趣的是詩，之前偶爾看了一些古詩與現代詩，大多茫然，有時卻感到有點心得，我的心得是勇氣，所謂文學要把心內的話勇敢的說出來，別管奇怪不奇怪，也別管人家喜不喜歡，卻沒料到心裡該有真材實料的「話」才行。當時一位現代詩人，會在詩裡堆砌奇怪詞藻，也喜歡重疊，記得他寫了首題目好像叫〈鈕扣〉其實內容是「掉了一地」的詩，內容是重複的七八十個「鈕扣」，字有大有小，散落紙張各處，像真的鈕扣散落一地的樣子，我看了很興奮，寫了首跟掉鈕扣很像的「詩」，也在稿紙上「掉」了不少東西。為了好玩投稿一詩刊，想不到竟蒙刊出，卻久久不見有稿費寄來。後來主編來信，鼓勵繼續投稿外，說什麼文學是經國大業，需要支援，請我最好匯點錢，以救燃眉，當時我一窮二白，自己都三餐不繼，哪有能力支援他，我的投稿事業，因而告終。

我一度對文章中的詞性變化也迷過一陣，可能是源自像余光中等人的詩作吧，余有名的句子是「天空很希臘」，把名詞當形容詞來用，應是受英文的啟發，英文將名詞加 -tive 或 -ful 就成了形容詞，將動詞加 -ing 變成「動名詞」，原來中文也可以的，譬如把希臘變成「希臘化的天空」，或「天空如希臘般的」就成了。但余光中是硬把動詞或名詞不加任何符號就改變了它的詞性，這種有強烈侵略意味的革命手段，是之前沒有的，這種寫作方式一時投我所好，興奮之下，也寫了不少這類的句子，譬如「苦雨很宜蘭」（宜蘭多雨）、「港邊很端午」（指如划龍舟般的熱鬧）、「她聽他這樣說，臉孔也夕陽了」，其實在搬弄罷了，更荒謬的是一口氣寫了許多連自己也無法解釋的句子，如「傾斜，是沒有重量的」、「愛是死之共生」、「石之舞之與無聲之吟哦」之類的，就不只在搬弄而是在顛倒是非了，寫這樣的句子，有點像擁有耍無賴的自由，更厲害點，像犯了傷人、殺人的重罪，卻完全不須負任何責任般的過癮。

小說也寫過，大約讀高二時吧，是個萬餘字的短篇，故事寫一個南方澳（宜蘭一漁港）的船長跟遠洋一條大鯊魚的恩怨，最後船沉了，鯊魚跟船長也都死了，這明顯是梅爾維爾《白鯨記》（Herman Melville,1819-1891: *Moby-Dick*）的翻版嘛。稿成投稿香港發行的《亞洲畫報》的年度小說比賽，當然沒有下文，想是評審一下子便看穿了手腳吧，這事我覺得丟臉，從沒告訴過人，這是我一生唯一一次自動參加的徵文比賽。

後來也寫過幾篇小說，但都沒成功，跟之前寫「詩」很不一樣，寫詩是即興式的，可以搬弄文字，而態度有點油滑，目的在玩。寫小說就不一樣了，寫小說態度比較莊重，是要全力以赴的，但對我而言，障礙太多了，不管我如何用力，總覺得前面有座高山擋著，我不只是無法越過，還有無路可走的困窘。後來我想，我除了抄襲、模仿名作之外，沒有建立自己的「浩蕩之想」，精神也不夠踏實，所有好的作品，都該有自己的浩蕩之想的，而我沒有，因此我在文學上永遠是個凡人，要想建立自己的浩蕩之想，猶待之後的努力了。

還有一原因是我讀高中時，西方存在主義的虛無思潮在臺灣的藝文界開始流行，虛無思潮是把目下一切都當成無所謂、不在乎，生活態度有點得過且過的意味，因為他們認為所有的抗爭必定失敗，不如早早放棄。我上大學後才讀卡謬的《異鄉人》，跟我之前熟悉的托爾斯泰與羅曼・羅蘭的不同，托爾斯泰小說裡的人物就算死了，而多有其不死的精神的，但《異鄉人》中的人雖然活著，卻跟死了的沒兩樣，這是他們所標榜的虛無與荒謬，我在高中讀書時就偶有那個感覺，臺灣整個社會，從旁的角度看，其實充滿了荒謬的意味的，偏僻的宜蘭，生活更有虛幻的感覺，所以當時的我，對存在主義強調的荒謬並不陌生。當然全用荒謬看存在主義也有誤判，後來我知道，存在主義也有嚴整的一面，但當時我們看到的是比較虛無的一面，因為虛無與荒謬總比嚴整吸引目光。

窘境給我痛苦，小說中的船長與鯊魚也跟著我鬧彆扭，弄得一片烏煙瘴氣，稿子不入選，是很自然的事。歐威爾說：「（寫作的人）在他動筆寫作之前，應該已持有某種主觀的感情，是他永遠都無法完全掙脫的。」要說我的主觀感情是什麼？有點難說，假如以愛恨來立論，我相信愛比恨偉大，我也喜歡有愛的世界，但愛如與恨發生鬥爭，愛是否終得勝利，我就不敢確定了。前面說過我青少年時代，受到荒謬或虛無論的影響，我當然知道正義「該」戰勝邪惡，但世事有許多相反的例子，證明結果不見得都是，這是我當時的悖論與虛無論的來由。

至於歐威爾說文學要有歷史使命感與政治性目的，其實兩者是有一致性的，現在放一起來談。所謂政治性的目標，就是指文學要宣揚自己政治的主張，這包羅很廣，譬如討論自由或社會公平、個人與集體孰重等的問題，他說的歷史使命感，是要在歷史上找出有利於己的佐證，再在文學上加以發揮，以張揚此說。強調這個說法，會容易讓自己的文學變成政治的宣傳品，這是為什麼歐威爾曾承認自己在年輕時「曾經強迫自己，要成為一個宣傳手冊作家」，也因此當他看清了政治許多惡質面向之後，引發了他對權威的懷疑與不滿，直到一九三五年之後，看到西班牙內戰與希特勒興起，他不得不起來反對極權主義、挺民主社會主義了。他說：「如果越清楚自己的政治走向，你就越能在兼顧審美與知識內涵的情況下，大方的展現你的政治情懷。」

老實說，我對歐威爾老拈出「政治性」一詞是很反感的，我自省對政治性的事永不如對真理的敏感，而其實在他看，兩者差別不大，有時候所指是一樣的，衡諸中國傳統的知識分子的觀念也多相合。我跟他不同的是我很早就意識到政壇是潭惡水，古人因出路不多，不得不進出其中，而現代人不從事政治也有飯吃，而且吃得安心得多，就不值得去淌那種渾水了。居官的人所說的話，不由己的為多，官越大，越會說謊，再加上還有不少人幫他圓謊，「政治手冊」上寫的，大半如此，幸虧歐威爾早放棄寫它了，否則他之後的成就，便可想像了。

其實這話也不必太嚴肅看，歐威爾後來寫的，不論是《緬甸歲月》、《動物農莊》或《一九八四》，據他說都是有「政治性」的圖謀，其實他所謂的政治圖謀可視為他對天下的憂慮與理想吧，這跟范仲淹的「憂天下」是很一樣的。歐威爾必定在集體生活中受過很大的傷，發現集體講求一致性，必定要犧牲個人，而失去自由意志的人，往往也會阻止別人去追求自由，形成一種惡性的循環。

我很早便有這種警覺了，這是我在不得已之下加入團體的時候，一直提醒自己不要過於濫情投入，要讓自己仍保持清醒與獨立的原因。我一生沒加入過政黨、沒信仰過宗教，倒不是我完全沒有政治想法或宗教感，主要是不願參與團體，我認為一入團體，就受到集體意識的感染，獨立自主的意識會漸漸變薄弱了，對我而言，那是一種災難。我在幾所學校教過書，卻很少參加教學之外的其他活動，我也在報社做過主筆，但鮮少參與報社朋友的聚會，報社的老板幾次邀我做專任主筆都被我婉拒了，理由是客席主筆更自由，比較像英文中 freelancer 這個角色，我寫過不少文章，也從未加入任何文藝團體，理由是一樣的，正如歐威爾所說，我也有自己的「政治性」，我的政治性是對一切有關政治的事保持警覺，不見得是政治，而是如政治般人事糾結的事，我都刻意不去沾惹它，熱血是必要的，但值此亂世，還是得讓自己保持清醒與冷靜，不能隨波逐流。

整體而言，歐威爾的那本小書，對我很有意義，他所說的，切中一些我寫作途中的所見所思。

我為何寫作？（二）

歐威爾說文學創作的第一點理由是：「完全的自我中心：例如想要看起來比別人聰明，成為話題人物，要永垂千古，讓小時候冷落你的人好看等等。若這不是動機，而且不是個強烈的動機，其實是騙人的。」他這段話，初看起來很自私，也有點自戀，不符合一般人「立志」的標準，但考其實，這種心態，是從事文學的人普遍有過的。

中國傳統有發憤之說，正好可拿來接續歐威爾上面所說的。「發憤」這詞來自孔子，《論語‧述而》有：「發憤忘食，樂以忘憂」，是夫子之自道。發憤是指在患難中奮力自強、不屈不撓的意思，孔子為什麼發憤，話中未點出，因為後句有「樂」這個字，前句的發憤就應該含有「憂」的成分。並不是指發憤本身是憂，而是指發憤所對抗的是層層的憂傷或憂愁。

孔子有什麼憂愁或憂傷呢？說起這個，孔子一生的憂傷還真不少。首先在政途上，儒家講經世濟民，是極認可做官這事的，孔子處在一個政治敗壞的時代，他在魯定公十四年時，做過短期的魯國大司寇，據《史記》說當時孔子是「由大司寇行攝相事」，那一年用一般的說法來說，是孔子在從政方面最得意的時候，但當時的魯君被季桓子挾持，毫無作為，《論語‧微子》有記：「齊人歸女樂，季桓子受之。三日不朝，孔子行。」他看到魯國政治敗壞，自己匡正無由，便毅然決定離開魯國，請注意《論語》寫「孔子行」三字多簡捷，一點都不含糊吞吐，所透露出的意志是何等堅定了，而背景是不利自己的大環境，他徹底憂傷，是可想像的。

孔子當時聲譽雖隆，但在外國也沒混好，他滿懷理想，卻到處碰壁，這跟他的個性也有關係，孔子雖待人寬厚，然而往往死守德治的原則，不輕易權變，很多地方與人不合，世人待他冷淡可以想像，最後弄到司馬遷以「喪家之狗」來形容他。《史記‧孔子世家》寫這件事很傳神，說：

孔子適鄭，與弟子相失，孔子獨立郭東門。鄭人或謂子貢曰：「東門有人，其顙似堯，其項類皋陶，其肩類子產，然自要以下不及禹三寸。纍纍若喪家之狗。」子貢以實告孔子。孔子欣然笑曰：「形狀，末也。而謂似喪家之狗，然哉！然哉！」

這段話之有趣是鄭人描寫與弟子走失的孔子，竟說起孔子的長相來了，這段敘述引起清代考據學家崔述的不滿，他在《洙泗考信錄》中說：「鄭在宋西，陳在宋南，自宋適陳，必不由鄭，子產鄭相，其卒不久，鄭人或猶有及見者，堯舜皋陶，千七百餘年矣，鄭人何由知其形體之詳，而分寸乃歷歷不爽矣乎？此乃齊東野人之語。」崔述說孔子自宋至陳，必不經過鄭，證明鄭人之言是無的放矢，又說一千七百年前的堯、舜、皋陶，鄭人都不及見，怎能依據考實孔子之長相呢。這證明考據學家不是太過老實，就有點迂，我們說一人長相似關公，並無須見過關公，關公紅臉的長相早有傳聞啊，民間的言論，豈不都是憑藉傳聞來的嗎？這段文字主要並不在說孔子長得像不像堯、舜、皋陶，而是說孔子當時狼狽得像條喪家之狗的樣子，喪家就是無家可歸，這麼說孔子當然是不敬，但孔子聽了不以為忤，還跟著說，要說我像堯舜的形貌，我不敢當，要說我是條喪家之狗，確實很像呀，可見孔子也懂幽默。

司馬遷的「喪家之狗」之說來處並不清楚，但《論語》有許多記載說孔子離開魯國後並不順遂，尤其是「困於陳、蔡」，典故大家都熟，就不再說了。總之，孔子周遊列國也沒混好，後來興起了歸與之思，「吾黨之小子狂簡，斐然成章，不知所以裁之。」（《論語・公冶長》）孔子在陳國說這話時，已六十三歲了。他後來又到衛國待了一段時間，到他六十八歲時才正式歸魯，但說這話時，已可見出他試圖將自己的人生使命，從政治轉化成教育與文化的方向了。

孔子活了七十三歲，當他回魯專心述作並重執教鞭，總共也只有六七年的時間，而這段時候他也極不平靜。首先是魯國的政治依然不好，總會擾亂到他，自己四周也不斷有壞消息。他回魯第二年也就是六十九歲時，他唯一的兒子孔鯉死了，父在子死，當然是慘劇，過了兩年，也就是魯哀公十四年（481B.C.）他把正在寫的《春秋》停了，歷史上稱此事為「絕筆於獲麟」。《左傳》當年有記：「十四年春，西狩於大野，叔孫氏之車子鉏商獲麟，以為不詳，以賜虞人。仲尼觀之曰：『麟也。』」麟是傳說裡的瑞獸，據說是天下偃安，國家太平時才會出現，想不到亂世也會出現，卻被魯國叔孫氏的手下尋獲並殺了，叔孫氏知道自己人闖了禍，私下將麟屍送給管獵場的人（虞人），孔子知道後，無限哀傷，因為他意識到，世衰道微的險惡時代是真正到來了。

同一年，孔子最器重的大弟子顏淵也死了，顏淵之死讓他痛心欲絕，曾說過：「非夫人之為慟而誰為！」（《論語・先進》）一年後，他的另一大弟子子路（仲由）也在衛國被殺，《公羊傳》寫獲麟與顏淵、子路死事有特殊觀點，說：

十有四年春，西狩獲麟。何以書？記異也。何異爾？非中國之獸也。然則孰狩之？薪採者也。薪採者則微者也，曷為以狩言之？大之也。曷為大之？為獲麟大之也。曷為獲麟大之？麟者，仁獸也。有王者則至，無王者則不至。有以告者曰：「有麕而角者。」孔子曰：「孰為來哉！孰為來哉！」反袂拭面涕沾袍。顏淵死，子曰：「噫！天喪予。」子路死，子曰：「噫！天祝予。」西狩獲麟，孔子曰：「吾道窮矣。」

這段文字是很重要的文獻，文中的「祝」字，是斷的意思，孔子說子路死了，是上天斷絕我了，可見心痛。當時的人包括孔子，都非常重視象徵（以現代人的觀點，近乎迷信），把麟視為祥獸，麟死了等於告訴自己世上再無希望了，「吾道窮矣」就是這種心情之下的感嘆。

《史記・太史公自序》說：「《詩》三百篇，大抵賢聖發憤之所為作也」，這是第一次認為好的文學產生於憂患之中。司馬遷又說：「蓋文王拘而演《周易》；仲尼厄而作《春秋》；屈原放逐，乃賦〈離騷〉；左丘失明，厥有《國語》；孫子臏腳，兵法修列；不韋遷蜀，世傳《呂覽》；韓非囚秦，〈說難〉、〈孤憤〉。《詩》三百篇，大抵聖賢發憤之所為作也。」（〈報任安書〉）這段話他又把文學的含意更加擴大，認為所有文學或非文學（只要是由文字顯示的）最好的作品，包括歷史、哲學，甚至獨有見解的兵法都在內，都因人生的憂患而產生，有點以憂患當成所有作品創作的原動力的想法，這個說法，揆諸孔子一生的述作，也有證據在的，但孔子絕筆於獲麟，也因有更大的哀傷而不再寫作，這是又該作何解呢？

哀傷有時激勵人寫作，有時也會阻止，是不一定的，就像火給人希望，也會帶來毀滅的危機。人的忍受力有限，超過了限度，也會崩潰的，這一點，所有創作的人，幾乎都會碰到，聖人也不例外。

要知道，當你淪陷在孤獨之中崩潰了塌陷了，往往是沒有人會來扶你的，很多人被命運的坦克轟然碾壓過，連命都沒了，還有什麼可說呢，無話可說，文學當然也沒了。然而是有例外的，總還是有些人雖經碾壓，將死卻沒有死透，他獨自一人在幽暗的角落收拾自己的敗肢殘骨，幾經努力，想不到竟然還能站起來呢，久經挫折的靈魂，益發不願屈服，最後他一字字的把他人生的遭遇與心理的變化寫了下來，這種文學之所以可貴，在於文字表象之外，還有一種沉痛卻沛然莫之能禦的力量。王國維評李後主詞時曾說：「尼采謂一切文學余愛以血書者，後主之詞，真所謂以血書者也」，「血書」一詞，庶乎近之。

血書並非灑狗血，是指文學中藏有自己的血淚的經驗，而這種血淚經驗又是生命中最深沉的部分，往往不是可以輕易托出的，所以文學往往也有困境。

說了許多古人，接下來說說自己。

要說我有沒有文學的困境呢？有的，文學的困境很多時候等於生活的困境，但我們這代人，大致生長承平，時代造成的生離死別不算多，所以困境多在內心。

我比較忌諱油滑，不論人生或文學都是一樣的，我認為就算生澀粗糙，也絕對比油滑的要好。人格上的油滑當然不可取，而受過一般文學訓練的人都知道，文學在謀篇、修辭等上的講究，其實也是一種油滑，用典或引喻，也多含有隱藏的用意，也都算有油滑的成分，要是多了，文學成了掩蓋而不在呈現真實，就跟宣傳品相差不遠了，把文學弄成跟宣傳品一樣，絕對是糟糕的事，所以我認為凡不真實的文學，裝模作樣的、虛張聲勢的假東西，都該在揚棄之列。我甚至認為最好的文學是沒有「技法」可言的，一言技法，就容易變得油滑了。油滑只能騙一般人，因為越油滑就越有「斧鑿」痕，明眼人是一看就破的，所以能避免的最好。但文學真要「直寫胸臆」或「獨抒性靈」，其實也沒有說的那麼簡單。

這些困難，在文學之途都會碰到，文學的困難之途，不盡然全是技巧上的問題，但這些問題都跟前面說的「發憤」無關，發憤是你面對一種憂傷或窘迫，心想克服，憂傷與窘迫越大，越激起你想戰勝它的意志。我的發憤，多與自己所處的環境有關，我出身中文系，中文系的全名是中國文學系，系名中雖有文學兩字，其實對一切文學有關的事不很重視，尤其對創作，有些時候，甚至懷有些敵視，這該從對文學兩字的解釋不同說起。

傳統中文系對文學的解釋偏向學術，而所講的學術又比較接近文化歷史的方向，從文化道學的立場，「舞文弄墨」是被輕視的。儒家之學以經世為核心，孔門四科，首先講的是「德行」，次講「政事」。春秋時「文學」的定義不是當今文學的定義，是指所有與文字有關的載籍學問，包括歷史與哲學，文學代表知識廣博，代表「學富五車」，學富五車是從事政事的條件，所以置於第三，而我們今天的文學，當時以「語言」一詞作代表，指說得出一口流行的語言，寫得出一手漂亮的文字，統稱善於語言，即「嫻於辭令」的意思。我們從《論語》描述四科「德行、政事、文學、語言」的順序可看出來其間的輕重。

其實在西方也一樣，文學的含意一向是很混淆的。英文的文學是 literature，它的拉丁詞根是 literatura 或 litteratura（littera 或 letter 原指手寫的文字），後來演變成指所有的書面記錄，到文藝復興之後，學問的分科日細，才將我們今天所講的詩、散文、小說等視為文學，以與歷史、哲學或其他的文化科目分道揚鑣了，含意當然也越變越小。在目前的大學裡面，西方文學系（如英文系、法文系）或如不標舉語言如「英國語言文學系」或「法國語言文學系」，就專指該系研究的是該種語言中有關詩、散文、小說等的，在這些「外文系」中，語言學、哲學、史學當然會涉及，但不以為重，這點跟中文系非常不同，中文系當然有不少有關詩、散文、小說的課程與科目，但在中文系待久了的人大多不認為這些東西是中文中的「正道」，中文系的重心首要是經學，其次是史學，他們研究文學，也只研究文學史或文學理論，往往以古典為核心，現當代的文學，尤其在創作方面，往往不重視，有時甚至對之不屑一顧。

學者從事文學創作的，往往都以此為戒，以我為例，我雖然寫作的時間不算短，寫作的類別也不算窄，但比較大量寫作並出書，是退休之後的事，這是因為沒退休時，四周的環境給我的壓力過大，我感覺到我任教的系雖以文學為名，其實對文學創作是有意見的，能不能算是「敵意」並不能斷定，但這意見確實是存在的，在這種處境中，我一直孤立無援，再加上我朋友不多，缺乏交談的對象，我最能體會古今作者的孤獨感，原來文學裡面的熱鬧世界，多是由極孤獨的人創作的，包括曹雪芹與托爾斯泰都是。

儘管我四周有許多傑出的學者，卻沒有一個認真寫作的人，他們對我認可的文學，一般也多採輕視的態度，這是我有時在公開場合會選擇逃避文學的原因，我想像我所說的這類型的人，在大學教師中還有不少的。還有一個原因是我自認在學術活動中，自己也有生存的能力，我研究學術，不論經學史學，也略知其途徑，也就是說，我有能力應付環境，做一個達爾文所謂「適者生存」的人，這使得我對文學創作，無須全力投入，雖然內心還是保持著熱衷。

我退休十多年後，累積寫作，已稍有成績，但我很少示人，連朋友也不例外。後來有一兩部討論我的學位論文出現，這事我當然知道，又因為論文寫作與有關學位的授予，都是公開的，所以知道此事的人不少，之後聽到一些朋友談及此事，令我訝異的是鼓勵的居少，取笑的居多，有幾次揶揄與嘲諷，已達傷人地步了。面對這些事，我一直保持風度，把所有言語當作好友間顯示親暱的方式，但內心還是明白自己處境的危殆。有一次一人當著我的面借題發揮，還順藤摸瓜旁及其他，他戾責眼前學位論文之不知撿擇，說連阿狗阿貓都可以研究了，另一人在旁插科打諢說，阿狗阿貓當然可研究啊，動物系一向不是如此嗎？引起哄堂大笑，說這樣的話，其實已遠超親暱的程度了。我對自己並非完全沒有自信，然而聽此言心中還是難免有些忿忿，因為這樣的言論，也傷害到寫論文的學生了。而這種非常不合理的反應，半年中幾乎不斷的重複了三次。

我當然知道是源自妒忌或其他的心理因素，所有的人都有先天的缺陷在的，有的會克制，有的會顯露，我不在乎就行了，但學院中人對創作的鄙視或敵視，則是更嚴重的問題。中文系重視典範，你可研究孔子，但不准你像孔子一樣的「刪、述」；可討論李杜，卻對懷有李杜之志之才的人冷嘲熱諷，這樣合理嗎？面對這樣的場景，歐威爾說他的文學要「完全的自我中心」，「想要看起來比別人聰明，成為話題人物，永垂千古，讓小時候冷落你的人好看等等」的話在耳邊響起，只不過要把他話中的「小時候」三字刪除，就切合我的處境，與處境之下的心態了。

所以我也有些類似孔子發憤之事實，只是更曲折些，發憤往往會牽動情緒，這一點，孔子也難避免的吧。我後來在創作之餘，轉而寫點些有關古代經學或思想史討論的書，包括研究《論語》、《孟子》或王陽明的，想不到《論語》與陽明的書出版後，還登彼岸的「十大好書榜」（社科與思想類的），當然令我欣慰，但此事非我所圖，我知道名利不但是假象，也不會久遠的。我回想寫這類書，目的雖不全在發憤一途，但不可諱言，也多少有些這樣的情緒在，要別人知道我雖不列名武林，而出刀快準，也是有點厲害之處的。發憤其實是一種基調，是一種氣氛，一種情緒，比起孔子來，這個時代、這個世界讓我們發憤的因素，一項也沒有少過，包括世局的變動、政治之不可信與人心之「叵測」，真要說，是說不完的。

一次我與已過世的好友柯慶明聊天，他說在我們中文系，還是搞小學、經學的有前途，從事文學研究，常被經學家瞧不起，認為不學無術。我問那你為何當年不從事經學呢？他開玩笑的說，個性，還是左右著人的，言下自己個性奔放，還是從事文學比較「順己」吧。我當時說，從事經學的，因太多典律要依循，久了之後，往往無「己」可順了，而文學本來鼓勵表現自我，所以求表現的，從事文學的比較適合，但也不能一概而論，歷史上也有性格奔放的經學家，如戴震，也有終身隱身角落獨自創作的文學家，如歸有光。他似贊同，說假如能「創造」文學，會比那些走不出古人規範的經學家們多點「不朽」的成分，我說那也得看他創造的是不是「好」的文學呀。

既是性格所限，還是順適它比較好，其他也無須強求了。記得那次與柯慶明還談到，他說只要自己努力創造，歷史會「還」我們公道的，當時我怎麼回應的，已有些忘了，但對這一點，我是高度懷疑的，我們要歷史還什麼公道呢？中國近七百年來，在儒學思想界最有貢獻的該是王陽明了，但他在世的時候就受人懷疑反對，死後爭議也不斷，他因平定大亂有功國家，被封為新建伯，但那些光彩都很短，《明史》陽明本傳收尾有段很特殊的文字，我寫《陽明學十講》最後引用了這段，是：

始守仁無子，育弟子正憲為後。晚年，生子正億，二歲而孤。既長，襲錦衣副千戶。隆慶初，襲新建伯，萬曆五年卒。子承勛嗣，督漕運二十年。子先進，無子，將以弟先達子業弘繼。先達妻曰：「伯無子，爵自傳吾夫，由父及子，爵安往？」先進怒，因育族子業洵為後。及承勛卒，先進未襲，死。業洵自以非嫡嗣，終當歸爵先達，且虞其爭，乃謗先達為乞養，而別推承勛弟子先通當嗣，屢爭於朝，數十年不決。崇禎時，先達子業弘復與先通疏辨。而業洵兄業浩時為總督，所司懼忤業浩，竟以先通嗣。業弘憤，持疏入禁門訴，自刎不殊，執下獄，尋釋。先通襲伯四年，流賊陷京師，被殺。

這段記錄可說不堪極了，陽明後世子孫為了爭奪襲爵事，弄得場面十分難看，真使王家一門蒙羞，最後國破家亡，玉石俱焚，一切也都成空了。讀到此令人不得不有司馬遷在〈伯夷列傳〉上「天之報施善人，何如也」之嘆。

歷史有沒還陽明公道，至少在家族後人方面沒有。善有善報、惡有惡報是一般人的希冀，而世事不見得都是照人希冀來的，從事寫作，更要有此認識，耕耘與收穫之間，不必然成正比。說開了，文學其實是作者順遂意志之道，利呢，幾乎是沒有的，名呢，不是有「千秋萬歲名，寂寞身後事」之說嗎？還好我們現代人比較懂得「分際」，知道自己力量有限，別人的事不能干涉，因為干涉無用，便決定束手吧，譬如中國古代學者對政治的狂熱，我們完全不需要有的，人的青春有限，不容浪費。

文學的真與善，藝術的美，值得一生追求，當人決定將一生的憂與樂都置於此時，其他都不重要了。

我為何寫作？（三）

我在前面一篇談為何寫作時，因談到孔子「發憤」，也說了一些令自己發憤的事，牽連到不少負面的消息。但僅說這些，是不夠的，因為我的寫作，不見得全是應付負面，我很多文學創作的動力其實來自正面的激勵，這篇文章我想談一些。

我除了早期寫作的摸索是自發的之外，大學畢業後的寫作，多數不因自發，而是來自朋友的邀約，這就有機緣的成分了，我得感謝邀約我的朋友，沒他們的話，我是不會展開寫作的。譬如一九七〇年代初期，那時我正在桃園一個中學教書，日子過得沉悶又散漫，朋友陳冷女士在高雄的《臺灣時報》當副刊編輯，邀我寫稿，每週一篇，是專欄的性質，後來她又到臺中當《臺灣日報》的副刊主編，也邀請我幫他們寫專欄，我從那時起展開了長期寫作的生涯，所以言及我的寫作經歷，得感謝陳冷的鞭策與鼓勵。

其實之前，我也斷續寫作過，但零零落落，投稿又不集中，整體而言，如雲聚雲散，毫無成績可言。但我喜閱讀，知識來源還算豐富，尤對思想與文學多所興感。記得一九六五年我東吳畢業前的四五月間，寫了篇評論徐子明先生罵胡適的書《胡禍叢談》的文章，投給《文星》雜誌，這篇文章上萬字，批評《胡禍叢談》一書在邏輯上所犯的種種謬誤，我的看法是，胡適當然可以批評，但批評的理由不能歪曲羅織。徐子明先生是正在教我的老師，這篇文章如刊登在我畢業之前，他一定不會饒恕我，而我「毀師滅派」的舉措必引起全系教師的抵制，影響所及是我勢必畢不了業，因為東吳中文系是極端保守的。幸好當時所有報刊都靠「手民」排字，《文星》深怕有誤，寄來所排稿要我校對，這樣往返了一番，等文星九十四期（八月號）七月刊出時我已畢業。

當時《文星》極為火紅，上面寫文章的人我都視之為「燁然如神人」的人，《文星》願意刊登我的文章，對當時的我而言，當然是殊榮。正好我有事回羅東，便去請教母校老師禚夢庵先生，他聞訊也大喜，看了文章，稱讚不已，幫我改了幾個錯字便讓我寄回了。後來《文星》總編李敖來信，對我熱切稱道了一番，請我之後繼續幫他們寫稿。我畢業隨即當兵，分發到澎湖野戰師當少尉軍官，當時越戰方酣，局勢緊張，天天出操行軍，當然沒時間寫作了。到了該年的十二月，部隊調回本島，我在臺南書攤看到《文星》雜誌第九十八期，上有篇〈我們對「國法黨限」的嚴正表示——以謝然之的作風為例〉

的社論，嚴峻批評當局言論控管，《文星》隨即被迫關門收攤。李敖當時是否也隨之鋃鐺入獄，我已記不得了，但我原想為《文星》繼續寫稿的事，也因而中斷。

但因「正義感」而寫文章，是我之後很重要的一種寫作的動機與內涵。我在八〇年代後，先是擔任剛創辦的《中時晚報》的主筆，又接任《中國時報》的主筆達十餘年之久（先是兩報都寫，後來專心為《中國時報》寫），兩報先後的總主筆俞國基先生是我的老友，我參與筆陣，有與友人共襄盛舉的含意，更重要的是心中有太多的「正義感」想抒發，現在有機會展現，不該去承擔嗎？《時報》董事長余紀忠先生對主筆極熱忱也極禮遇，我結識他時他已年老，但他仍力主民主多元、言論自由，言之鑿鑿且信誓旦旦，每思及他言語，我到現在還有些激動。但紀老最後幾年，大約一九九五年前後吧，他的意志好像變弱了些，兩份報紙由其女余範英與其子余建新接棒，言論方向也逐漸改了，不再那麼堅定又旗幟鮮明了，我覺得很多地方已不痛不癢的有和稀泥的成分，再加上理想與熱情在臺灣社會也逐漸消失，我便決定不再幫他們寫了。過了一陣，蔡詩萍擔任《聯合晚報》的總主筆，也曾邀我寫過社論，但我意興有點低沉，寫了幾篇也就不再寫了，《聯合報》的另一系統報《民生報》當時由老友陳曉林主言論，也邀我不時供稿，我斷斷續續為《民生報》寫了約莫兩年吧，一天陳曉林來電說別寫了，因為《民生報》要關門大吉了。我有些感慨，當然知道這幾家報紙並不是因我而倒的，但我一生參與過三家報紙（《中時晚報》、《民生報》、《聯合晚報》）的筆陣，碰到的卻是盛極一時後的草草結束，心中不免還是有些怏然吧。

那也是臺灣人文環境由盛而衰的具體寫照，興亡起落原是尋常事，但那麼頻繁的起落，也讓人有些不能適應，這是我寫社論、評論的經歷。

除了幫報紙寫社論、評論，我也有些文學創作，文學創作的多投副刊。我後來應我臺大學妹應平書之邀，在《中華日報》副刊寫了蠻長一段時候的專欄，這些專欄主要寫文學、藝術與生活上的隨感，其中文字很多收入之後出版的《三個貝多芬》、《冷熱》等書。專欄之外較長的文字，多數刊登在《中國時報•人間副刊》上，《中國時報》與《聯合報》發行很廣，有華人的地方大致都找得到，一回在美國的朋友來信，說他已很長段時間沒看到我文章，問我是否還在《人間》呢，我就趕快補了篇小文寄給《人間》，並請主編楊澤盡快刊登，以釋千里之外老友的殷憂。

說起投稿副刊，也有可笑的地方。二〇〇四年我還在臺大，一天接到我之前在淡江教過學生黃耀寬的電話，他說他正在高雄的《臺灣時報》負責編副刊，問我能否幫他們寫稿，我問了點詳情，才知道這學生是一定要幫的，第一是該報是我七十年代初最早寫副刊專欄的報紙，當時聽說經營不善，好像隨時要倒，第二是副刊雖勉力維持，但所給稿費極低，吸引不了有名氣的作家為他們寫稿，再加上黃耀寬是個老實人，辭令不嫻，求救無方，情急之下只得找我這個老師助拳了。我後來答應幫他寫稿，開了一個以讀書見聞為主的專欄，專欄名「林間集」，有點呼應海德格的《林中路》（Martin Heidegger,1889-1976: *Holzwege*），也有點預期即將退休以享林泉的生活。

此報臺北不太看得到，黃耀寬每週將所登的寄來。但寫了半年多，我生起氣來，副刊後面的版面全是六合彩賭局的廣告不說，我專欄底下常有一位姓盧的自號大法師的人，寫他上天與諸仙佛稱兄道弟，下地與群魔鬥法的奇怪經歷，吹噓之外，文字又差，我看了這些亂七八糟的東西氣不過，跟黃耀寬說，你們要是再刊登這類文章，我就不寫了。黃耀寬來電請我原諒，他說我們刊登老師的文章給了您點薄酬的，他說那位盧姓大法師也是要給稿酬，但他是要給報社的，吞吞吐吐的講了半天，才知道報社每篇要收他銀兩若干，當作廣告費用，我問你們怎麼能用這麼下三濫的手段呢，才知道報社不給副刊經費，黃耀寬是靠這些收入才能勉強維持副刊的運作。我恍然大悟，我的稿費等於也是這位施主供應的，我不該抱怨之外，還得對他感恩戴德才對。

我原答應幫黃耀寬寫一年，後來又不知道什麼原因寫下去，結果寫了整整兩年，共計一百多篇，後來交給初安民先生主持的印刻出版，書名《時光倒影》。

我寫作之途，也碰到不少貴人相助，譬如印刻的初安民先生。我跟他原不認識，二〇〇七年春夏之交，《時光倒影》由印刻出版，書出版前我們只書信連絡過，未見過面，書出版後，我在臺大準備退休。一天初安民約我見面，邀我為《印刻文學生活誌》雜誌寫專欄，每月一篇，他很誠懇，我答應了。跟他討論主題時，我一度想寫閱讀感想的書，但又擔心跟《時光倒影》的主題稍近了，初安民知道我對藝術與音樂有喜好，就約好我寫些觀畫或聆樂的心得吧。

不料當時的我有一般剛退休人的浮躁，定不下心來，連寫了幾篇都不覺滿意，一度去信說不寫算了，但他們說你慢寫吧，我們等你。一天我試寫小時碰到一些有趣人物的故事，譬如我有個小學弟名叫林烏丟，這名字非常奇特，但當時怪名不少，也就見怪不怪。等我們都長大，才知道林烏丟祖父在日據時代是鄉下的漢文老師，為他取了個至高無上的好名叫林宇宙，但光復時報戶口，戶籍員正巧是外省人，聽成林烏丟了，原來臺語的「宇宙」是念成「烏丟」的。我把這篇文章定名成〈寫在沙上的〉，就立意寫些少年時在鄉下的經歷，後承印刻不棄，也逐期刊登在雜誌上了。專欄名「五陵衣馬」，是取杜詩〈秋興〉「同學少年多不賤，五陵衣馬自輕肥」之意，之後結集成書，書名《同學少年》也出自詩中。

《同學少年》出版後，二〇一〇年初我又出了本《記憶之塔》，寫我讀大學以至後來在臺灣教育界「混」的事，裡面有很多內省，當然也有臧否我們所處的時代的事，書出了正好碰上春節長假，大多外來的人都回鄉了，臺北幾乎成為一座空城，春節一大早，我竟然接到初安民手機傳訊，問我二十年前有本小說叫《日昇之城》，是「圓神」出的，他想由印刻再出一次，我隨即打電話給他，他說除夕一晚他在看我的《記憶之塔》，覺得很感動，隨想到多年前看過我寫的小說，他說因搬家，書早找不到了，問我還有沒有，有的話快寄他。我聽他話，心頭不禁洶湧起來，那本小說集，他不提我自己都早忘了，忙跟他說，我再找找看。

我後來找到，覺得幼稚了點，便寫了封信給他，信中有段：

> 過年一早你傳簡訊說想把我的舊作《日昇之城》重印，開始確實有老杜「初聞涕淚滿衣裳」的感動。我寫了不少東西，從來不覺重要，也沒什麼人看，現在有人打算再印我自己幾乎已遺忘了的作品，對作者而言，確實是莫大的榮幸。但當我找出來再看一遍，又覺得十分不自在。那本書確實是早年的舊作了，文字稚嫩得

很，我考慮了好幾天，也與內人仔細討論過，還是認為這本書不值得再印，原因一方面是不可能有賣相，二方面是再印令我汗顏。

我在電話中答應把我所剩的一本寄給他，但我猶豫該不該再寄，原因是怕他看了覺得幼稚，此後拒絕再收我的稿件。我又想，我的年齡接近白先勇王文興那一代，那一代的人還是注意文字的，可惜我那時候沒有寫作，就是寫了也沒想出版。……而我所面對新的一輩，是不很認同我們那時代人的文字藝術的。每次出了書，我自己也會買些回來，打算送些給同好友朋，但這後來發現其實沒有什麼人好送，就是送了，也沒人看，看了也沒人理，最後就作罷了，整體言，心情是低暗的，但聽到初安民說他願意再出版我的舊作，心裡還是砰然作響，久久不能已。

張愛玲曾說，成名要趁早啊，到老了才成名，還能享受什麼好處呢？所以便不圖此了吧，我心裡許諾初安民，要寫本比《日昇之城》好些的小說給他，這是我在印刻出版《黑暗咖啡廳的故事》的緣由。我每想起初安民與印刻，便想到「貴人」兩字。我退休後他們幫我出了好多本書，都十分精美，我不禁想起四十多年前，潘重規先生考我碩士論文時與鄭騫老師不知何故突然論我的長相來，說我兩眉既濃又緊，表示我童年少年一片蹇迫，但他們結論是：「此生鼻梁尚正，人中以下尚寬敞，應可得貴人相助，中年之後，漸入佳景。」潘、鄭二師所說似乎很對，我不是在這麼老的時候遇上了貴人嗎？

我在《臺時》寫「林間集」，有時寫多了，會給《中時》的《人間副刊》，所以《時光倒影》中也有幾篇是曾刊登在《人間》的。說起《人間》，主編楊澤算是老友，也算是我的貴人。我在臺大讀博士時，他是外文系助教，兼任外文系主要刊物《中外文學》的執編，我寫論文時有困頓，內心煩躁，解決之途是暫時放下博士論文改寫小說，寫了幾篇投《中外文學》均蒙刊登，讓我有點開心，後來知道，《中外》的稿源很多，有時讓我獨占篇幅，是楊澤堅持的緣故。一次我寫了篇名叫〈啊，頓河〉的小說，寄去後沒有消息，等了快一個月，楊澤來了限時信，說別擔心不採用，而是他們非常重視這篇小說，請了政大外文系李文彬教授寫了篇評論，他們想要將評論與小說同期刊登，所以會晚些。果然下月，新出的《中外文學》有我小說，也將李教授的評論刊出，李教授的文章讓我受益良多。

我跟楊澤當時雖同在臺大文學院一棟樓進出，卻從未私下見過面，我投稿用筆名，一次楊澤來信，說有幾個文友包括一位叫林蒼鬱先生的想與我談小說創作的事，約了我在臺大門口的一家咖啡廳見面，我個性孤僻，有點怕見生人，便托言有事沒去，有一部分原因是想繼續保持寫作的隱密吧。楊澤後來到普林斯頓拿了博士學位，又到布朗大學教了一陣書，回來做《人間》主編，我因時任《中時》的主筆偶爾到報社，我們才有機會見面，當時我在淡江，曾拉他來淡江中文系，教了一兩年有關文學理論的課。楊澤詩寫得極好，人品高且特殊，除非必要，不喜與人交，喜歡默默觀察，手上總有一本厚厚的筆記簿，隨時把看到想到的記下來，他勤懇正直又有個性，是我敬佩的人。

另外想談的是張瑞芬。我在印刻寫「五陵衣馬」時，也同時在幫大陸的世紀文景主編「臺灣學人散文叢書」，書中想收顏元叔先生的作品，便跟顏先生商量，他一口答應，並推薦刻正在逢甲大學任教的張瑞芬教授幫他選文，我因而跟張瑞芬連繫，她也爽快答應了。想不到在顏書談妥後她問我，最近在《印刻雜誌》看到的「五陵衣馬」是否是我寫的，我只好坦承，問她意見，她說寫得極好，是否考慮之後結集成書呢？我說還陸續在寫，沒想到那麼遠呢，她說假如成書，她願意幫我寫序，我大叫說有這麼好的事嗎？後來書要出時，她來臺北考試，我們匆匆見了一面，便把書稿交她，那是我們第一次見面。之後我在印刻出了好多本散文，包括《家族合照》、《有的記得，有的忘了》等，都有她序文或後記的，《記憶之塔》原沒她寫的，但大陸三聯在第二次出版這本書時，將她在《文訊》上面的一篇評論〈歲月沉沙〉當作全書的序，所以我幾本重要的散文集，都附有她的文章，她跟我關係獨深。

張瑞芬本人是極好的散文家，又對現代散文與小說有極強的鑑別力，著作成林，言之有物，她有為有守，絕不輕言許可，是個有原則的人。我記得她在我《同學少年》的序文最後寫道：「《同學少年》這本書說的，或許正是：貝多芬的後山童年，或許從來也沒有結束過。」這話對我而言很有啟示作用，印刻也把這段話放在書的封面位置，似乎預期之後連續有作品如《記憶之塔》、《家族合照》的出現。張瑞芬給我的啟發與鼓勵，我視為上天給我的福分，而這福分，是我之前從未預料能得到的。

另有一事，是說不期而遇的感受。二〇〇七年十月那期的《印刻文學生活誌》上刊登了我的〈遙遠的音符〉的小文，那期的封面是余光中先生，原來正是余先生的八十壽慶。一天中午，臺北文藝界幫他在SOGO頂樓的餐廳辦慶生會，場面盛大，印刻也算東道之一吧，也邀我參加。余先生是主客，等大會宣布余先生到了，大家都到樓梯口迎迓。SOGO的電梯不到頂樓，要從樓下走一層半旋轉的樓梯上來，我站在眾人之後，看到余先生手裡拿著那本印有他畫像的《印刻》緩步上樓，一邊跟四周的人打招呼，想不到他發現我，快步走過來且緊牽我手，搖著手上的雜誌說：「你裡面的這篇寫得真好，結尾寫得真驚悚啊！」我當時有點被嚇住了，大眾的眼光都對著我，令我不適應，我完全想不到余光中還記得我，再說那篇文章根本跟余光中無關，是寫我在羅東讀初二時，一次無意在同學陳啟智家聽到貝多芬第五號交響曲的事，文章最後一段是：

> 耳鳴不斷，一些輕微的聲音已經聽不太到，再加上世間嘈雜，周圍總是噪音不絕，每次聽人說話，總要人家再說一遍，就表示自己老了。醫生說我聽到的是「記憶裡的聲音」，老實說，我記憶中的聲音也是紛亂不堪的。感謝少年時代的陳啟智幫我開啟了一扇聽覺的新門戶，讓我從青年之後，有機會進入音樂的樹林，能在其間從容漫步，有時沉思，有時什麼都不做的只是在那兒單純的歇息。我記得最初的震撼與感動來自貝多芬的《命運》，而最大的啟示也在那兒：生老病死，美麗與衰頹，希望與絕望，三短一長，三短一長，人的一生有誰能真正掙脫「命運」的掌握呢？

那篇文章是討論聽力跟聲音的，我從沒機會跟余先生討論那方面的事，其實不只音樂，其他方向也沒討論的機會，這源於我個性孤獨，也不善交際，我遇上名人，不會想走過去跟他碰面，而往往選擇離開。我跟余先生認識算很早，但平時沒往來，我想他勢必早忘了我了吧，結果不是。這事有點讓我震動，我反省我的文字好嗎？老實說是算不上的，但我處理文字一向謹慎，文學對我來說總是有種神聖的成分，文學是我取養的來源，也是我敬仰的對象，我當然知道，世上懂文學的不多，就如曹丕〈與吳質書〉上說的：「痛知音之難遇」，但我也相信只要你好好寫下來，終究還是會被人看到的。文學創作有時就像在湖邊不經意踢下一塊小石子，激起了點水波連自己都沒在意，但盪到彼岸，卻被一個與自己完全無關的人看見了，而且引起了他心波的迴盪，要是這樣，我覺得就夠了。天光雲影，只有孤獨的人才會欣賞到它，因為欣賞，才會在他們心裡產生意義。當知道有人跟我有同樣的心靈，我的創作就有了代價，所以好的作品絕不譁眾取寵。

之後幫助我、影響我最大的，是位大陸青年，他名叫張彥武，筆名叫燕舞，湖北麻城人，他是《中國青年報》的資深記者與撰述，他真是我的大貴人。他自看過我大陸版的《同學少年》（最初由山東畫報出版社出版）後，就到處宣揚我的作品，還用筆談的方式「親訪」我了幾次，並跟我信件來往不斷，熟了後又幫我到處奔走協調，找最好的出版社引介、出版我的作品。他為人正派，人脈廣而能力強，加上無比熱心，我很多書在大陸面世，他出的力最大也最多，說他是我平生所遇的大貴人，一點也沒錯的。

有形無形幫助我的人與事很多，要說是說不完的，只拉雜寫了一些。寫作之途孤涼，清末詩人陳衍說過：「詩者，荒寒之路」，不只詩，所有文學都一樣。而同時，智慧也產生於孤獨，這時有人跟你同聲相應，就特別值得珍惜了。我在寫作之途，碰過不少挫折，也遭遇過不同的苦辛，但考其實，碰到好的也很多。有時候，正面的價值靠負面來襯托，沒有晦暗，便見不出明亮，所以負面有時也得以正面來看。舒伯特在他〈音樂頌〉（*An die Musik*）中說：

你，偉大的藝術，多少晦暗的日子，
混亂紛擾著我；

你照亮我心，
引我進美好的世界，
我的世界也跟著變成美好。

對舒伯特言，音樂有治療創傷的作用，對我一樣也有。但對我一生而言，更不可少的是文學，因為文學是文字傳達的藝術，文字這神祕符號，所有的意涵比繪畫或音樂更為豐足，文字給我們更多馳騁想像的可能，這偉大的藝術，是值得為它獻身的。

輯三

一九五七年

一九五七年，韓戰已結束了四年，越戰還沒正式開打，歷史上說越戰源自於一九五九年越共決定武裝統一越南，也要到兩年之後。這段時候，大型的戰爭好像沒有了，但區域性的災難還是不斷，東西陣營的對峙所形成的「冷戰」，更從來沒停止過。

再談兩岸之間。在兩年之前，也就是一九五五年的一月，中共奪走了國軍死守的一江山島，附近的大陳行將不保，政府就把上面的軍民都撤退到臺灣了。更早的一九五三年，國軍曾用了將近一個師的兵力突擊福建的東山島，一度「光復」全島，但先盛後衰，最後弄到幾乎全軍覆沒。政府雖然還把反攻大陸的口號喊得絕響，但不論從哪方面看，都知道不是易事了。大陸的共產黨，也隨時喊著要解放臺灣，然而自一九五四年臺灣與美國簽了一個《中美共同防禦條約》，中共如果進犯臺灣，美國一定依約出兵。還沒到一九五八年，金門還沒發生八二三砲戰，儘管兩岸都在不停的窮嚷嚷，卻都僵著沒有太大的行動。

不過一九五七那年在臺灣發生了一個相當嚴重的「國際事件」，就是「五二四劉自然事件」。劉自然是當時是陽明山革命實踐研究院的一個職員，革命實踐研究院是國民黨中央的一個訓練機構，有點像大陸中共的中央黨校。據說劉私下跟一個美國軍人雷諾上士有金錢上或其他方面的糾紛，那年的三月二十日的深夜，被雷諾射殺在他陽明山的住宅門前。

雷諾首先被我警方逮捕，不久被美方趕來的憲兵以駐臺美軍享有外交豁免權為由阻止，轉而移送美國軍事檢查官負責審理。

為求慎重，中美雙方各組調查小組，以求真相。四月中旬，我司法行政部委請外交部轉致美方我調查結果，認為雷諾為蓄意而非自衛殺人，而美方則不予採信，雙方於此陷入僵局。臺灣各新聞媒體則一反過去對美國涉外事件息事寧人的態度，不但大篇幅報導並詳作評論，引起國內外高度關注。

五月二十三日，美國軍事法庭陪審團投票表決結果，以「殺人罪嫌證據不足」為由，宣告雷諾無罪釋放，並於當日將其遣送回美國。二十四日，臺灣各界大譁，都認為判決不公，劉自然遺孀手持「殺人者無罪，我抗議」的中英文標語，到美國大使館外抗議，引起群眾圍觀，中國廣播公司並作現場採訪，即時播出，聚集群眾越來越多，到下午一點左右，已有兩千多人。兩點以後，群眾有人高呼：「雷諾早坐飛機走了！」群眾情緒終至沸騰，有的扔石塊木條，有的翻越圍牆進入美國大使館中，翻文件、毀家具，並焚燒路邊汽車，有幾個據說穿高中制服的青年還降下且撕碎美國國旗，還有一些美籍館員，據說原躲在地下室，曾被群眾施暴毆打，後來才被趕來的警察救出。

這件群眾暴力事件一直拖到當天深夜，才在軍警強力介入下結束，事後不只美國大使館滿目瘡痍，在中山堂附近的美國新聞處也被搗毀，這便是一九五七年的「五二四劉自然事件」。

美國人這次倒楣，給臺灣群眾羞辱了一次。但我方也沒得到好處，美國方面堅持判決公正，不願與我方再談判決的事情，而且美國的政府與媒體都一致的認為是我方政府縱容暴民的行動，要求我方道歉並賠償損失。我方只好由當時的外交部長葉公超發表了致歉的聲明，並隨即撤換了幾個治安的首長，至於有沒有具體賠償，就無案可查了。

有人說這事件是蔣經國在後面操縱的，蔣經國當年還在做青年救國團主任。美國方面稱這是活用了列寧式的「人民力量」的手法，利用群眾仇外心理來形成暴力運動，再由群眾運動來鞏固自己的號召力與凝聚力。這說法不見得不能成立，蔣氏確實從此之後扶搖直上。但群眾運動往往是雙面刃，被這把刀砍傷自己的，也所見不少，所以要玩這把式，多少還要憑一點運氣。

一九五七年那年我還小，正在宜蘭鄉下的中學讀初二，劉自然事件聽說了，不過印象不深，那事也好像沒造成我們任何影響，或者有影響，只不過我們無法察覺罷了。倒是我妻子小時住在臺北，後來一次與她談起劉自然事件，她說她當時也小，記不清這件事。不過她家旁邊小巷，曾住過一位俄國女人，還帶著她的女兒同住，平日見面，彼此也會用中文問好。一天我妻子從學校回來，在家門口看到這位俄國鄰人帶著女兒氣急敗壞的走過，臉上滿是驚恐的表情，也不知道發生了什麼事，回家聽收音機，才知道美國大使館被群眾搗毀。具有白種五官的這位俄國女人，也擔心她與女兒受到池魚之殃吧，這是事後的推測。我問她後來呢，她說那次之後，好像就再沒見過她們了。

臺灣雖號稱不沉的航空母艦，但當時的海象險巇，也不能保證不出問題，不過鄉下日子悠緩，有緊張也體會不出。一年前，也就是一九五六年的七月，學校還在放暑假，我們空軍的一位名叫歐陽漪棻的中尉，駕著F-84雷霆式戰鬥機巡弋海峽，與共軍的飛機發生空戰，他擊落了兩架米格機。當時還沒有響尾蛇飛彈，擊落敵機得靠機槍，是要真功夫的，歐陽漪棻一下子成了有名的空戰英雄了，還蒙蔣總統親頒青天白日勳章呢。

這事在窮鄉僻壤也造成轟動，更是我們小男生討論不休的話題。

我一個同學的父親是退伍老兵，在家養了很多鳥，我記得他們有一隻黑色的八哥，他們耐心的訓練牠說話，到隔年才算成功。有一天表演給大家看，問牠「空戰英雄是誰？」八哥聽了會把頭搖來搖去，好像在思考的樣子，隔了一下才大聲的叫：「歐陽——，歐陽——」，字正腔圓得很，再問牠又再答，都是同樣的只叫姓不叫名的。大家因為無聊，便一次次興奮的問著，聽牠叫不出全名也不以為意。因為大家都知道，這位空戰英雄的名字真是有點彆扭，就是一般人，也不見得都念得正確呢。

附記：二〇一一年十月，《印刻文學生活誌》出了個《民國在臺灣》的專題，主編「派」了一九五七這年請我寫。當年我正在宜蘭鄉下讀初二，對時局已會有些注意了。寫時參考了點歷史材料，以與自己的記憶相佐證。

在他們的時代

今天（二〇二一年十一月二十三日）是臺靜農先生一百二十歲冥誕。

像我們這樣年紀的臺大「中文人」，跟臺靜農先生不可能沒有關係的。我大學不讀臺大，但到臺大上過他的課，後來碩士、博士都是在臺大得的，我的博士學位考試，在臺大的口試是由臺先生主考，在科舉時代臺老師不但是我的「業師」，也是我科場的「座師」了。雖然有多層關係，臺先生跟我們隔了一個世代，老實說，我對他的了解還是不夠的。

有些事不只發生在臺先生的時代，就是發生在我的時代，不刻意解釋，別人也難以了解。譬如我剛才說臺先生是我博士學位的校內主考，難道學位還要在校外再考的嗎？是的，在我那時代，各校還不能授博士，教育部還要辦一場特別的口試，口考委員通常有七人，通過了才由教育部授予博士學位，那時叫做「國家博士」，繁文縟節得很，現在聽起來有點可笑，這制度幾年後就改了，學校就可直接授學位，以致現在沒人懂了。

熟知系裡事務的朋友聽說臺先生當我主考，說臺大有博士生後，臺先生從沒做過主考，光這一點，就很特別，忙問我臺先生問了我哪些問題，我說我全忘了。論文口試時，考生都是名實相符的「苦主」，像法庭被人審問，或像刑場待決的犯人，偶爾問你有沒要說的，自己學烈士就義前陳詞一番，也侃侃了幾句，勇氣其實都是裝出來的，所以過後往往就會「立志」忘他個一乾二淨。倒是口試結束之後某日，指導教授張清徽老師帶我到臺先生府上致謝，才知道臺先生答應做我主考，是張老師「求」來的，張老師在大陸時代曾做過臺先生的學生。在臺府，兩位老師面前我不太敢說話，臺先生看我冷在一邊，客氣說我的論文寫得不錯，他點出了幾處，才知道他是細看過的。他又問我論文提到晚明徐渭的《四聲猿》，還知道徐渭是個書法家嗎？我恭謹回答說知道，記得徐自己說過：「吾書第一，詩次之，文次之，畫又次之」，又問我知道祝允明嗎？我也點頭，但我有自覺，焦點不該集中在我身上，直到告辭，也沒深談。我不喜稠密，相交多清遠，對長輩亦然，後來有幾次陪友人到臺府領取所贈書法，算起來我跟臺老師也有點關係的，但我始終沒一件他的墨寶，原因是我從沒開口跟他要過。

臺先生在大陸時代，是個學者，但當時的學者，比現在的要「有志」多了，他曾從事文學創作，也卓然有成，他的小說曾被魯迅認可，他也熱衷過文化與社會改革運動，讀他小說，知道他曾唱過《馬賽曲》與《國際歌》的，算是個左派的「憤青」吧，有時扮演急先鋒的角色，因此也坐過牢。在當時人的眼中，受罪坐牢都無所謂，故國神州有大片土地好奔馳，又有無數苦難人民待拯救，那是「大我」所在，「小我」是不能懷憂喪志的。我曾看過臺先生用漢隸寫張載〈西銘〉上的話：「天下之疲癃殘疾、惸獨鰥寡，皆吾兄弟之顛連無告者也」，而這句的前面，就有「民吾同胞，物吾與也」的名言，可見他懷抱所在，而當時有為的青年，大多類此。

但來臺灣後，地變小了，人變少了，剛來時氣氛肅殺得很，要適應這裡生存得靠其他本事，沉默與收斂是其中之一。他在臺大，繼許壽裳、喬大壯兩先生後出任中文系系主任，他的兩位前任，都是離奇死去的。許壽裳一晚在臺大宿舍被人亂刀砍死，警局的說法是闖空門的小偷所為，也有個說法是被當局的特務殺了，但當局為何要殺他呢？也沒人說得清楚，那時是一九四八年，大陸全面變色在即，而臺灣更是亂成一團。喬大壯先生接許壽裳先生的任，不久因故回大陸探親，不料卻自沉於蘇州，喬的死也是一片謎團。喬死後臺大中文系等於沒「大人」了，只有臺先生能接，便由他接了，所以臺先生初接任的那幾年，一直都是活在莫名的陰影之下的。

時局大亂，人心惶惶，為了營生，什麼事都可能做得出來，像當時四伏的險巇，承平時代的人是完全無法想像的。臺先生在臺大連續做了二十年中文系系主任，這記錄好像很難打破，不過在當時，也不算什麼，那還是個政令清簡的時代。沈剛伯先生當臺大文學院院長，一幹就幹了二十一年，算起來比臺先生更久，沈先生除了做文學院院長還兼任歷史學系系主任，還有英千里先生當外文系系主任，也是當了很久，當時好像沒什麼專兼與任期的制度，以今天角度看，都有點亂。

臺先生到臺灣之後，就像變了個樣似的，之前那些有關社會變革與文學開展的豪情壯志，好像不得不收拾了起來，曾經左翼青年的那種孤注一擲性格，也變成步步為營的謹慎小心了。但他馳騁了大半生，一時之間是收攏不住的，所以他刻意尋找可以延續他懸蕩之想，卻不會引起別人的猜測與懷疑的事。他發現中國傳統書法的祕境值得探索，那裡的高山深谷可供攀緣，一方面可以忘身，一方面可供「振衣千仞崗」，萬一失足，傷的是自己，跟別人也一無牽連。

他早年受沈尹默影響，是練過書法的，但他之後的書法旅程，卻有些令人不易猜測。他臨過漢碑中的〈石門頌〉，又因張大千贈他倪元璐書作，對倪書的特殊筆勢也有了興趣與體認，他在習倪書之前，還曾臨過王鐸書法的，倪、王都是晚明的書家，倪元璐在明末做過高官，但並不得志，崇禎死時他也隨之自縊而死，是個忠烈又奇特的人，倪的書風，蒼渾雄放之外又險仄奇絕，應是他人格的寫照吧。據說臺老師也曾學過清代「揚州八怪」金農與羅聘的字畫，也許只是淺嘗吧。他早期寫毛筆字是隨興，但到臺灣後，就不光是隨興，而是全力以之了，因為除寫字之外，沒太多事可做。

非常有趣的是〈石門頌〉與倪體行書，是完全不同的兩種路數與風格，不要說不能相提並論，幾乎是無任何調合空間的。〈石門頌〉講究的是克制與均衡，每筆都用中鋒，看起來四平八穩，堂堂正正，而倪元璐的書法偏鋒側出，運筆奇險，每字幾乎都朝右傾斜，結體詭譎。倪書的撇筆常輕率些，捺筆往往不到位，或以點代之，單獨一個字擺著，好像隨時要倒，所以有奇險的感覺，但全篇一氣呵成，字字相聯，也是流暢而有神的。

康有為在《廣藝舟雙楫》中說：「明人無不能行書，倪鴻寶（倪元璐）新理異態尤多，乃至海剛峰（海瑞）之強項，其筆法奇矯亦可觀」，可見也多以「異態」、「奇矯」視二人之書法。我覺得臺先生的倪書寫得比倪元璐的更為奇倔而緊密，但可能有〈石門頌〉在後面撐著，卻是始終沒有要倒的感覺。

這點非常奇怪，為什麼他隸書選擇平穩，而行書選擇奇倔呢。不僅如此，他雖受過沈尹默的影響，但沈行書文靜端凝的書風在他身上一點都看不到。他後來不走王鐸的路而走倪元璐的路，據說也是因為王書「爛熟傷雅」，他後來對金農與羅聘有興趣，原因可能是金農與羅聘在藝術上奇怪的個性，又跟他們處處不與人合的生命態度有關吧。這麼說來，臺先生的人格與他書藝之間的關係，有更值得探索的地方，不可輕易放過。

我記起臺先生問過我徐渭。徐渭也是晚明的詩人與書法家，他的年輩比倪元璐要高，但他的才高與不遇，比起倪的要更嚴重許多。袁中郎在〈徐文長傳〉說他：「文長無之而不奇者也。無之而不奇，斯無之而不奇也，悲夫！」袁文中的「奇」有兩種讀法，也有兩層不同含意，前面幾個「奇」都讀「齊」，就是奇怪、奇特的意思，最後那句「斯無之而不奇也夫」的奇要讀「基」，是「奇偶」的奇，奇是表示命運不好，遭時不順的意思。照袁中郎的說法是，徐渭因為太奇特了，使得他命運壞得透頂。

我一直在想，臺先生是不是奇特呢？當然是，他命運好不好呢？答案可能有好多個，而彼此關聯性不強，有些還很矛盾。有些矛盾，在他書法上可以看出來，但也只能看出一些大概，細微與真實的部分，我們的了解還是不足。他們的時代與我們的之間，似乎隔著一堵不低的牆，想要跨越，還需要花不少工夫的。

我與臺先生相近的機會不多，這是我生性羞怯又慵懶的緣故。但我非常喜歡臺先生的樣子，他個兒高大，皮膚黝黑，是北方貴人的那種長相，不論遠近，都好看得很，他晚年上唇留了一小撮鬍子，臉神肅穆又溫和，完美得有如一尊北魏佛雕。我記得在我博士學位的口試中，那天他穿著一件淺色的港衫，端坐在上座，當時我心亂如麻，但他只消幾句話或使一個眼神，原本衝著我來的許多災難，頃刻之間都消失無蹤了。

佛與菩薩會尋聲救苦，他們總是放心不下別人，因此胸中仍是有波瀾的。臺先生是否也有波瀾呢？有的，這可由他關心徐渭的「不遇」看出來。老年的臺先生在他的歇腳庵，自號靜者，表面是靜靜守著自己一方，什麼都不管。但他的書法平穩坦蕩中透露出不尋常的奇倔之氣，撇捺之間，總微微有點讓人不安，好像他在示人，就算是承平歲月，世上依然隱隱有一種危機在的。

他內心深處，也許並不寧靜。

北斗，南斗

在《聯副》上看到蔣勳先生大作〈聽猿，三聲淚〉，是談臺靜農老師書展的事。臺先生書展刻正在臺東池上的穀倉藝術館展出，其中有幅巨制，寫的是杜甫〈秋興〉八首之二，就是起首是「夔府孤城落日斜」的那首。杜甫〈秋興〉八首正如蔣勳說的，是「唐代律詩的高峰傑作，也是華人童年啟蒙教育就開始背誦吟唱的作品」，簡單說，這組作品在中國文學中很重要，也是大家都熟悉的。

杜甫一生顛沛，他的時代，唐朝極盛而衰，「安史之亂」使得長安淪陷，京城成了「王侯第宅皆新主，文武衣冠異昔時」的亂象。他又不像他朋友李白一樣放曠，喝足了酒，就能忘掉一切，也不像另位詩人王維一樣，有藍田輞川可歸隱，杜甫總是憂國憂民的，這樣日子更不好過。〈秋興〉八首寫於唐大曆元年（七六六）的秋天，之前他在四川住了些時候，現在正要「出川」，而世事國事依舊紛亂如麻，四年後大曆五年（七七〇），杜就死了，因此這一組長詩，算是他晚年的重要作品。

臺老師寫這首詩興致甚高，卻把第二句「每依北斗望京華」，寫成「每依南斗望京華」了，當然是寫錯了。唐朝京師是長安，在四川的夔府，「依北斗」才可看見，而且這看見是想像中的看見。北斗就是北極星，指著正北方，又稱為北辰，孔子曾說：「為政以德，譬如北辰，居其所而眾星共之。」因此北斗後來也成了帝王的象徵。

臺老師在書法中常有錯字漏字，蔣勳文中說：「臺老師寫著寫著，常常忽然停下來，笑自己寫錯字，寫漏了字，卻繼續寫，也不重寫。」這是臺老師率性的緣故，不只寫字，其他時候他也是如此，錯了自己承認，很少裝腔作態的。老輩臺大中文系的學生，沒人沒看過臺老師寫字的，我當然也看過，他寫字時常菸酒不離手，有時開起玩笑，自己先哈哈大笑起來。我也聽過他說：「以後看到我書法，沒錯字的，大約是假的吧。」他從不擺架子，在學生面前尤其是，臺老師給我的印象是純真。

我被臺老師書法中的「南斗」引發，想談一些有關南斗的事。南斗也是星名，又叫南極星。中國居北半球，看到北斗機會多，看到南斗的機會少些，但在南半球的人對它就熟悉了。美國最北的阿拉斯加，州旗上有七星排列如斗杓的，就是北極星座了，而澳洲與紐西蘭國旗右下角有五顆大小排列有序的星，便是南極星座，不僅如此，同屬南半球的薩摩亞與巴布亞・紐幾內亞的國旗上，最醒目的也是南極星座。

另一個與「南斗」的事涉及到錢謙益。

錢謙益（1582-1664）字受之，號牧齋，常熟人。他是有名的藏書家，也是明清之際重要的學者與詩人，晚年曾把老杜的〈秋興〉八首和了十三次，共寫了一百零四首詩，總其名為〈後秋興〉，再加上四首「自題長句」、「重題長句」各二首成集，又名曰《投筆集》，其中深有寄託。他在他的〈後秋興〉的第一組〈金陵秋興八首次草堂韻〉第二首，也就是和老杜〈秋興〉第二首時寫著：

雜虜橫戈倒載斜，依然南斗是中華。
金銀舊識秦淮氣，雲漢新通博望槎。
黑水游魂啼草地，白山新鬼哭胡笳。
十年老眼重磨洗，坐看江豚蹴浪花。

他把杜詩原句「每依北斗望京華」和成「依然南斗是中華」了，為什麼把「北斗」改成「南斗」了呢？其中有相當悽絕的故事。

錢謙益交遊廣闊，著作等身，當時在江左是動見觀瞻的人物，晚年又娶江南名伎柳如是為妻，更為轟動。他在明代朝廷，擔任過高官，特別是弘光元年乙酉（一六五四）他在南都任禮部尚書，兼翰林院學士，加太子太保。可惜在清軍南下的時候，糊裡糊塗的跟隨當時總督京營戎政的趙之龍及大學士王鐸迎降，這下子為他惹得千古罵名，傳說柳如是曾數次「勸死」而未果，後來的歷史上把他定名為「貳臣」，明代的遺民的後代固然瞧不起他，連清代中葉後的學者也多視他為異類，不以正面對他。錢投靠清朝後，曾擔任清朝的禮部右侍郎，管祕書院事，充明史副總裁，然而他在職很短，丙戌正月授職，當年六月就引疾歸，先後僅在任五個多月，但這五個多月的降清經歷，卻使得他在後來的歷史上永遠抬不起頭翻不得身。

錢謙益是投機或是糊塗，恐怕兩者都有，他後來對此行徑也深有悔意。錢所處的時代雖號稱「天崩地解」，而人與人的關係並不如後世的嚴峻，當時許多力主反清復明的人士如黃宗羲、呂留良、歸莊等人，跟他都還保持往來的，恐怕在他們眼中，錢的短時降清事雖可議，但並不算嚴重，他的人格行為被嚴厲追究，著作被禁燬是乾隆之後的事。

鄭成功是錢謙益的學生，鄭的抗清軍從廈門出發，曾沿長江而上，一度陷鎮江，圍南京。錢謙益對鄭的行動一直保持著高度注意，也懷著極度的同情。他寫《投筆集》和杜詩第一首時是己亥（一六五九）七月初一，這首詩是和杜〈秋興〉「玉露凋傷楓樹林，巫山巫峽氣蕭森」的，全詩是：

龍虎新軍舊羽林，八公草木氣森森。
樓船蕩日三江湧，石馬嘶風九域陰。
掃穴金陵還地肺，埋胡紫塞慰天心。
長干女唱平遼曲，萬戶秋聲息擣碪。

詩中「龍虎新軍舊羽林」指的是鄭成功所率領的軍隊新舊參半，「樓船蕩日」指海上軍容之盛，「掃穴金陵還地肺，埋胡紫塞慰天心」一指光復南京，一指將「埋胡」於窮北紫塞，都是當時反清復明者的心願。「地肺」指的就是南京，宋葉廷珪《海錄碎事》曰：「金陵者，洞墟之膏腴，句曲之地肺。」而最後「長干女唱平遼曲」所指就更明白了。要知道寫此詩時，錢謙益已是七十八歲的高齡了，他真想學東漢班定遠「投筆從戎」已斷無可能，而將詩集命名《投筆》，用意就十分明白。誰都知道，當時的南明已日薄崦嵫，只在廣東福建一帶小地方苟延殘喘罷了，但錢仍在詩中說：「依然南斗是中華」，可見他心意之所在。這可證明，錢之一生，絕不可簡易的一筆帶過。

我不知道臺老師將杜詩中的「北斗」寫成「南斗」，是否只是單純的犯了錯。或者臺老師也看過仇兆鰲見過的那個本子，仇的《杜詩詳註》「每依北斗」北字下注曰：「一作南」，可見南斗之說，一直存在的。還有一種可能，就是他雖寫杜詩，錢詩也在腦前一閃而過，因而把該寫的「北斗」寫成「南斗」了，因為錢之所和，就是杜的〈秋興〉，別忘了臺先生寫過一本《亡明講史》，所講的時代，跟錢的〈後秋興〉時代是相同的呀。

思念裴老師

中國人中，姓裴的不多，我這兒稱裴老師，認識的人一看就知道是指誰了。

我說的是裴溥言老師，裴老師號普賢，山東諸城人，是臺大中文系的資深教授。我沒正式上過裴老師的課，我讀研究所的時候，她的課好像都開在大學部，當時研究所沒她的課，她原本在研究所開的「詩經研究」的，我上課時停開了，除非是臺大畢業的，我們一些從外校來的學生，大多「無緣」認識她，早年師丈糜文開先生做外交官，裴老師一度旅居在外。但我與裴老師卻獨有緣，我在讀研究所碩士班二年級時，不知為何緣由，被分發到裴老師名下當她的「導生」，一當兩年，直到我畢業，所以與她混得很熟了。

提起導師很有趣，這導師制度非臺大所獨創，大約一切是依其「固有本然」而來，但到底這「固有」有多久了，而「本然」又該是什麼樣子，也不見得有人說得上來。臺大一向一盤散沙，執行導師制度，也必定有它特殊的風格在，這是無庸置疑的。

至於說臺大一盤散沙，其實是從裴老師那兒聽來的。一次裴老師與我們聊天，說每年十一月校慶前後，總有全球各地的臺大同學會回母校開年會，一天裴老師也被邀參加。她說年會在當年的舊體育館舉行，體育館的中央高懸著一幅標語，上面寫著「發揚臺大精神」幾個大字，她的那一桌從頭到尾都在討論什麼是「臺大精神」，東一句、西一句，討論了半天毫無結果。一位校友說，我們臺大一片散沙，根本沒有精神，另位校友說，臺大以沒有精神為精神，所以要發揚的，就是這個沒「精神」的精神，這時有人插話說，就是「散沙精神」啦！引起一陣大笑。我們裴老師後來跟我們說，一片散沙其實就是自由，自由就是我們臺大精神吧。

散沙或自由，其實這是說得壞、說得好之分，意義並無不同。散沙怎麼了？要知道水泥塊有多硬嗎？裡面大部分是沙子呀。當然被視為散沙的「本人」，都不想被當成「恐固力」（concrete，意混凝土）的，恐固力是被人強塑，不得已所造成，舉這例子的用意是一語雙關，散沙一不小心也可形成讓人「恐」懼之物，也別看輕了它。但還是別談這個吧，我還是比較喜歡被稱為散沙，不喜歡成為恐固力。既是散沙，便是希望自己一個人，可以無拘無束、自由自在的生活。

臺大的導師制，也自由得不像話。依規定，導師在一學期中要「約談」導生幾次，導生如果不來，導師一點辦法也沒有。又依規定，導師是幫導生打操行分數的，但老看不到學生，要打分數其實也無法打，而負責管全校學生的當時是訓導處（現在更名叫學生事務處了），一看導師沒打分數，又查他沒被記過功、記過過，就把操行分數一欄一律填上八十五分了事，我好像從碩士班到博士班，在臺大當了七年學生，操行成績年年「維持」八十五分，你看作高也好、低也好，反正與我無關，其實那是無功無過的標準分數。

學校會給導師一點費用作補貼，名叫導師費，好像一個學生一學期一百元吧，總數得看你「麾下」有幾個導生來決定。這一百元其實太少了，當時到咖啡廳喝杯像樣的咖啡都得八十到一百元的樣子。很多老師常在期末找導生聚餐，用以花光這筆錢，導生多的，還可點幾個菜，導生少的，就不夠開銷了，還得自己掏腰包。在臺大教書，不能斤斤計較，一切要看得開。

我們裴老師，一向天高日暖，開朗得不得了，學校給的導師費，從來不計較，學生來找她，遇到該吃飯時，就拉你去吃飯，都是她出錢，碰到比較正式的導生宴，雖也常是到僑光堂（當時臺大附近像樣的飯館不多），點的菜就特別豐富，有整條魚大塊肉的讓學生打個「大油豐」。我記得同屬導生一位來自蘇格蘭的研究生名叫梅湯姆（Tom Mitford）的，每吃過油的菜總要拉肚子，但從不缺席，因為他說太好吃了，大約以食物而言，蘇格蘭是個不折不扣的清貧之國吧。另一位同屬導生的名叫戴景賢的，據說出身世家，精通中醫，席間常以桌上菜色為例，臧否食材的良窳，讓我們見識大開，有次上了盤油亮亮的茄子，他大叫絕不可吃，說以中醫來看，凡食物都有優缺點，摻合得宜，也可陰陽相濟，唯獨茄子一味，集眾惡之大成，簡直就是穿腸毒藥，千萬碰它不得。

導師與導生的關係，別的學校我不知道，在臺大是縱向的關係，而非横向的關係，有點像諜報員，有時同學到期末導生宴時，才知道彼此同屬一位導師門下，也不知道當時是怎麼湊合出來的。當然這群同屬一門的導生，也都散兵游勇似的，以不相識的居多，散漫一如臺大之「精神」。而擔任導師的人，我所知道的都是熱心的居多。

我碩士班畢業時，口試成績不惡，指導教授張清徽先生問我是否有意考博士班，我想了兩天答應試試。考博士班得有兩位教授寫推薦信，張老師答應寫一封，另一位老師得自己去「覓」（這麼文雅用詞，是張老師用的），我當時也沒太當回事，加上我大學讀的是外校，臺大認識的老師不多，也就因循的拖著。一天我經過舟山路學校側門，六號館木樓前面那個種有五棵松樹的地方，猛抬頭竟見到裴老師，她穿著一套淺藍色的旗袍，頭髮高挽成髻，面容像極了緊坐在釋迦牟尼佛旁邊的普賢菩薩，她薄施脂粉，好像要去參加一個重要會議。她大聲叫我，說「你」張老師說你要考博士班，是真的嗎？

我有些不好意思的點頭說是，她說：「考博士班得有兩封推薦信，你有了嗎？」我恭謹的說有了一封，「還一封呢？」其實還沒著落，但我靈機一動說：「是不是請老師幫我寫？」我當然不敢說得這麼白，好像用了「玉成」之類的成語，她笑著說：「這不對了嗎？我是你導師耶，不找我寫還找誰？」話沒說完就從皮包拿出早已寫好的推薦信給我，我一看，上面還蓋著紅色私章呢，說實在的，我有點大喜過望，但也十分驚險，萬一我找到另一位先生寫，這不成了僵局了嗎？北方有句土話，叫「傻蛋有天護著」，這跟臺灣話「天公惜憨人」是一樣的，從這裡看，裴老師菩薩的意象更為鮮活了。

後來我順利考上博士班，四年後也算順利的完成學業。博士班畢業後到淡江大學教書了十年，一九九二年暑假回到臺大母校服務，而當年寒假，老師就退休了，我回臺大後，見到她的機會也不多。老師退休幾年後，就遷居美國，彼此見面的機會就更少了。其實我與老師的過往並不密，老師給我的印象，總是一派天高日暖的景象，就像太陽一樣，平時不讓你覺得它存在，但所提供的光明與溫暖，是到處都不可少的。老師在臺大開的《詩經》、《戰國策》的課，我無緣上過，書是看過的，老師後來也熱衷研究「集句詩」，也蒙她題贈過著作，在治學上，她有老一輩學者的嚴謹，絕不敢講自己不相信的話，而她的閒談，都能讓人放鬆，她朗朗的笑聲，總能撥開人頭頂的愁雲慘霧，讓人覺得生活中常是有美景可尋。

有一次在她研究室談到，她好像是抗戰勝利之後最早來臺大的人員之一，也就是一九四六年就跟著她老師魏建功與臺靜農先生一起來了，她在四川讀書時，曾是他們兩人的學生，剛來臺大的時候，她是助教的身分。魏先生後來回大陸去了，此後臺大中文系，資格以臺先生與她為最「老」了，其他人都是之後陸續進來的。說這話時，剛好葉慶炳先生從研究室門前長廊走過，有人問葉先生也很早吧，她笑著說也很早，他是我們臺大中文系的第一屆畢業生呀。她又說，剛來臺大的時候，臺大離臺北很遠，公車要到民國四十幾年才有，每天沒有幾班，要進「城」一趟，還得大費周章呢。又說臺大裡面的椰林大道以前是條泥路，每下大雨就淹水，學校要叫車子運碎石子來填，否則不能過人。她笑著說，以前多辛苦，現在多舒服的故事，讓我們分享她心中的喜悅。

還得一提的是裘老師的丈夫，也是我們的師丈，便是鼎鼎有名的印度文學專家糜文開先生。我在認識裘老師之前，就讀過糜先生的幾本書了，尤其對他與幾個女兒合譯的印度詩哲泰戈爾的詩集印象深刻。我當了裘老師導生之後，幾次有機會到她臺大宿舍的家，想順便見一見糜先生，但我進臺大已晚，幾次見到的糜先生，都在臥病的狀況下，不好驚動，我與他只打過照面，從沒說過話，說起也是憾事。

四年多前，裴老師由女公子麋岱麗與家人陪同回臺大，我與一些朋友又與老師見了一面，老師一聽我也已退休了，不禁欷歔，但她馬上話鋒一轉，說退休很好，可以多做點自己喜歡的事。我看老師，雖年逾九十，仍長髮高挽，氣色紅潤，上下樓梯無須攙扶，言談鏗鏘有力，老師說目前住在加州爾灣，每週還跟學生講《詩經》與《左傳》呢，大家都為她高興。吃飯的時候，卻不知怎麼的又上了一盤油亮油亮的茄子，我想起很久之前吃茄子的往事，想問她記不記得同屬「導生」的戴景賢來，但人多聲雜，沒有問出來。

世上有長遠的事嗎？以臺大而言，四十年前我讀書時還有舟山路的，現在已沒了，當然靠著舟山路的臺大側門也沒了，側門旁的守衛室，現在成了個供應外賣的咖啡亭，不只這些，木建的六號館已變成鋼筋水泥的共同教室大樓，所有當年的跡象都消失了，也許變得更好了吧，誰知道呢？二十幾年前，木樓旁邊有五棵被稱為「五君子」的老松得了病，經植病系全力搶救，卻只救下了三棵，現在看到的，已不見當年那麼蒼勁的綠蔭了，不由不想起「樹猶如此，人何以堪」的句子。當景觀全變，回憶的細節就不那麼真實了，不說永恆，世上可能有足夠長遠的事嗎？

岱麗來信系裡，說裴老師年後沐浴跌倒，現在住院療養。我突然想起與裴老師的一些往事，內人翻箱倒篋，竟然幫我找出當年老師幫我寫的推薦信來，我看了老師寫的親筆信，想到她從皮包拿出信來遞給我的神情，還有她當年爽朗言笑的神情，一時感懷萬端。

人要是記得，永恆就有存在的可能，所以思念是重要的。此刻，我特別想念裴老師，希望她快快復元，一切安好。

附記：此文寫於二〇一七年三月初。始因是裴老師女公子糜岱麗女士來信臺大中文系，謂老師春節過後在家摔倒，醫院治傷，竟發現有晚期轉移性之肺癌，因老師高齡已不宜手術，家屬決定移居醫院安寧病房療養。老師於同年四月八日逝世於美國加州爾灣醫院，享壽九十又七。臺大同仁追思會於四月二十六日在臺大中文系會議室舉行。

一個有願望的人

在報上看到三民書局董事長劉振強先生過世消息，一整天陷入沉重的思緒中。第二天早上，黃碧端先生來信，問我知道此消息否，並說劉先生是位了不起的文化人，我即回信，也感嘆劉先生過世，是我們整個社會的損失。

損失了什麼？損失了有願望的人。我們社會需要有願望，並且願意為他的願望付出一切的人。

提起劉先生，令人不由得想起《聯合報》的王惕吾先生與《中國時報》的余紀忠先生，當然劉先生比兩位年輕許多，三位基本上都是很有胸襟的文化人。他們都有一個特色，就是能容人，對人都禮貌客氣得不得了，言談舉止，洵洵然有古風。他們見到人才，都發自內心的歡喜，假如對方是同輩，一定設法幫助他，讓他有所成就，如是晚輩，一定想盡辦法提拔他，完全不問對方成就了是不是讓自己用得上，而最後結果，往往受他益的人，連「認」都不太認這筆賬，他們不但不以為忤，而且都還有點甘之若飴的樣子。

我認識劉先生較晚，大約一九八四年寒假前，故友周鳳五遇到我，問我有沒有空去三民書局幫忙編辭典，我說我對整理資料的事不感興趣，他說沒問你有沒有興趣，是人家弄到火燒眉毛了，就是要你提水桶去救火呀，後來我就跟他去，同行好像還有何寄澎。

一到重慶南路的三民的三樓，編輯部好大，擺滿了桌子，每張桌子都有人，大約有三四十位先生，年紀都比我們要大，都是師大、政大有名師身分的人，大部分我不認識，他們伏案疾書，沒人抬頭理我們。原來劉先生發願自己編一套《大辭典》，以取代市面行之有年的《辭海》、《辭源》，那些辭書都是民初在大陸編的，顯然已不合時代的需要了。見了劉先生，寒暄一陣就紛紛「落座」幹活，分給我們的工作是厚厚一疊寫好的詞條，要我們檢查寫得是否正確，有時要查書，查到錯要改，編輯部也有許多中外的書籍可用。

去了幾次，才知道劉先生除了編《大辭典》之外，還有一個「宏圖」，他要自己鑄鉛字，要用自己鑄的字來印這部大書，而鑄鉛字要有銅模，光是銅他就買了七十多噸，還不算得買極有消耗量的鉛。鑄字模前須把要鑄的字一個個放大寫好，再反縮成印刷用字，光是請專家寫那些字，得開銷多少？還要楷體、宋體的各各不同，寫字、鑄字都需專家，也需用大量的人力，我當時覺得，人不是發了癡，是不會做這些事的。

一次聽人問他，市面有現成的鉛字可用，幹嘛要鑄新字呢。他說臺灣市面所有的鉛字，其實是靠日本人的銅模灌的，日本人寫漢字常出錯，連帶使得用他們銅模灌的鉛字也常出錯，譬如「步」這個字，日本的寫法下面是個少字，其他使用步為偏旁或聲符的字如「涉」、「陟」、「蘋」、「頻」都受到影響，也都成為錯字了，這只一個例子而已，其他尚多，臺灣用的鉛字雖然是為臺灣特製的，卻也會錯亂。他說的都是實情，但臺灣以前窮，後來又百業騰興，根本沒人會注意到這類的事，注意到又怎麼樣？寫錯印錯一個字，總不致影響民命國脈吧。

我覺得他對漢字形體完整與美的癡迷，是一種人格特質反映，這種人格特質，又與他的教養以及信念有關。他曾說他經營書店是個生意人，而他的生意是在服務知識。照他說來，他一生都在生意圈中打轉，他當然有生意人的精明，但他從來不把這股精明用在讀書人的面前。

《大辭典》出了，號稱中文書有史以來印得最精美的辭書，全部採用聖經紙燙金之外，為了要求品質，還特別花了巨資到國外去印刷，出版後得了幾個最大的獎項，包括出版業最高的金鼎獎。但推出後連銷路平平都算不上，我奇怪這麼大套書，一套三巨冊，不要印多，光五千套就絕對汗牛馬、充宇棟的了，賣不出，得有個體育館式的倉庫堆放，不知三民有沒有那麼大的地方。

當年我在淡江教書，課餘還參與了《新辭典》與《學典》的編輯，跟劉先生逐漸混熟了些，一次兩人閒談，我提出編一套新的「三民叢刊」的構想，他聽了立即答應，並請我主持。他說早年他曾仿傚商務的「人人文庫」，出過一系列的「三民文庫」過，採取小開本的設計，便於攜帶與閱讀，但他說三民一直把出版的重心放在大學教科書上，沒好好經營這套文庫，現在可以藉叢刊「再」做起來，算是達成他另個願望了，言起不禁興奮的笑了起來。

我聽他幾次說起「願望」的時候，就算與你對坐，他都會突然失焦似的望著遠方，眼睛煥發出奇異的神彩，那種表情十分有趣。我想知道，他心中的願望究竟有多少，又有多大？我想起十五歲的王陽明站在居庸關上，慨然立下「經略四方之志」的樣子，又想起梁啟超的詩句：「世界無窮願無盡，海天寥廓立多時」，很多人的一生志向，都是很小時所立下的，劉先生的少年到底是什麼樣子？我很想知道。

一次談話，提到他是江蘇南通人，我便說南通是出大人物的地方呀，依我所知，清末狀元張季直就是南通人，我正想問更多，不巧他有事外出，臨行他說，其實是個窮地方呀，言下故鄉對他的成長沒太大的關係。

雜事很多，我每次到三民都匆匆，幸好「三民叢刊」推出後，一般反應很不錯，不論開本與美編都投下重心，很多人看了都說「不像」三民出的書。一次《聯合報》選好書，每月只選三本，三本中竟然有兩本是叢刊的書。我心裡想這樣不負劉先生所「願」了吧，想去找他，他卻又因事出國了，隔了一個多月才回來，以後也沒再談這事。

叢刊主編的事我只做了兩年，後來因其他原因沒做了，三民編輯部又搬到復興北路，離我家與臺大都太遠，也就很少去了，與劉先生「論交」，也逐漸淡了下來，那是一九九二年之後的事。

我記得之前一九八九年的某一天，他突然來我家，問我有沒空陪他出去走一趟，並開玩笑的要跟我內人「請假」，我當天沒事，就跟他出去。

我們坐上一部計程車，開到一個叫安坑的地方，當時那地方很荒涼，路上房屋不多。車停在一個岔路口，旁邊有座貼著灰色瓷磚的大樓，四周有高牆圍著，我問是什麼地方，他不說話只顧笑著領我進去。一進去才知道是一座面積廣大的倉庫，走道兩旁鐵架，堆疊著一層層還裝在箱子裡沒拆封的《大辭典》，看起來，恐怕有幾千部甚至上萬部呢。

我有股強烈又莫名的悲壯感在心中。我是在《大辭典》最後幾個月加入「救火隊」

的，他們的工程早已進行了好多年了，寫詞條的不管寫對寫錯，都按字算錢，擔任校閱的先生，三民是按大學鐘點費計酬的，光是經費要花多少？還沒算那是多少人智慧與心血所凝聚起來的一部辭書，印得精美又堂皇，而今就這樣像出土文物般的在安坑的山坳裡躺著，讓人怎麼想都無法甘心的。

但劉先生東指指西點點，言談之間顯著興奮。我們走到頂樓，那兒可以展目四望，往東可望見新店市區延伸出來的一部分，往南與往西，是高高低低的群山，被高牆圍著的倉庫內側還有大片土地空著，好像可以建成一所學校呢，我問這片土地要做什麼呢？他說也許可以蓋一個全新的印刷廠，就可以如願的印自己想要印的東西了。

他的三民書局與東大出版公司，其實已經印了不少好書了，但他好像並不滿意，他還想把事業做得更大。我問他，你買銅鑄模自己造鉛字，是不是為這願望在做準備呢？他沒正面回答，沉吟了一下說，以前出書，量是夠了，質還是不足的，意思是要做的事很多很多呢。

我們在頂樓待了一陣便下來，再次經過兩邊《大辭典》所形成的高牆，我心裡又是一緊。過了一段時間才知道，其實全都浪費了，不要兩三年，數位印刷全面興起，再沒人用「活版」印書了，千辛萬苦所鑄的銅模與鉛字，瞬間就變得全無用處。再沒人買卷帙浩繁的辭典了，現在人的觀念是，要記那麼多、了解那麼多幹什麼呢？臨要用時，手機一滑就什麼都出來了呀，字沒人寫了，書也都沒人讀了，這世界不只價值意義，就連形式都被「顛覆」得厲害。

但這麼變是對的、是好的嗎？等到一天當機，或者沒電可用，或者幫我們儲存龐大資料的「雲端」崩塌了，人就一無所憑了，人的心靈就只有再度回到洪荒，小心，可能有這一天的。

這裡說的，都是二十幾年前的事了，這二十幾年以來，人類心靈洪荒的危機更亟。我記起司馬遷〈報任安書〉中的一段：「亦欲以究天人之際，通古今之變，成一家之言」，那就是司馬遷的願望，做不做得成呢？司馬遷自己並不知道，但他的願望使得他超越苦難與困境，變成偉大，也讓他敘述的歷史變成偉大。

劉先生過去了，請記得他是我們時代一個有願望的人。

流螢飛復息

——敬悼林文月先生

夕殿下珠簾，流螢飛復息。長夜縫羅衣，思君此何極。

這是一首南朝詩人謝朓的小詩，題目是〈玉階怨〉，描寫宮中人的寧靜與深情，珠簾已下的宮中，竟有流螢飛進，這是多麼引人入勝又漂亮的描寫啊。

李白也有〈玉階怨〉，李白的詩更有名些，因為曾選入中學國文教科書。大約〈玉階怨〉有點像後來的詞牌，題目中雖有怨字，但細考謝朓或李白詩中都沒說到怨，李白的詩是：「玉階生白露，夜久侵羅襪。卻下水晶簾，玲瓏望秋月。」細看豈不是從謝朓來的嗎？不只題目雷同，詩的意象也高度重疊。這也難怪，李白對謝朓是尊敬得五體投地的，李白宗漢之前古詩，對魏晉以來文體總有些瞧不起，因而說「自從建安來，綺麗不足珍」〈古風〉，但六朝也有倜儻之士，是不可小覷的，謝脁就是其中之一，李白在〈宣州謝脁樓餞別校書叔雲〉中說：「蓬萊文章建安骨，中間小謝又清發」，小謝指的就是謝脁，他稍晚於謝靈運，故史稱他小謝。

得林文月先生不幸消息，聞訊當時，我有點愣住了，之後又怔忡良久，心想我無端想起謝脁與李白，莫非與林先生有些關聯？

林先生是研究六朝文學的，不論大、小謝都是她範疇，她有《中古文學論叢》，討論的就是六朝文學。她也深諳日文，也曾將幾部日本古典時代的重要文學作品如《源氏物語》、《伊勢物語》、《枕草子》等譯成中文，所以她也是重要的翻譯家。還有，她是臺灣當代很有地位的散文家，散文著作很多，影響也不小，著名的有《讀中文系的人》、《京都一年》、《午後書房》、《飲膳札記》等，她的作品，已構成臺灣當代文學不可或缺的材料了，討論的人很多，我就不一一介紹了。

她出身望族，家學背景很好，再加上她天性善良沉靜，使得她做研究能專心一致，從事翻譯能耐得下繁瑣，不論做研究或翻譯的工作，都很困難，都須耗費大量精神的。我想討論一下她的散文。

她寫散文，比較善於描寫人在寧靜的狀態，人物偏向寫小影、側影，以電影喻，她比較喜歡用慢鏡頭，色調如不是黑白的，也忌五彩繽紛，簡明為宜，配音需要就有，沒有更好，就讓影片格放時機器的嚓嚓響聲充斥其間吧，對白辭達而已，也不要很多，有點像小津安二郎的片子。有時可運用點特寫，譬如將她寫的《京都一年》拍成影片，主角秋道太太說好要跟她一道去看櫻花，為了正式，把出客時穿的和服換上了。秋道太太已有了年紀，鏡頭輕輕的掠過她整治過的還算姣好的面容，看得出畫了薄妝，眼角還有些沒塗勻的粉塊呢，鏡頭落到她沒完全收攏的髮梢，正巧有微風吹過，她笑著攏起被吹亂的頭髮說：「何必到金閣寺呢？隔兩條街的柳川，也繁花似錦啊！」

鏡頭轉到義大利，是被徐志摩叫成翡冷翠的佛羅倫斯吧，她一篇散文寫她在看過麥迪奇家族的教堂與珍奇典藏之後，走出小巷弄，天卻下起雨來，雨滴落在她看時間的手錶上，她突然想到，這時候的臺北，該是幾點鐘了呀？收得極好，真神來之筆，她散文所寫，往往是內心的活動。不要小看內心活動，「天下又有心外之事、心外之理乎？」內心的轉換有時比外界更為頻繁且盛大的。

而她所寫，確實是偏向靜的方向的，所記的事，動態範圍都不是很大。要知道，麥迪奇家族左右中世紀羅馬宗教與政壇，光是教宗就出現過兩位，又是有名的藝術大師米開蘭基羅的發跡之地，對文藝復興時代的影響之大之多，要記是記不完的。但林文月對這些都只輕輕帶過，或者連提都不提，歷史上的鬥爭，藝術上的衝擊，她就是知道，也從不寫它，因為對她而言，並不重要。

她的散文主題以懷人為大宗，總是情意芊緜的，人物性格也以溫柔敦厚的居多。她寫她的老師，包括臺靜農老師與鄭騫老師，都是謙謙君子，從沒疾言厲色過，其實兩位的一生都不見得順遂，也經歷過不小的風浪與波折的，但在林文月的文中，他們都默默忍受一切，這才顯示了他們的寬大能容。她交往的朋友，都是跟她一樣比較屬於同一階層的女性知識分子，優雅雍容，善良且不饒舌，偶爾寫她學生，也跟她氣質很相像的，不論男女，都比較內向且訥於辭令，看起來都比較喜歡內心的世界，不是逞口舌之利的人。

如要說文學，她寫的當然這不是文學世界的全部真相。「真相」是什麼？真相是我們世界既有慈眉善目的菩薩，也有疾言厲色的怒目金剛，宗教強調博愛，你要是有罪，也絕不會輕饒你，所謂文學，也當要表現此緊張的場面才對。但，既言「全部真相」，你也得容納林文月的世界，其中的貞定、清明、安寧，在她世界也確實存在的，她把她認可的真相寫出來了，所以也得尊重。問題是她寫得好不好，有沒有把她認可的真實寫出，以啟發讀者的想像或更高層的領悟呢？這點我是肯定的，我認為她的文學所展現的優美與真誠都很真實，她其實是個表裡如一的人。

大約在二十多年前，我曾跟她討論過她的散文，當時齊邦媛老師也在座。我們談到文章氣勢的問題，記得她說她讀過不少有氣勢的文章，心裡很是欽服，但要求自己，卻無法達到，說在氣質上，自己不是慷慨悲歌型的人物，也不善於長篇敘事，她引曹丕的話說：「至於引氣不齊，巧拙有素，雖在父兄，不能以移子弟。」齊老師說，在文學上不必勉強，做好自己最好。齊老師的這話說得真好。我也認為在文學上做我自己，比做其他的更為重要，林先生做她自己，就是她文學價值之所在。

道德上，要盡量消除偏見，最好要達到「致中和」，但文學不要，文學要容許偏見，容許各人發揮自己。老師不許學生邋遢，認為這樣不夠衛生，但文學容許描寫邋遢，因為它也是世界一部分的真相，並且因為有它，才能襯托清亮與高潔。然而我們不該要求林文月描寫邋遢，因為她的世界幽靜又美好，她沒有邋遢的經驗。

說起寫作，在我們臺大中文系，也是有傳統的，臺靜農先在大陸就以寫作知名。中文系老師寫散文的，較早有洪炎秋，之後有葉慶炳先生與林先生，我認為葉先生在散文上的成就，以氣格論是遠遜於林先生的。在其他老師中，雖不見得以散文名家，但有功力的人其實不少，譬如葉嘉瑩先生善於處理文字，她寫論文也有高明的散文風格，另樂蘅軍先生也一樣，她有極高文字天賦，還有方瑜先生的散文寫得也好，只是數量少了些。

大量寫散文且建立「品牌」了的，林先生算最傑出的一位了。

回到前面所引謝朓的詩。詩的後兩句是「長夜縫羅衣，思君此何極」，寫宮中女子，正幫她的愛人縫製「羅衣」。夜晚的房間可辨流螢，可見光線很暗，在此條件下，縫衣的難度可以想見，但女子專心一致、一針一線的縫，顯示她感情專一又貞寧。這種感情深藏心中，無須炫耀，它充實飽滿，不傍不依，世上還有什麼，比得上這感情的崇高呢？

林先生的先生名郭豫倫，是位傑出的畫家，後以鑑定古玉知名，他與林先生，可謂鶼鰈情深。郭先生多年前過世，林先生將他一小撮骨灰盛入一個小巧的玉製鼻煙壺中，鼻煙壺是郭先生留下的，林先生用項鍊繫著它，出行都帶著。我在想，林文月的行止，跟謝朓所寫的高度近似，那樣的專情，那樣的堅持，整首小詩才短短二十個字吧，卻把高貴的品德美淋漓盡致的呈現出來了，誰說謝朓的詩「小」呢？但可惜的是，這種古典的華麗，在現在的世界已難以見到了。

只要是真的，就有價值，王陽明說，良知如黃金，只問成色，不問斤兩。鏡頭可以任意縮放，所以爭論景象的大小，其實並無意義，這是我對林文月先生文學的一點觀察。

林先生，請您安息。

懷慶明

柯慶明（1946-2019）小我四歲，三年前他意外過世，熟知的朋友都嚇一跳，因為太突然了，我當時聽到，也百感交集。他雖有家人但形同獨居，退休後生病得坐輪椅，但還在學校兼課，一天早上學生來接他上課，叫門不開，請人打開人已死了。

大夥兒一起，見到他都叫他老K，是從他姓來的。他個兒大，禿著頭，鬍鬚滿腮，有點邋遢，見著人一臉無辜的笑著，表情很大氣，有王者的氣象，跟撲克牌上的老K算名實相符的。

他說話親和，也喜歡講笑話，所以跟他講話，都覺得輕鬆，但他如說的是一種有「結構」性的話，就不由得他的吞吐又結巴起來，明明不該慌張，卻顯得慌張了。他是開會時喜歡發言的那種人，有此習慣不算壞，當他一開始語言不順，便表示他有重要的話要宣布了，這時你就得注意去聽。他說這類話時，往往跟他開闊宏肆的論文一樣，因為氣魄太大了又線條太多，聽的時候很難把握他的意思到底在哪兒。我其實有點喜歡他這種說話的方式的，一開始弄不懂他要說的，就更想知道他想究竟要說什麼，這是他在動機上的引人入勝。

他說的有時一針見血，不由得不佩服他真知灼見，但他也偶有荒腔走板的時候，也會被人攻擊得體無完膚，證明他雖長於議論，也會出錯的。他有個好處，當他知道錯了，也會兩手一攤，禮貌的放棄爭辯，笑笑的認輸，符合孔子「其爭也君子」的遺訓。

有段時候，他跟中央大學合作，提倡「慢讀經典」的活動，認為好文章不能快讀。他心儀的創作對象是王文興，他說王文興一天寫不到兩百字，字字心血，他既慢慢寫，我們就該慢慢讀。我對這件事不完全贊同，說王文興要慢慢寫，我不見得也得慢慢讀，理由是每個人的脈搏有快有慢，生命節奏也不見得完全相同，他慢慢寫是他的習慣，我們尊重，但我不習慣慢讀，尤其無法一天只讀兩百字，我要是這樣讀會睡著了呀，他聽了也覺有理，說那你還是讀快點吧，我說包括讀王文興的？他點頭。

我開始認識他不算早，大約在民國六十三年吧，那年我剛考上臺大中文研究所碩士班，他已從系上的助教升格成講師，我們應該見過面，但我對他沒很深印象。有一天我莫名其妙翻閱國語日報編的「古今文選」，裡面一篇從《左傳》選出的〈鄭伯克段於鄢〉，譯注的部分就是他寫的，因為文末有署名。這段故事是寫鄭莊公與弟弟共叔段交惡的關係，兄弟交惡是源於母親姜氏生哥哥時難產，之後便討厭哥哥，弟弟因是順產，就對弟弟倍加疼愛。哥哥後來被立為鄭莊公，姜氏不甘心，想盡辦法要求莊公給弟弟好職位，莊公多方成全，仍不滿足他們母子，後來弟弟在母親支援之下公然據城叛變，弄得莊公不得不派兵去勦滅他。莊公當然知道，這一切是母親操縱的結果，當他滅了弟弟，便也把母親留在城中，發誓說：「不及黃泉，無相見也。」意思是除了都死了，我們便不再見面吧。

但考慮到姜氏終究是自己的母親，莊公也後悔起來。一次賜食潁考叔，潁考叔不捨得吃，莊公問他緣由，他說想把君賜的食物帶回家孝敬母親，這使得莊公也想起母親，感慨的說：「爾有母遺，繄我獨無。」意思是你這麼老了，還有母親可以孝順，我卻沒有了。潁考叔問明了緣故，莊公說自己立過狠誓，說過不及黃泉不相見的狠話，潁考叔聽了說那不簡單，我們挖一地道碰到泉水，讓你們母子在地道相見，這不是及了黃泉嗎？後來莊公真叫人「掘地及泉」，讓他們母子的在地道再相見了，《左傳》在文後下結論說莊公與他的母親「遂為母子如初。」

作譯注的慶明只要翻譯並稍作講解就可以了，但他的講解一反常例，卻討論起文中的「遂為母子如初」的「初」字，到底該指何而言？這個初字，不該是指還在娘胎中，而是指小孩初生，尚在母親懷裡的時候。母子雖是「天倫」，也有交惡的可能，母子交惡如是後來發生的，當交惡之事不存在了，當然可以恢復最初乳抱中的緜密關係，但在姜氏與莊公，卻完全不是這樣子的，因為姜氏之厭惡莊公，是因生他時難產，所以當莊公在初生乳抱時，姜氏已討厭這個兒子了，「如初」如指母子之情，姜氏與莊公之情，在莊公出生時已壞了。這樣，《左傳》上的「如初」又是指何而言呢？

這個疑問提得很好，好是把原來簡單的事複雜化了，學術的「功能」，豈不常如此嗎？我曾想，哲學的貢獻不在解決問題，而是製造問題，哲學家提出許多常人想不到的問題，把事情弄得複雜不過，但人因為這些「複雜不過」而變得比其他動物「偉大」了些，這也是事實。有些人知道那些問題無法解決，因而決定先放一邊，不立圖去解決，也是「解決」問題的一個方式，孔子說的「多聞闕疑」，也可能指此而言。

這證明《左傳》裡的「初」是回不去的，「遂為母子如初」其實是句空話，就跟「破鏡重圓」是空話一樣，鏡子雖經修補，但裂痕還在的，要它怎麼「重圓」呢？

這證明年輕的柯慶明是早熟的，生命閱歷雖淺，但他感受獨深，已能洞悉生命中的某些無奈的真相了。那篇解析，讓我對他有點折服，但從沒機緣跟他提起，後來我們過從稍密了些，可惜的是終其一生，這話我從沒跟他講過。

他十分肯定現當代文學，對西方尤其英美文學也有涉獵，他也很常參與有創作傾向的文學活動，常呼應一些有關創作方面的呼籲，有些呼籲是既新潮又前衛的，這些都令人側目。他的古典造詣不淺，又能出入中西，言論鏗鏘有力之外，又不怕得罪人，他走起路來總是虎虎生風，所以算是中文系甚至文學院的異類。

我也常聽到別人批評他的不是，對那些話語，我是並不很贊成的，假如批評他重視現代創作，我倒覺得批評他的論點都不高，是傷不了他的。有些批評又牽涉到人品，譬如講他喜歡攀附名人，說只要看到柯慶明來了，後面一定有大人物出現。我後來仔細觀察過，發現往往也是事實，但我的解釋與一般不同，我比較能站在他的立場說話。以我個人的性格為例，我生性羞澀，不喜社交，但不能因為自己個性孤僻就責罵別人合群，我認為能夠將自己奉獻給團體，是很好的事。文學院或中文系是團體，是由許多人組成的，裡面需要有各種人才，有的做主持，有的做幫襯，靜躁不同，各司其職，才能和衷共濟，讓團體進步。老K個性隨和，喜結交天下名士，名士聞其高風也喜歡與他往來，這種向心力是系上或學校的資產，我們平頭人物，應樂觀其成的，怎能因妒嫉而責備他呢。

他所牽涉爭議還有，是二〇〇四年在討論高中國文課綱上的發言，那次討論會由官方主辦的，他認為高中國文應增加現、當代的課文。這個議題其實討論得很久了，當時又爆出，完全是因為之前歷史課綱上有「去中國化」的事實。老K主張減少文言文的言論，被很多人解釋為是跟歷史課一樣目的在「去中國化」，其實他主張多編些現、當代的文章進入課本，是與「去中國化」無關的，因為不論新舊，所用的文字都是徹底的中文呀。文學課程是否要與現代潮流充分接軌，也牽涉到文學是否要有「經世」的功能（其實就是講「實用」的問題），才是主要的問題，像這樣的爭議，從五四之後便一直沒有中斷過。

他曾跟我私下談過，之後我便知道他的原意所在了。我也告訴過他，他的意見很容易被有心人士拿來與某些人「去中國化」的政治圖謀結合，建議他必須申明自己的主張是在讓中文與現代結合，從而讓傳統也切合現實，所以多選現、當代的文章，絕非斬斷傳統中文的臍帶，而是維護中文未來的發展。我記得他當時點頭稱是，但我們只在文學院迴廊談過一次，之後沒再談過，他是不是後來又有所轉變，或者當時點頭稱是只是應付我，我也不能確定。

但我想他不是會應付的人，原因是他對傳統中國文學的熱愛與深情，是不可能讓他與之背離的，我曾想，要把中國古典文學從他的生命中抽離，他的人生就會變得無所佐證，也立刻會變成枯竭的了。

老K一度非常傾心西方的「悲劇」，他有篇很長的〈論悲劇英雄：比較文學舉隅〉文章，討論陳世驤分析杜甫詩〈八陣圖〉中所說「中國文學裡從來沒有像古希臘那樣的悲劇」的說法，老K認為中國文學中也有悲劇意識，但可能不盡同於希臘的悲劇。他延伸陳世驤分析老杜的〈八陣圖〉，又舉了《史記》、《紅樓夢》乃至「三國」人物說明中國人的悲劇意識不見得低過希臘悲劇，他在引用《三國志・蜀志・諸葛亮傳》諸葛亮對孫權說的：「若事之不濟，此乃天也，安能復為之下乎」之後發出議論說：

> 在命運之前只有承擔罪苦的，對於其英雄志意的深心感慨、恐懼、與悲哀。無限的希望與盼望，頓時而化為絕望之際，剎時在人心裡充滿的就是：「天長地久有時盡，此恨緜緜無絕期」的永恆感恨，與「人生有情淚沾臆，江水江花豈終極」的遍及人世的無窮哀感。

上面的這段文字有點夾纏，又刻意把通俗的「意志」改成「志意」，又一下「感恨」

一下「哀感」，強說起來，不能算不通的話，卻都有點彆扭，這是他語言的特色，他在說明大道理時都不免緊張，拋開這些，直探本源，他主要意思是他認為最高的中國人，一向對命運是絕望的，這絕望是中國式悲劇的特質，也是中國文學所獨有的。他甚至認為司馬遷「究天人之際」的懷抱只存在於悲劇英雄中，而中國式的悲劇英雄是「超乎人與人之間，人與永恆天命之間的奮鬥：掙扎、體認、以及在順從中完成自己的意義」，他的這些議論，就理念本身來講，是有見解甚至鏗鏘有力的。從這裡看，中國的傳統文學、史學及哲學是最令老K動情且動容的。王德威在《柯慶明論文學》一書的編後序〈典範的建立者〉一文中說：

> 《柯慶明論文學》在理論辯難之外，有大量的篇章實踐作者的思想和立場，如他對謝赫六法、「氣韻生動」的解讀，對西方悲劇英雄的中國式回應，都是他以抒情詩學為基準，延伸而出的「同情」的詮釋。但是他對師長文友的評點過程中，我們得見他如何將文學批評的倫理與審美雙重能量，發揮得淋漓盡致。他讀朱西甯《鐵漿》，以細緻的文本細讀始，而以對天地不仁的感懷終，在在顯示他對文學作為思考生命的方法。而他對臺靜農先生的新舊詩歌，白先勇、王文興的現代

主義小說，葉慶炳、周志文的散文的專論，夾議夾敘，對文的欣賞，對人的關懷，躍然紙上。

在老K的作品中，可以找到更多的證據，王德威所舉的材料還是有些不足的。但我們可在王所舉出的例證，看得出老K所關懷的文學作家、作品，無一有「去中國化」之傾向，所以要說老K跟著他們「反中」，以材料言也是戛戛乎其難的。

老K的喪禮在臺北第二殯儀館舉行，我去參加了，當天來的人很多，可見他的「人氣」。文化部長代表總統頒褒揚令，表面強調他對文學教育的貢獻，其實在拉他到特定的一方，這是人人都看得出來的。一位他生前好友，上臺不斷說老K多麼熱愛臺灣這塊鄉土，又強調他能全程用「臺語」講課，說這些話時，眼睛不停的看著代表官方的文化部長，意圖都很明顯。

我對這場景很不以為然，我認為這些都有故意扭曲的作用，他們說的話不見得不正確，譬如說他「臺語」流利，可以鄉音姁姁，但「只」說這些，對老K而言，是不公正的。老K的定義不能以愛臺灣、說臺語來涵蓋，他當然愛臺灣，但臺灣與中國在他心中並不對立，他胸中懷想的是整個臺灣與中國（甚至世界）的文學。溫情中帶有悲涼情調，達觀中又帶有特殊的悲劇色彩，他認為是中國文學中所獨有的，而這些專屬於中國的傳統價值色彩，也是他生命的情調，更是他安身立命的基礎，少了這些，就不是學生面前博雅的柯慶明教授，少了這些，也不是我們朋友心中的老K了。

清徽師的旗袍

前兩天好友黃沛榮教授寄來幾張他之前幫清徽師拍的照片，那些老照片激起了我的思緒，讓我想到一些往事。

清徽是我老師張敬先生的字，中文系的人多有古風，喜以字號相稱。沛榮的照片與信好像是發給多人的，但他在專寫給我的信中寫道：「清徽師在八十壽筵上，心事重重，少有歡愉之色。我希望給她留下一些好照片，但我不想鬧哄哄的一群人擁上來，就一直等機會，趁她上洗手間時，我在門口等她，先跟她說說話，拍了幾張，我特別把孔老師送的花籃放在後面作為背景，以增添光彩及色彩，且帶出一點喜氣。令人感歎的是：她穿的那件旗袍，是老師當時春夏秋季最光鮮的衣服，於參加聚會時穿，一九九二前就存在，照片中一九九二在穿，到一九九六年（辭世前一年）還在穿。她因為變瘦了，舊衣服已不合身，也沒有再做新衣服，其中一個原因可能是手頭不寬裕，她過去經常請學生吃午飯，因為她寂寞，想要有人陪伴說說話，但是說起話來又陰陽怪氣的，使人受不了。幸好你常常去看她。」

沛榮的信寫得真好。我之前在淡江教書，因遠較少探望，後來回臺大，就較常去看她了。老師是一九一二年生的，一九九二年她八十歲，系上幫她辦了壽慶活動，沛榮的幾張照片就照於當時。老師是研究戲曲的，習慣熱鬧，我比較喜歡安靜，跟老師不很相同，但我能體會她在炎涼對比之下的心境。沛榮給我的信中寫了老師生活的一些細節，老師是注意細節的人，尤其他寫老師穿的那件水藍帶著碎花的旗袍，我想大家都不會忘記的。

老師晚年獨居，同輩不斷凋零，使得她與周圍更顯格格不入。她所配的宿舍在樓房頂樓，她步履辛苦，每次攙扶上下樓，都要耽擱很久，她往往走一半就生氣罵人，我知道純是體力不濟的原因。陪她到僑光堂吃飯，人多還好，只我們兩人就很難點菜，每次她都會點乾扁四季豆，有時點個炒蛋或紅燒豆腐之類的，她吃得不多，常逼我把菜吃完，說不吃完可惜了，然而接著也常會說，不吃完也罷，人生可惜的事也不只這一樁啊。她喜歡人多，迫於種種原因，四周總是人很少，她老喜歡用反諷的方式說人，同學有得意有失意者，失意者她瞧不起，得意者也有她看不順眼的地方，反正沒一個順眼，我覺得她生活確實艱辛。

沛榮提起旗袍，其實在她的時代，臺灣有年紀的婦女在正式場合都喜歡穿旗袍，清徽師有好幾套，夏季穿的短袖，多選擇有細花圖案的，就是照片所示的那類，有時會在外面「罩」上一件同花色的薄外套，我看她穿薄旗袍，總會有杜詩「摘花不插髮，采柏動盈掬」的聯想。天冷她則改穿料子厚一點的長袖旗袍，老師薄旗袍有好多套，厚旗袍我記得只有兩套，一套黑的，一套棗紅的，黑的袍面繡了些銀色的花，顯得花俏些，棗紅的沒有，她好像很喜歡穿棗紅的那套。好的旗袍除了講究衣料，還注意純手工做的盤扣，往往看扣子的料子跟做法，就知道衣服價格的高低。我也很喜歡她穿棗紅旗袍，那件是用盤扣同一材料的綢子「滾」了邊的，光顏色就顯得喜氣洋洋。老師常喜歡跟我們說自己老了老了，但她很守禮，外出時也會刻意打扮，臉上會撲點粉，也會塗上淺色的口紅，臨行還會小心的在旗袍領口，別上一顆金屬做的扣花，我雖是男生，看她從浴室打扮出來，也注意到她心情好，跟著也開心起來。

清徽師學問的高明處，我說不太上來，因為那靠專業，但論知識，也有相通的地方，方法是否正確，所達是否精深，是有一定標準的，在戲曲方面，她領袖群倫，同門的曾永義、王安祈，陳芳英、林鶴宜等都有專門論述，就無須由我細說了。

我請清徽師指導論文，說來純屬意外。我大學讀的不是臺大，一九七四年考上臺大研究所時，我已算「高齡」學生，碩二開學時要報指導教授，眼看時限已到，我連詢問的對象都沒有，同班的同學邱琇環比我急，她是臺大畢業的，一次對清徽師說我窘況，老師對她說，就叫你那同學來跟我談談吧。我之前也沒修過她的課，對戲曲也沒興趣，但邱琇環開了口，我不去拜見就失禮了，一天就由她帶我到第九研究室去找老師。

我原有點不安，想不到老師看到我劈頭就說，你要是要好前途，還是去找對你有幫助的老師好了，譬如某某某啊，某某某啊，要是跟了我，就注定一窮二白啦！語多嘲諷，埋怨與調侃都有，後面又滔滔不絕的跟我說了一大堆我不全懂的話，想不到那些話反而激起了我一股莫名的情緒，我趁一個空檔說，老師，我早已是一窮二白的了，再添個一窮二白也沒差，又說自己只想趁機多讀點書，老師說的飛黃騰達，我根本沒興趣，愁腸既解似的，也不知何故落落長的說了一大堆，純是發牢騷吧。不想老師聽完，大聲叫了聲好啊（好像還拍了桌子），說你想研究些什麼來著？我說一時說不上來，但直說我對戲曲沒太大興趣，她問那你對什麼有興趣？我好像接著又說了些亂七八糟又不太得體的話吧，細節現在已忘了，但待在一旁的邱琇環瞠目結舌的表情我是記得的，幸好結論是我可報她名字去「應急」，萬一之後由她掛名，論文內容也由我決定。我看她如此爽快，邱琇環跟她保證，我也配合著點頭，她說我是有點實力的，絕不會之後讓老師有「失察」之譏。

我得感謝老師，她任我自由找題目，也任我自由寫作，我兩次論文她改動的都不多，好在口試成績都也都還不算差，沒讓她丟臉。一次她說你懂得比我多，讀了你論文才知道了這個知道了那個，我感覺她在刻意獎掖我，她也許知道我吃過苦，辛勞的閱歷多過一般人，對我特別同情與寬待，這是因為她的一生，也經受過不少苦難吧。

她除了學術論著外，也寫詩填詞，數量不算多，因有感懷，都是不錯的作品，她也能寫字，字有強烈的金石氣，為一般女性所難有的。我曾跟她談過我憧憬的文學境界，談到人性深淵的部分，她曾說她也有過同樣的感受，讓我很感動，但稍覺遺憾的是，她在面對障礙時很少選擇克服，總是在幾聲調侃後選擇抽離，有點像道家、佛家看穿一切後的油滑，她不見得油滑，但畢竟是抽離了，這一點是我不很認同的，我曾說出我的感受，好像沒太大的說服力。

我老覺得她的氣質如放在創作上是會有很高的成就的，她的見識常有不凡的成分，就以她題給黃沛榮的詩為例，詩題是〈題雛雞圖〉，其中有：「啄破牢籠殼，又見人間惡。殷勤覓蟲蟻，轉眼即肥碩」句，一般人看到剛孵出的黃絨小雞，都會想它拙稚又可愛的一面，但老師卻直接想到如蟲蟻般的「人間惡」來，要雛雞將之盡數啄去，這首詩用險韻不說，竟有這種聯想，足見老師的美學況味是多麼的孤絕而特殊啊。

這叫出人意料的跌宕之思，老師一直有的，我覺得她對命運與藝術的感知有點近乎布拉姆斯。布拉姆斯有極大的創作力，也有極強的自毀的力道，我常想因有正反的力道的不斷拉扯，才使得布拉姆斯的作品糾纏、艱深、晦暗又偉大，他的四個交響曲都緜密的透露出這個成分，他的鋼琴三重奏、弦樂四重奏及其他作品也都有的。重點在鍥而不捨，在不輕言放棄，要是停了創作，這種動能也就白費了。我覺得透過層層黑暗再呈現的微光，才是真正的光。

老師已過世已快三十年了，我自己也步入衰頹的晚年，對老師的一生所以特有所感。我是個粗糙的人，老師對我寬大能容，允許我自由發揮，是我難以忘懷的。她准許我用平輩的方式跟她聊天，忍受我的謬誤與冒犯，有時她興奮起來，也會用同樣的話罵盡蒼生，用詞比我更多且更為猛烈。

她對我開放的態度，我後來也用在自己的學生身上，我會啟發學生，但不勉強他們必定要走我的路，我欣賞學生並鼓勵他們自信，當然他們也要懂得自我檢束。自由很重要，以自由飛翔之姿達到目標最為美麗，也最為可貴，但海耶克說大部分人都選擇逃避自由，因為自由是負擔，也有風險，類似的話羅素也說過，他們的意思應該是說，真正的自由並不容易。我對自由的解釋有的來自自己的憬悟，也有來自清徽師的身教，她一直是這樣待我的。

我記得這些縷縷，我一生都感念她。

「這一徘徊，歲月時光就過去了」

越過林莽，前面一片浩大的蘆葦叢，一陣陣白帶灰的浪濤，緜延到對面的山腳。還好風不算太大，沿著山石走，可以穿過蘆葦，但不很好走，他有點費力的走到溪邊。溪邊開闊些，風就轉大了，剛才風不大是有山擋著。這路線以前他走過，沿著溪走，大約要走四十分鐘，就能遇到一座水泥小橋跨過小溪，上橋再往回頭方向走，不到半小時，順著小徑，便可以到上下山的公路主線，那裡有客運車站牌，最後一班回城的客運車，他已算好，五十分鐘後會經過。走這條路就必定趕不上了，他想，他不該在山頂因貪婪美景而放鬆了步伐，但他又想，他如涉溪而過，就可節省路程，必定可以在車來之前趕到站牌了，因為從這裡到站牌的直線距離是過橋路程的三分之一強，有點像三角形的一邊總短於兩邊，這是可以確定的。

他面對的這條小溪大約有四公尺寬，由水的顏色看，那邊比較深，他估算最深的地方也許剛過膝而已，這邊比較淺，涉水而過應不是難事。然而對他而言，涉水就要投資大些，他不再少年，有一般上年紀人「骨髓薄」的毛病，腿骨是經不起受寒的，萬一要涉水，不能赤腳，再加上溪底碎石很尖銳，但他如穿著鞋過溪，就有點對不起前兩天剛買的有保暖功能的鞋子了，說明書上寫著這鞋是只宜登山不宜涉水的。

為了趕時間，他還是決心涉水而過。水很湍急，因為很淺，他還站得穩，但水冰冷透心，他一小步一小步走，走到那邊較深的地方，驚嚇到一條小魚躍出水面，想不到這麼高的地方也有魚的，空中銀光一閃，很是好看，水只稍稍過膝，但他下身整個被水濺濕了。有一步他踩空了，幸虧他的背包不重，沒使他失去重心，過了最深的地方，他的手碰得到溪邊的大石頭了，他便扶著石頭的邊緣，奮力登上彼岸。

登上了岸，才發覺自己在發抖。他把背包卸下，脫下鞋子與襪子，把襪子擰了擰，把鞋子甩甩，試圖弄乾一點，但還是冷，又把長褲脫了，趕快擰去水分，最好能生個火，把下身烤乾就最好了，但他沒有時間，他必須在車來之前趕到站牌。

終於在車到之前五分鐘趕到了站牌，站牌邊還有一個老人，手邊一個竹編的籮筐，彷彿也在等車。天已有點暗了，到了預定的時間，客運車並沒有來，也許是誤點吧，他想，他想問佝僂著身體的老者，但老者沒把眼光落在他身上。五分、十分的過去，車還沒來，天幾乎已要全暗下來了。他終於有機會問老者要怎麼辦？老者咿呀、咿呀的說了些他不懂的話。正巧一輛發財貨車停下，司機搖下車窗對他們說別等了，客運車在前面三四站的地方拋錨，不會來了，又說方向一樣的話可以載他們一程。好像別無選擇了，他們便上車，由於駕駛座只空著一人的位子，便讓老者坐，他只得跳到車斗。車子往前面急駛，走了十多分鐘，停了下來，好像老者要下車。老者下車之後，司機要他坐進駕駛座，車開的時候，車燈下看到老者背著籮筐轉向一條小徑，頭也不回的走了。

經過一段可厭的墳區，又走了十多分鐘，車停了，司機說他家就在這兒。他下車，謝謝司機好心，從這裡到他住的城市不遠，再順著這條路走，大約半個多小時，就可以遇到城市的公車了。他下車時，覺得褲子與襪子都乾了，只登山鞋還有一點濕，但再走一走，相信也會乾的。

路像一條清淺的河流，朝他要去的方向流去，這條路上，沒有任何車與人，天已全暗，他已與四周的黑暗融為一體。遠方上空，有一團紅黃色的光，那是他要去的城市，這時他覺得輕鬆，腳步顯得愉悅，好像擺脫了一切的自由。在一個轉彎處，那座他要去的城市正巧在他腳下往遠處展開，他找了塊大石，坐著稍作休息，突然發現遠處天邊一陣奇特的閃光，原來今天是節慶，城市正要放煙火呢，他突然想起朋友與他相約看煙火的事，不禁笑了起來，當然趕不及了，他沒帶手機，更無法連絡。這次，人間的燦爛繁華，真正的與自己無關了。……

上面的文字是我在紙上亂筆塗寫的，不知道要「用」在哪裡，也許可用在一篇小說上吧，或是散文，或是什麼都沒用上，把紙擰成團丟到字紙簍裡，大部分塗鴉不都是如此嗎？我聽到沙究過世的消息，心中一片亂，好像不是悲哀，悲哀兩字無法形容，太複雜的心境，是無法言說的。

最難忘沙究在他最後一本書《群蟻飛舞》的後記裡的一段文字：

騎機車四處行走，起初只在平坦路面上行駛，累積經驗，漸漸擴及馳騁山林的環遊。有一回清明剛過不久，午後我到達新竹宇老鞍部，停車歇息時，看到路徑標示：走李棟山這條山路到達三光十公里，看手錶四點未到，於是我選擇這條，經過詢問，部分地區尚且沿著稜線的山路。後來路面逐漸坎坎，美麗山影不見，天空飄起霧雨，像走進不知盡頭的無限空間，打著車燈，整個路程幾乎都是牽著走，在闇黑的叢林間滿布憂懼。抵達三光國小，我費去三個小時；如果下走經玉峰泰崗這條柏油路，二十公里，不到一個小時便能到達同樣的地點。這本書的出版緜延的時日很長，徘徊於複雜思緒當中，我走了漫長的路段，這一徘徊，歲月時光就過去了。

是的，「這一徘徊，歲月時光就過去了。」

這篇後記他本來有點不想寫，去年六月，他把小說書稿交給印刻後，寫信給我說周身疲憊，不想再碰文字了，他用了「萬念俱灰」四個字。我說這是完成一件大事後必有的心境，還是鼓勵他寫，隔了幾天他就寫了這篇總字數不到五百的後記了。他四年前因喉癌切除了部分喉嚨，使他無法言說，他沒事時常騎著機車到處亂竄，他喜歡到人煙罕至的地方，因為到那裡無須說話。他說的很對，生命很短，又多難測的遭遇，稍一徘徊遲疑，就無聲息的過去了。但如不徘徊也不遲疑，一直勇往直前的走去，又會是什麼樣子呢？

好像都一樣吧，都會過去的。

走過一段真正黑暗的路，才知道遠處城市的光，與自己無關。這時候，沙究，我的老友，我們就不必為自己或世界惋惜什麼了吧。

後記：這一篇是老友沙究死後在《文訊》寫的悼念文字。沙究死前死後，我共寫過三篇文章，後兩篇是他生前寫的，〈夢幻與現實〉是應《印刻文學生活誌》沙究特輯所寫的主體文字，〈不安的美學〉是「印刻」幫他出了本《群蟻飛舞》的小說集，他商及我所寫的序。他後來已無法言語，靠著手勢與在壁上白板書寫傳達意見，書出不滿一年，他就過世了。特以為誌。

夢幻與現實
——漫寫沙究其人其文

我與沙究是舊識，但最近二十年很少見面。

最近一次見面，是老友雷驤捐手稿給國家圖書館的典禮上，突然見面，有些不認識了，好像胖了不少，說話聲音沙啞，幾乎聽不出他在說什麼，問他怎麼了，他比手畫腳說喉嚨出了問題，我當時想是感冒害的，便說要多休養了。人多加上有事，沒跟他多聊，臨行勉勵他把病養好，找時間再見。匆忙中他拿了張空白名片，寫下他的通訊方式，地址與我記憶有異，最奇怪的是上面寫了三個電話，都是家電，不是手機。我問這麼多電話講起來不費事嗎？他笑著沙啞的說，是方便叫人傳話呀。

終究沒聯絡，後來聽人說是喉癌，動了手術，從此說話不便。當時心痛不已，幾天腦中浮現的，都是孔子自牖執伯牛之手的畫面，孔子說：「斯人也，而有斯疾也！斯人也，而有斯疾也！」心中反覆的也是這句話。他的名片一直在手邊，卻怕他不好接聽，不敢打過去，心想要就得到桃園他家去看他，但顧慮他養病還要傷神接待，便因循下來。

我又想起，大約六七年前，以前在中學的同事陳進中退休，移民紐西蘭的許永森碰巧也回來了，老友吳嘉政約了萬金川與我，幾個人在北投一家像茶園一樣的餐廳吃飯，想不到沙究也來了，他從桃園趕來不容易，當時氣氛很熱烈，大家喝了不少酒。

沙究還那個性格，老是讓人不能預期，早約好了，到時卻說不來了，等人三催四請，最後還是來了，對於遲到，他總有說不完的理由。但到聚會該結束人要星散的時候，泥著人不肯走的也是他，不走，他也有說不完的理由。

他很多地方憑著感覺走，理性與秩序感都比較缺乏。要說他沒心眼，純是個天真型的人物，也有點看偏了，他並不是不會耍心機，譬如大家一邊喝酒一邊談政治，氣氛越發緊張，眼看兩人幾乎要槓上了，他善於察言觀色，常笑著對我說：「鳩耶（周），我們來唱聖歌一百八十八的那首吧。」他說這話，總是用臺語說，聖歌是長老教會的聖歌本子，裡面的第一百八十八首的歌名我忘了，前面兩句是「人人都應該知道，耶穌是誰」。等我們唱到「祂是山谷的百合花」那句，他又說：「鳩耶，我唱第一部你唱第二部好吧。」我小時因為「吃教」出入各家教會，對聖歌算熟悉，也參加過合唱團，會唱

第二部和聲的樂部，我們便高聲唱起來，大家側目看我們，剛才對立的情勢經此擾亂，便又回轉成輕鬆愉快。但奇怪的是我們說的雖是臺語，而唱的歌詞卻是國語，而且我可以確定的是，沙究從未信過基督教。

我們在同一家中學教了好幾年書，他有藝術家的氣質，跟我算投緣，當時我們對西方印象派之後的繪畫很有興趣，他更熱衷二十世紀的超現實主義，譬如夏卡爾、米羅等人的，一談起來，就興奮得不得了。因為志趣相投，我們工作與生活的連接很多，他第一個男孩出生，曾請我取名字，我隨即幫他取了個「胡不為」，我得意得很，這名字可以從道家立場來解釋，就是強調無為，但因為加上了「胡」，變成了疑問句，就是為什麼不做的意思，便又有儒家剛健有為的涵義了，沙究聽我解釋，也高興得不得了，彼此都在興頭上，胡鬧了好幾天。但後來終究沒用上，沙究說是找人算命，筆畫不吉的緣故，我才知道，他雖然「超現實」，但生命的底蘊還是藏著迷信的。

當時教育風氣與我們個人的性格，有點格格不入，我們多少都有一點個人主義的傾向，比較尊重個性與自由，但學校教育比較講獨斷與權威，跟個人主義可以說是背道而馳，空氣對我們而言十分窘迫，我與沙究都有點想離開教育界。一度我們曾想到國外進修，但眼前有許多無法克服的困難，譬如我們都成家了，都有孩子要養，不是想出去就去得成，何況我們又中文系出身，外文不是很好，出去可選擇的路子有限，在諸多限制之下，便不打算出去了。

沙究打聽在臺灣有些別的學校，風氣比我們在的要好，至少沒這裡的壞。有一天他偷偷告訴我，他已下定「萬死不辭」的決心了，因為他入了「黨」，他神祕的把他剛領到嶄新黨證給我看，我說我不知這跟「萬死不辭」何干？他說，你不知道呀，不入黨，公立學校哪裡進得去？他透露了消息，原來他想「轉進」公立學校。我問他要進去哪個學校？他說已有人在幫他張羅回士林了，我突然想起他舊家就在老士林的廟口。

記得好多年前我曾與他在他家門口擺攤子賣過春聯，純是好玩罷了，當時雷驤、賴武雄都帶著全家來攤上耍，賴武雄還帶著自己的油畫來共襄盛舉，生意當然不好，不過我們心裡也從來不急，生意好我們也懶於應付，沙究媽媽與他幾個弟弟都說：「你看鳩耶跟沙究一直在『開講』，也不理會客人，生意哪是這樣做的？」這事不是主題，就按下不表，再回頭說他打算離開的事。從入黨一事可見他也會算計，但他興頭易起也易落，隔了幾個月我見沒動靜，問起他才說，想進的學校沒法進，只弄上一個從故宮進去還要走老遠的山窪窪學校，剛成立，什麼都沒有的，權衡了一下，便決定不去了，我笑著說你政治的貞節都賣掉了，值得嗎？他無奈說，鳩耶，要知道世上的事，多是不得已呀，我想這一點確是事實，便不再逼問他。此後雖稍有風波，但他一直在令他不很滿意的學校教到退休，可見他雖有個性，也善於妥協。

有一次我們吃冰淇淋，他指著那盒本土品牌的冰淇淋說，這家公司老闆跟他有遠房親戚的關係，當年差一點要將身邊的獨生女許配給他，我想問他那女孩長得如何，但覺得無聊，便改口說，假如美夢成真的話，吃這盒冰淇淋可能不須花錢了，他說，你怎麼沒想到，也許會敲你更多呢？一次又說他祖母在三芝與金山交界一個叫老梅的地方有塊地，是靠山面海的，以後也許會過繼給他，到時他就可自豪的說，什麼太平洋嘛，只是我家後院的一角呀，哈哈，我們因這事而開懷過。但過了三四十年，同樣一點下文都沒有，沙究的許諾沒下文，是經常的事，何況這還不算許諾。唯一的影響是，一年我總有一兩次開車經過那條海岸公路，當我看到路邊一個鐵蝕的客運車牌上寫著老梅，就會想起沙究說有塊地在那兒，假如真的有了，不知會是什麼狀況？我的想像也因而多了起來。

他不會說假話，但對他說的，也無需太過當真，因為他自己也沒把它當真。沙究是夢想家，夢想家的話是不要促其實現的，否則便不是夢想家了，然而，就算夢想家，也得面對現實，有時現實很殘酷，你也得認。

我在《記憶之塔》中有篇談沙究的文章，重複的，此處就不談了，下面我想談一談沙究的文學。夢想與現實相對的那種尷尬處境，常是沙究文學的主題。沙究有兩本短篇小說集，一本是圓神出版的《浮生》，一本三民的《黃昏過客》，都出版在二十幾年之前，之後他不再有結集出現，證明沙究是一個少產又沉寂的作家。我知道他還是在寫作的，他對文學、藝術的意象經營一直有高度興趣，但由於懶散再加上淡泊名利，便是寫了，也不太謀求「露臉」，這是他特殊的地方。

他有幾篇不是很「理性」的小說，故事迷離，情節詭異，往往令人猜不透他想說的。這類小說，原本不能用推理小說的角度來看，它表現的是作者的情緒。一個退縮型的作家在面對困局的時候，往往不是想去衝破艱難，他只會想，假如這困局沒有形成有多好。

在小說〈黃昏過客〉中，一家汽車公司的推銷員因業績不好被老闆嫌棄，自己也不滿意自己的工作，想請假回南部家鄉，打算休息幾天罷了，但被他的女友也是公司老闆的女兒誤會他要辭職，乾脆把一個月薪水給了他，要他走人。在這情況下，他不得不走。小說進行到一半，主要場景換成火車站，懷著不安情緒的主角買了票打算進月臺。沙究寫著：

剪票員拿起我的票握在手中，另外一隻手的食指扣著中指一剪一剪，剪到我的領帶。使個臉色要我湊近。低聲說：

「千萬不能傳揚出去，我只告訴你一個人，這班火車不會來啦，它在行駛途中出了大車禍。」

「既然如此，為什麼照常剪乘客的票？」

我覺得去貼他的心意是一件很有趣的事。

「我不能不剪，」他的微笑仍舊讓人莫辨真假：「站長和寫告示牌的同僚匆忙處理車禍去了，沒將口令傳達給我，我無法越權向大家宣布消息。至於告訴你，也是剪了你票以後才說的，我沒怠忽職守。」

這真是個荒唐的情節，剪票員明知火車不來了卻照常剪旅客的車票，而且說了一個不成理由的理由。因為這個荒唐的描述，讓我們更想探索作者小說的內在意涵。這位主角雖然想回鄉，心裡卻也放不了手頭的工作，或者也包括並不想放棄目前的女朋友，但面子讓自己無法轉圜，他打算回家，其實有點賭氣的成分，在這情況下，走或留下對他而言都是困局。假如發生一場意外，使得本來並不堅定的旅程中斷，自己就不再陷於困難了，因為只有一條路可走。故事中的人性格游移，於此可見一斑。

透露了某些狡黠，又有些惡作劇的性質，故事主角對這趟奇遇式的火車停駛有另外一種觀點，他說：

月臺上和我同樣搭乘這班南下火車的人，依然站著等候火車駛來。他們比我幸運多啦，因為不知道，所以可以繼續等下去；我連等候的機會都沒有，只有我知道那班火車不會在預定的時刻內開來。

雖然他說他們比他「幸運」，那是表面上看，真實是他知道內情，讓他自覺高人一等。火車不能來反而幫他穩定下來，他終於衝破了心中的難關，憬悟到為什麼一定得趕著回家去呢？不久聽到火車笛聲由遠而近，也不管是否是自己要搭乘的那班車了，因為他已決定不回去了，心情底定的他不再疑惑，他對剪票員的嫌惡也超越了，他這時的情緒是：

火車笛聲由遠漸近灌滿我的耳朵，分不清來自南或來自北；我看見目視所及的每一個人流露溫柔無比的善意。我想過去擁抱每一個人，即使他們推開我，說我失禮。

對於一個游移的人而言，確定感是安全的憑證，雖然所確定的事很小又很短，但對他已經夠了。過了今天，主角是不是回到原來的崗位繼續窩囊下去呢？作者沒有交代，混過當下便很幸運，以後的事，便到時再傷神也不遲。

沙究小說人物多數不善計較，甚至笨手笨腳，像這樣的描寫，免不了讓人想起寫的是作者自己。在〈童年〉中有段文字寫自己不會計較：

各位，你們想難道我有錯嗎？不懂得瞻前顧後可能常有，不過刻意去犯一個大錯就沒有那種心思，大概我生來就不知道如何去計較，連小心不去參與氣氛不好的事情的戒心都沒有，我就是這樣一個人，說要改，實在比登天還難。

至於笨手笨腳，〈童年〉又有段寫主角長大後做老師，陪兩女教師到一中年老師家包水餃的故事。那位中年老師對其中一女老師有好感，而主角不察，到了後來，中年老師為了討好女老師不斷炫耀自己的收藏品，主角明明不該參與其中卻參與其中，終於把事情弄砸。他寫道：

……等到我進入他們談話的情況，我才知道他正在介紹他的收藏品，那些珍貴稀有的東西，件件包含他豐富的人生閱歷。我聽得很有趣。後來他打開櫥子拿出一只衣架讓我們看，大家摸摸弄弄，輪到我手上的時候，正聽他說：「外面絕對看不到這種上等的檀木衣架。」我是很好奇，上面端端正正戳金洋文看了很舒服。順手一拔，我想既是高級品，稍微使勁，一定會回應著沉沉的韌性，好東西都是這樣的。你們知道我的手勁很小，提個把水桶手臂都會難過，那天不知怎的，幾乎兩手只做出要扳的姿勢，它便裂為兩半。六隻眼睛霎時集中到我惴惴的臉上，那場面真難堪！我不記得有沒留下來吃水餃。尷尬事碰多了很快就設法去忘記。

看得出來這也是作者對自己的描述，像這樣不斷形成亂局，不只是童年的行徑，到長大成人之後，也還是不時犯錯，但錯都不大，也都沒有惡意。他比較像大星之間的小行星，大致保持在軌道中運行，這是因為四周的大星磁場穩定，連帶影響到他，再加上他也算小心，偶爾逸出軌道，很快便又回來。

犯的錯都是雲淡風輕的小錯，這由於沙究從來不會有意把事情搞砸弄擰，有部分因為他的膽小。他好像從來沒有洶湧澎湃過，人也這樣，文字也一樣。在文字上他比較善於用浮光掠影的筆法刻畫人心的幾微，下筆並不重，技巧也不繁複，他不是移山扛鼎的那種人。但你不要輕視浮光掠影這四個字，是要無比功力的，就像善於攝影的人，看起來隨便按個快門，就「抓住」了人最瞬間的表情，好照片就這麼一張夠了，其他人拍了幾百張，也只是浪費底片罷了。

在以前的作品中，他的〈伊妻〉與〈高岡冬景〉是我最喜歡的兩篇。〈伊妻〉是他回憶「謫居」苗栗後龍時房東跟他敘述懷念亡妻的故事，全文幾乎純用白描，用的是一個老農的口氣，裡面很少夾纏、更少用現代知識分子所慣用的語法，表面上沒有太大波瀾，但文底有奔騰之勢（前面說過他的作品缺少洶湧澎湃，這篇除外），我讀此篇，深受感動，私下期許他能繼續奔騰下去，但他好像這類「潛流」型的作品不多，心中覺得稍稍可惜了。

〈高岡冬景〉寫的是他在金門當兵的經歷（前面也說過，沙究小說雖經轉化，其實還有不少「自傳」的意味），這篇小說分兩個部分，前面部分寫男人對女性的憧憬與想像，文中寫一個大學畢業的預官，服役前線，一次輪到自己作東請客，聚會之前他因無聊，踅上一個荒野的小岡，見到一個女子也在岡上，神情黯淡的望著遠方，他知道她其實是妓女，但他感覺自己與她「各自懷著寂寥」，便動了情緒。這情緒很複雜，免不了有一點色慾的想像成分，他說：「她直閃而來的眼神讓我縮頸抖顫，這絕對不純然是抵禦寒風的反應，其中包含複雜的情緒加諸身體的自然韻律。」但色慾的部分不很強，更多的是同情與憐憫。知識分子往往把平日知識與想像帶進一般的生活之中，容易情傷敗興，與色慾所需的莽撞與熱情剛好相反，其實是貧血所致，並不很「健康」。沙究也有此自覺，所以他後來說：

近午，我所宴請的朋友都到齊，作東的我，卻無論如何暢快不起來，酒下愁腸另有一番滋味。在場的幾個人聽完我向他們敘說，才個把鐘頭前的遭遇，他們哄然大笑，彷彿嘲弄我竟然和一個妓女去談感情。……

幾年以後飲酒閒聊時，重新敘述這段舊事，我的一位朋友，用這樣慎重的語調向我提出問題：「倘使因為你所說的默契，順利窺伺了她的肉體，你仍舊會將它當作貧瘠歲月裡的恆久紀念嗎？」

小說寫的是多感的神經讓自己無力的故事，其實有點無聊。但想不到小說的後半段奇峰逆轉，竟描寫起兩隻黑色的狗準備交配的事來，他軍中同伴，把主意打在那隻外來的肥碩的公狗上，認為牠是上天送來最適合不過的下酒菜。故事的結局是不敵色誘的公狗放鬆了戒備，終於被那群人用木棒活活打死，正懸吊起來準備放血的時候，被情慾驅使的母狗戀戀不捨的欺近，不斷嗅舔已死公狗的尾巴。這段描寫十分驚悚，與前面主人對女性不著邊際的幻想，形成強烈的對比。對妓女的幻想是空的，血淋淋的死亡卻是現實，虛幻與存有並陳，顯得跌宕起伏，是極有說服力的一篇佳作。

另外沙究對女性的想像很饒趣味，在他不算多的文字中，屢屢出現女性乳房的描寫，令人不得不注意，〈浮生〉寫一個妻子拋棄自己怯懦丈夫的故事，其中有段：

我最喜歡看她躺著坦露脂白的乳房，我的女兒伏在她的胸前吸吮，一隻小手捏著另一只乳房，我的妻垂下眼臉望著嬰兒，輕輕梳滑她細黑的頭髮，這景象大概就是拉斐爾聖母畫像的摹本罷。

而在新作〈疾行車窗〉裡，女性的乳房不再優美，而是充滿了猙獰或猥褻的意象，這個帶著恐懼意味的幻想，常伴隨著靈魂深處母親「沙將唷，沙將唷」的呼喊聲而來，他寫道：

這些乳房的幻影，說具體些，分別為多張不斷更換重疊的畫面：有時是母親用牛角梳子舒勒乳房漲氣，刮累後要我接手，最終不堪腥羶乳味棄手逃開；有時畫面跳到廟前戲棚後臺，午戲結束，小生花旦苦旦聚集一處，脫掉戲服露奶哺乳；時又跳到淡水線火車廂，販賣魚貨的婦人撩衣餵乳，細嬰小嘴吮吸，一手抓握渾圓的乳房。其中影像最鮮明的是住在街尾，臨近基隆河畔的堂嬸。隔段時日阿嬤遣我抱幾斤米過去接濟，燠熱的夏午，堂嬸裸露上身蹲坐切豬菜，黑鬱鬱的垂長乳房擴散胸前掩蓋肚臍，接過米袋輕輕撫摩我的頭：「沙將，替我向阿嬤講感恩啦。」臉上笑靨幾乎要把尖細下巴的大黑痣迸裂開來。

哺乳生物最初依存的乳房，也是所有人類最初最溫柔的記憶之所在，想不到竟成為他恐懼感的最大來源，讀到這兒，作為他的友人，不禁會驚嘆的問，沙究啊，到底為何會遭遇到這樣的一種夢魘，而且折磨了你達數十年之久啊！

混亂的場景，從來不相連的心，構成總是有離碎感的故事。有點像卡夫卡描寫的布拉格皇城的黃金巷，擠滿了人，卻各自忙碌，卻毫不相干，也很像賈可梅提所示的廣場，人與人離心離德的，人再多，也構不成一個整體。結論是，人類的事，從來不能從整體上看。

沙究一生不欠理想，但總不堅持，他有熱情，也有欲望，有機會的話，也想恣縱一下。然而慾火再猛，終不敵背後更大的陰影。廟埕正殿前兩派人馬在爭奪廟產，而沙究知道，廟產早已腐蝕殆盡，喧鬧間，大廟的梁柱間飛出鋪天蓋地的蟻群（〈群蟻飛舞〉）。還有一個陰影，自小深埋在他心中，一個奶脹的女老師硬要前面小男生喝掉杯中剛擠出的奶汁（〈疾行車窗〉）……面對這麼巨大的錯亂與恐懼，心中即使有熊熊的火焰也熄了。你會聽到沙究對你說：「這次算了吧，就讓我無欲則剛，你看怎麼樣？」

不安的美學

沙究的小說集《群蟻飛舞》要出版了，做為他四十多年好友的我，當然欣喜無比，特別是他近年身體有些病痛，卻憑著生命本質的毅力克服了災難，這成就顯得更為不易，當然更為可喜。

平日的沙究，簡易平和，個性有些內向，說起話來，有一些吞吐，乍聽令人無法完全領會，一句話總要說上幾次，有時要加點手勢，特別強調句中的哪一個字或哪個詞，聽的人才會明白，這是他害羞的緣故。他不是滔滔不絕式的人物。我喜歡他，倒不是因為孔子說過剛毅木訥近仁之類的話，而是喜歡他語言的方式，我覺得語言上有時詞不達意，反而蘊涵了更多可探索的材料。

他小說裡的人物，都是世界上最邊緣的人物，那些人物大多數是讀過書的知識分子。他們原來的位置，也許不算核心，但絕對不是邊緣，然而他們都在與世接觸之後，不斷的「降等」自己，放棄與世相容，也讓世界容不下自己，這樣終成邊緣。

沙究當然不是這樣的人物，但他對這類人物或故事深感興趣，他特別在意人性裡的堅忍素質，看看它是否能幫助人通過壓力的檢驗。所謂英雄，就是通過最多壓力檢驗的人，而沙究的結論往往是，一個人即便用盡力氣、使盡謀略，面對命運，終是不敵。

他著重緊張情緒的描寫，故事好像都有一段如夢魇般的過程，都是質量很重的文字，讀來令人驚豔，有時候也令人感到驚嚇。〈群蟻飛舞〉中主角到廟裡會女友，卻碰到兩派人馬爭奪廟產，突然群眾驚散，廟埕上空湧出的成群飛蟻，象徵意義，不言可喻。〈疾行車窗〉的最後一段：

她從遠處急速跑來，一株株綠荷隨之霍霍往前仆倒，解開上衣裸露雪白的乳房，顫動中盤貼幾隻黑鬱圓滾的血蛭，「沙將唷，沙將唷，」叫著，髮絲飛散遮蓋整個臉面，看不出那是歡愉或痛苦的表情。我耳際充盈慰安的柔語，分不清那是來自莫麗或母親的呼喚。

「沙將」是沙究名字另一種日式讀法。「雪白的乳房」對沙究而言是少年時的驚夢，而血蛭更有恐怖的象徵。沙究少時有這樣的經歷，一個奶脹的女老師在他面前擠奶，硬要前面的可憐男孩整杯喝下去，請看沙究的描寫：

老師高舉玻璃杯，看看自己沾濕的衣襟，再看著我，將玻璃杯湊到我鼻尖：「很香，就喝下去罷。」

這段描寫，確實令人不寒而慄。面對女性「慰安的柔語」，沙究其實有著最痛苦難安的心情。在〈街口即景〉這篇很短的故事中，對丈夫深感厭倦的梅香從外面提了一條還活著的草魚回來，放到水槽中讓牠自己死透，然後用了一大堆文字敘述她如何殺魚去鱗的細節。眼前魚的內臟與血跡，令她想起很久之前男友車禍死亡的往事，她壓抑自己的罪惡感，為當下殺魚的事做了解釋，說：「當它孵生為魚時，早就註定這種下場。」這時無知的丈夫從外回來，問她魚可以吃嗎？結局是：「梅香湊身進前抱住丈夫直挺挺的腰，躲入他臃腫的肚皮，發出尖聲啜泣。」像這樣驚悚的描寫，在這本書中屢屢出現，當然需有極慎密老成的「筆力」才克如此，但做為長年老友的我卻想到另一件事，原來一個人心中的波瀾，不是能從表面輕易看透的。

諸如此類，一下子是說不完的。沙究的文學，不是細柔的「唯美」文學，他的「月色」與「早晨」，不是朱自清與徐志摩式的。如果跟他一起到維也納聽音樂會，他不買布魯克納與馬勒的票，反正那些熱門的票早已賣光，他對冷門的荀伯格與阿班貝格比較興趣，到處打聽有沒在演出，可惜這個音樂季，一場他們的音樂會也沒有。如果跟他逛美術館也一樣，他喜歡冷凝又有點抽象的作品，他曾一度熱衷藝術上的「超現實」，像達利、米羅那樣的，那種藝術很少讓人平靜，它危機的觸手常探觸到人類最深的神經，總是令人不安。說起不安，沙究幾乎有點「病態」的以不安為美，他對平衡妥適沒太大的興趣，凡事一帆風順，也不是他想追求的，當一件事、一個人，總是「喬」不攏，當世界危巔巔的正要崩塌的那一刻，反而是他最注視的或最期待的。

沙究在「沉寂」二十年後又推出這個作品，顯示他內心波動並未停止，俗語說哀莫大於心死，他一點都沒有自哀自嘆的意思，他骨子裡的生命猶健壯堅強無比。他特殊的美感經驗，喚醒我們某些沉睡了的意識本能，他冷靜的筆觸，撩撥了我們心中已忘記存在的那根細弦，發現自己原來也是可以發出一些與眾不同的聲音的。

二〇一六年三月十八日，序於臺北市永昌里舊居

大安雜憶

這裡的大安是指大安出版社，成立於民國六十三（一九七四）年，到民國一百〇三（二〇一四）年，正好慶祝成立四十周年。之前慶祝三十九年開大會時，大夥兒意興很高，說要讓每人弄一本書給出版社出版，合編起來叫做「四十周年社慶叢書」，算是幫出版社與自己湊個吉祥。不料書稿徵集並不順利，從頭到尾，只出了陳振風與我及夏長樸兩本共四本書，之後每次聚會，就只談到倒店關門的事，原本很高的意興一下子就闌珊下來，沒人再談出書的事了。

這個出版社，四十多年前，是由當時幾個正在中文研究所讀書的研究生創立的，像陳萬益、李偉泰、何大安、楊秀芳等當年都在讀博士班，還有個林明德，已在輔大任教了，又到政大去讀博士，他跟陳萬益熟，也熱心，便被拉進來了。社裡的主幹葉國良，當時好像還在讀碩士，何澤恆、張蓓蓓與劉漢初當時也在臺大讀碩士班，這個出版社是以臺大中文研究所的研究生為主體而辦起來的。

民國六十三年，我剛考上臺大中文研究所的碩士班，我大學讀的不是臺大，因此跟大家還沒混熟，起初主辦同學並沒拉我「入股」，兩年後，出版社經營已有些規模，想要擴充版圖，當然也需要另謀資金，在這種情況下，我才受邀加入，當時我是碩士班三年級的學生，正在寫碩士論文，跟我一起被邀加入的還有我碩士班同學陳振風。陳振風當時單身一人，大學原讀淡江，他經濟狀況我不清楚，看起來不算富足。我雖然在中學夜間部打工，收入並不多，再加上我已成家，有兩個孩子要養，讀臺大都算是「行有餘力，則以學文」，都是苦哈哈的學生，我們大約只交了幾千塊錢吧，就成了出版社的十幾二十個「股東」之一了。

做大安的股東沒任何好處，從無分紅，只每年股東會時會到餐廳聚餐一次，營運好吃好點，營運不好吃差點，大家也不挑剔，另還有幾本社裡出版品可領。社裡出版品多是學術書，市場價值不高，整體而言，都算是「冷貨」，股東所學不同，不屬自己的學術領域，通常也沒興趣去看它。

我入股後不久，這個出版社就出現了難題，是我們沒有店面，有書無法鋪陳，當然可以找別的書店代理，但那些書店總把我們的書排在最差的角落，這也怪不得人家，我們出的是相對冷僻的學術書，閱讀人口本來就少，一年也賣不了幾本，弄到幾年後別人也不想代理了。沒店面還有個問題，是出了書連個堆書的地方都沒有，開始時在幾個「大」股東家堆，後來書出多了，只得租倉庫來安置，我們本錢少，租不起大型又昂貴的倉儲，租得起的是小的又便宜的倉儲，多在偏僻的地方，弄得堆書運書，讓幾個熱心者疲憊不堪。但我們是小本生意，無法特別講究，只有得過且過。

到一九九〇年，幾位同仁發現羅斯福路旁邊的汀州路上有間二樓的舊房要賣，地方就在當時雅禮補校（後來更名南華高中）的正對面，雅禮的旁邊就是當時的三軍總醫院，地方離臺大很近，幾步路就到臺大正門，對我們而言很合適，面積共有三十多坪，價錢也還算可以，便打算買下。後來由股東中的六位合資買下，取名「書巢」，轉租給出版社，我因緣巧合，也成了書巢的六位股東之一。當時幾人都無財力可言，一部分付現，大部分貸款，出版社的租金，正好用來付銀行的貸款，而房主六人都是出版社的股東，羊毛出在羊身上，所算的租金也很低微，就這樣雙方也相安無事。

正碰上兩岸未開放要開放的「時機」，大陸一些學術用書，也趁機悄悄登臺，大安有段時候也做了些這方面的買賣。股東中有同學劉漢初出身香港僑生，經常往來臺港兩地，由他居間連絡，竟然也讓我們有了些小成果。當時臺灣做這樣生意的人不少，很多書店都在賣大陸書，我們當然做不過他們，我們本錢不足，只能進很少的書，但由於劉漢初有學術眼光，他選書當然比別人內行，而且我們只挑自己熟的書賣，大多是文史方面的學術書，其他不碰，往往貨未上架，就給要的人搶走了。當時雖已解嚴了，戒嚴時留下的法規仍在，進口大陸書其實是違法的，但兩岸交流已開始熱絡，大勢所趨，出版品交流，好像也擋不住了。別人家是一車一車的運進來，我們是用郵包分批的進貨，擔心整批進貨，查到應付不來，郵寄往往是分散寄到幾個股東家，股東收到再送來社裡，大家都兢兢業業，當時很緊張，好在從未出過事，書也很快賣掉了，有一兩年，這種營銷，竟成了我們收入的大宗。

其實賣大陸有關中文的學術書是權宜之計，我們因為進口小，又分散，所得的利潤是很少，有規模的書店看我們小家子氣，總會對我們嗤之以鼻，但做生意不是我們的本意，出點好書才是我們要的。有關我們出自己的書，也有可說的地方。

大安出的書以同仁的著作為基本，所幸同仁大多是臺大的碩、博士，後來也大多在大學任教，教學相長，一般說來，學術的水準是該有的。除了出自己的書之外，我們還邀自己的老師出書，包括王叔岷老師、鄭騫老師、葉慶炳老師，廖蔚卿老師，葉嘉瑩老師與林文月老師等的。葉嘉瑩老師除出版了《中國詞學的現代觀》一書之外，還出版了

《唐宋名家詞賞析》一套四冊，這四本書十分受到學界重視與歡迎，出版後不斷再版，可算洛陽紙貴。鄭騫老師的《龍淵述學》與《清晝堂詩集》都是我們大安出版的，《清晝堂詩集》十分轟動，連在美國的學者周策縱先生都來信，要我幫他訂了十幾冊寄過去，以便他分送友人。鄭老師不論做學問與寫作都有「龜毛」（在龜殼上挑毛，喻太仔細）的個性，出書更是百分挑剔，不准出任何的錯，他的書要好幾個人幫他從頭到尾校核好幾次才放心，一次一位同學說，校對這半本，比自己出一兩本書還難呀，但因為是自己的老師，也只得認了，不過書出後好評如潮，我們做學生的也沾光，有一陣子，大安同仁提起這本書，走路都有聲起來。

還有一位樂蘅軍先生，在大安出了兩部擲地有聲的書，包括《古典小說散論》、《意志與命運——中國古典小說世界觀綜論》，樂先生對古典小說有獨到的見解，加上文筆好，我幾次跟她談話，聽她娓娓道來，極有內涵，也極熱情，覺得她不論教學與研究，在臺大都屬異類，是不可多得的人才。她有自己的生涯規畫，很早就從臺大退休，又生性獨立，不喜攀附，退休後便很難見到她了。她很念舊，認為大安出她書是有恩於她，幾次聚會邀她都不來，然而她禮數周到，社慶時總會送兩瓶考究的紅酒來助興，十幾年從不間斷，這算是大安的好景之一了。

幾十年過去，我們的出版品也慢慢增多了。拜兩岸解禁之賜，有不少大陸學者到臺灣來開會或訪問，知道有這家出版社，有時會自己尋址而來，也有跟我們認識的學者，會央我們帶來選書，都算知識旅途上難得碰上的同好，同聲相應的結果，也順便買了不少我們出的書。

大安在股東會下，只設一總幹事，下轄一名幹事。這總幹事在一般公司算總經理，由股東推派，由於我們組織小，怕承擔不起大名字，就一直叫總幹事了，其實也很合適，只是義務做點事罷了，是無給職，下面設幹事一名，是聘來的專職人員，是要給付薪水的。

總幹事前面雖掛一總字，通常執行股東會決定的事，股東多是學者，沒什麼企業頭腦，所以決定要做的事不多，很多事又可交待幹事來幹，是可以一兩週才去一次的。其實出版社內外，甚至設在二樓的「店面」都歸幹事來管，幹事才是大安真正的總管。開學要應付訂書送書的事，當有新書要印，要編輯校對還要跑印刷廠，就會忙些，但因為我們出書不多，事熟了後也算利便。後來幹事出去辦事接洽，別人以為他是跑堂角色，往往受人以白眼，就決定更名為經理了，說好是對外使用，名片遞出去好看些，誰都知道，這是個講虛名的世界呀，但對內還是叫幹事。

我在一九九八暑假過後，曾做過兩任的總幹事，功勞呢，似乎沒什麼可說的。出版社的業務都很例行，哪些書要再版，哪些書要新出，都前例可循。所有新的出版品都要審查，這是受大學學術刊物的影響，審查的速度有快有慢，通常慢的居多，有時一本書會拖很久。由作者這邊講，大學文史這區塊的學者，很多人不太有時間觀念，有人一輩子只寫一本書，拖是普遍的現象。但也有急性子的學者，好不容易出一本書，會不時來電訊問進度，有時排好了又要改，弄得近乎騷擾，好像出版社是為他一人而開的，幸好急性子作者不算多，大多數作者都很安穩，所以我們很多書都標榜「慢工出細活」。

大安最後採結束之策，也有些離奇。在二〇一四年前的兩三年，出版社入不敷出，其實已在虧損的狀態，連幹事的薪津都有時發不出，得向幾個股東借貸周轉。我建議可以考慮結束營業，一位朋友說我的建議叫「華麗的轉身」，只是說得好聽罷了，事實是敵不過殘酷的現實。臺灣的出版社與書店，早已倒了一大半了，不信可以到以往號稱的「書店街」重慶南路一段走走看，十幾年前風光一時的大出版社，有的搬走了，有的不知何故，連影子都消失了，代之而起的是一家家商務旅館，臺灣閱讀人口減少之外，閱讀的習慣也大為改變，由這狀況看，出版在臺灣根本無前景可言。但當我提出意見時，立被老友葉國良斥之為懷憂喪志，也有人附和他，說壞景氣是一時現象，還搬出狄更斯

《雙城記》的名言來數落我，說「這是最壞的時代，也是最好的時代」，想不到兩年後大安四十週年慶開股東會，開會時我遲到，到時竟聽到已決定要收攤了，問清楚後才知道，收攤的意見竟是反對我的葉國良兄所提。

收攤但不散伙，因為多是同學、同事或朋友，關係不可能因此而斷了。但決定不辦了，彼此也有點感傷的情緒在的，一方面也是感嘆自己變老了，體力與熱情也喚不回來了。我記得當年讀過英國作家歐威爾寫的一篇〈書坊雜憶〉的文章，回憶他年輕時代在二手書店工作的經驗，二手書店兼賣舊郵票，也賣舊打字機，亂得很。他慶幸自己沒在書店做太久，因為他說：「真正讓我不願在書店工作的原因是，當你一旦進入這一行，你反而對書失掉興趣了。」又說：「當我開始在書店工作，就不再買書了。我你看到書本成千上萬的突然湧進，只讓你覺得了無生趣，甚至連連作嘔。」他的描寫誇張了點，但所說的也不見得不是真實，依我的觀察，圖書館的管理員確實很少同時是愛書的人，這跟開茶館的人通常不喝茶是同樣道理。幸虧我們大安同仁不一樣，雖然曾為書忙進忙出，有將書「物化」的傾向，但對書還是保持著崇拜與依戀之情的。

有人便有恩怨在，任何地方都一樣。有時彼此也會鬧意見，但我與大安的關係，是歲月靜好的居多，因大家都知道、我也自認不是出版社當家作主的人，便也沒必要跟人鬧。我當總幹事時，大約每週還是到社裡一兩次，我的到班有點「應卯」的性質。大安最幸運的是歷來所請的幹事都很能幹，我們給的薪津不多，他們能做下去，要靠他們的物質欲求不高，再加上性格沉穩，才能夠任勞任怨的幹下去。

我任總幹事時，所請的幹事叫李世明，他的大名跟唐太宗李世民只差一字，而且在很多語言中，民與明是不分的，所以大家有時會以唐太宗稱他，看得出他是有點不高興的，但他修養好都忍著，我們後來便也不這樣叫他了。他是臺大歷史系的畢業生，個性沉靜，做事認真，我每次到社，他詳細把已做要做的事告訴我一遍，然後端出一杯熱茶，就跟我聊起天來。他的天地跟我的有別，他學佛，對佛教中成住壞空的理論好像深有體悟，所談多是禪修的問題，我因跟他交談，也長了不少見識。他茹素而操持端正，很少論人是非，他還跟一般佛教徒不同的是他從不迷信，言談絕不涉怪力亂神。社慶時因要業務報告，他非得出席不可，因有飲食的問題，聚餐只得請餐廳幫他準備一套素餐，有時我邀他吃飯，只得在附近巷中的如來素食館吃，我很喜歡跟他吃飯談話，兩方面都可讓自己清淡。

令我印象很深的是大安結束前一直擔任幹事的陳鳳蛟小姐，她是由當時的總幹事康來新請來的，康是中央大學的教授，大約是康之前教過的學生吧。她個性堅毅沉著，大安收攤前後有許多雜事要做，包括清算財產，出版品的合約有的要轉讓，有的要結束，加總在一起，繁瑣得不得了，沒人幫她，但她都做得有條不紊，井然有序，每次到社，看到她面前堆積的文件如山，她卻貞定如昔，臉上一逕掛著笑容，老實說，面對關門，我們這些老教授都免不得有點人心惶惶的，她的涵養與做事能力不由得不讓人敬佩。

另位做過幹事的是唐棣民小姐，她擔任幹事比李世明、陳鳳蛟還要早，好像也是康來新邀來的，她做的時間並不很長，因為她是康來新的朋友，跟我們這群有教授身分的人算是平輩，相處時的氣氛與別人便有所不同了。她曾做過茶道老師，熱衷茶道，又喜著中式服飾，稔習女紅，談吐深切有味，她在大安服務時，我們到社總有熱騰騰且考究的好茶可喝，我也常去叨擾。一次她說一般正式喝茶，喜歡放點絲竹之音，營造些氣氛，這叫「以樂佐茶」，問我要是放西洋音樂，可以放哪種的呢？正好那天我書包裡有套巴倫波因彈的孟德爾頌《無言歌》（*Lieder ohne Worte*），一共兩張CD，那是套由很多鋼琴短曲集成的樂集，幽靜安寧，也帶有點沉思的意味，便送她建議她試聽。之後我每到大安，喝她泡的好茶，耳中便悠然響起幾段有寧神作用的《無言歌》了。

海天遼闊，白雲無期，要說總是說不完的，就不再說了吧。

後記

層層疊疊的烏雲冷冷籠罩在低空，行人與車輛都不能走了，街道已被封鎖。前面路口有幾處危疊著半個人高的沙包，沙包不是颱風防水用的，是戰壕前的那種。有幾個戴鋼盔的男人在忙，卻沒穿軍服，細看鋼盔並不正式，好像是騎機車戴的那種，有個還穿著T恤，下身穿著破的牛仔褲的人，嘴裡叼著菸，一副漫不經心，看起都是臨時演員的樣子，他們紛紛端著卡車卸下的箱子往沙包堆裡搬，像是彈藥，都是用草綠色鐵箱裝著的。有兩個義警在路中間吹哨子，不停指揮四周，要人車疏散。

我以為是在拍電影，不久聽到遠處有爆炸的聲音，四周房子的玻璃窗都被震響了，分明不是在拍電影，後來又連響了幾響，也聞到了煙硝味，路樹在震動，有玻璃被震破，碎片從高處紛落，我旁邊一個穿著黃布衫戴眼鏡的男子指示我快逃。我忘了今天出來要幹什麼了，我好像不久之前在書房整理文件，天太熱，是想出來透個氣的吧。

我忙著跟眾人往後面的街道跑，卻不知何故跟他們走失了，一個人跑進一條無人的小巷。其實是兩排房屋之間的防火巷，這條巷子我算是熟的，小巷一端可直通我家。但走著走著發現小巷連著另一條比較寬的巷子，兩邊也都是人家的後院，這裡我就陌生了，這條巷子也一個人都沒有。我好不容易走出來，想不到卻走到海邊了，我真有點弄混了，我從不知道自己的家原來距離海這麼近，要是知道，我就每天到沙灘來散步了，不必上街。

海邊有點不尋常，天變了，陽光很強，跟街頭所見完全不一樣，腳下的沙子灼熱，還好海風清涼。令人不得不注意的是沙灘盡頭停著一艘好像廢棄了的登陸艦，走近看船上銹跡斑斑之外，船艄的兩扇門是開著的，一片門已整個脫落，正泡在起落不休的海浪裡，船身歪著，分明是一條擱淺的廢船。近處有鷗鳥在盤桓，我發現船艄門隙與桅桿上有鳥在築巢，可見這艘船廢棄已久了。

正當我在看時，發現剛才在街上那個穿黃衫戴眼鏡的男子也在，他跟著一群人在我一旁指指點點，我想跟他打招呼，卻聽到有飛機的聲音。我往上看，有好幾架像戰鬥機的飛機在遠處天空繞圈子，他們發現地下有我們，懷著敵意的轉了個彎朝向我們飛來。奇怪了，現在已二十一世紀了，怎麼還是二次大戰時候的螺旋槳式飛機呢？前面一架低下機頭用兩翼的機槍對我們掃射，慌亂中我跟大家一起臥倒，沒讓子彈掃到，後面一架更狠，朝我們丟下一枚炸彈，只聽呦的一聲，炸彈落在我旁邊三十公尺之外，幸好爆炸威力不算大，只濺起一大片沙土落到我身上。我尋找那個戴眼鏡的男子，卻找不到他，聽遠處有人在呼天搶地，好像有人落難，但飛機又過來了，我只能自顧自的臥倒，不管他人了。

隔了一會兒，飛機飛走了，現場人聲喧騰，我稍抬頭，感覺身體十分疲憊，沙灘像床一樣柔軟，我不甘心立刻起來。我倒臥沙地時想起平生許多事，有快樂有悲傷，有失敗有成功，好像悲傷與失敗的居多，便想就此睡去吧，也許不起來更好些。不料我腦中突然想起四十多年前聽過的那首名叫《希臘左巴》的舞曲，是電影裡的插曲，電影是安東尼昆演的，我隨即閉上眼，音樂並不長，很快結束了，張開眼時，發現只是個夢。

•

又一次我夢見自己在開飛機，降落時放不下起落架，我試了幾次都還是無法放下，我幾次繞過機場，塔臺指示我用各種方式抖動飛機，但還是不成，最後只得要求我嘗試用機腹著陸。當時開的是軍用機或民用機，我已不記得了，只知道是架雙引擎的噴射機。

塔臺說會騰出一個跑道給我，並安排消防車待命，塔臺要我先把飛機拉高，把機上的油料漏光，以避免落地時著火。塔臺管我的人比我還緊張，我的代號是TF-019，他念成「鐵夫洞么狗」，他幾乎用喊的叫著，鐵夫洞么狗，你—你飛到海—海上，倒光—光油，但你—你也不能飛太—太遠了嘔，飛太遠回—回不來，鐵夫洞么狗，鐵夫洞么狗，你—你自己要算。我說我知道，也都一一照做了。著陸前我最後嘗試，起落架仍然放不下，我知道油料已漏光了，儀表上表示油量的紅燈在閃，更右的一排黃燈也在閃，表示飛機引擎全熄，當時是純用滑翔方式下降。我聽到強風磨擦前方玻璃的聲音，看到遠處跑道盡頭有救火車的燈光閃爍，這樣降落我知道是有相當的危險的，但現實所逼，也不得不如此了。

我聽到砰砰兩聲機腹著地的聲音，因無輪子我無法煞車，右機翼下方的引擎撞到跑道掉了，這使得我無法平衡，也許碰到東西，飛機打滑往左傾斜，終至朝左前方翻滾起來。雖然我被安全帶緊扣在座位上，但引擎剩下的油料著火，延燒過來也會奪人命的，這點我很清楚。混亂之間我覺得機身又撞到一個重物，是什麼我無法分辨，小小的機艙立刻被黑煙罩住，面罩也停了氧氣供應，我吸不到氧氣，我隨即昏死了，還好我還是醒了過來。其實我在一開始，就意識到可能是在作夢，但還是有點半信半疑的，到我醒來才知道真是場夢，至於為什麼作這個夢，我並不了解。

•

線條雜亂，聲音紛擾，前面幾乎無路可逃，我的一生經歷過不少困境，有時是瀕死的絕境，跟上面的夢有點類似。還好這世界有文學，讓人在混亂中有一點沉思的空間，也讓人有點現實存在之外的幻想可尋。

一次看小提琴家帕爾曼的記錄片，他太太托比（Toby Perlman）對人說，她說你知道幻想對藝術家有多重要嗎？我初聽就被震懾住了。是的，幻想雖然不切實際，但確是重要的，不只對藝術家，對任何人都是重要的。之前哥白尼與伽利略說地球繞著太陽轉，曾被教廷指為幻想，要他們悔過，但後來證明他們的幻想才是真實，還有愛因斯坦在提出他「廣義相對論」的時候，也遭人譏之以幻想，這樣的例子太多了，有誰敢說幻想不重要呢？單談文學好像不切實際，但它讓我們在背棄林立的世界肯定人有善良的本質，它鼓勵我們多向思維，讓懦弱的人變得堅強，讓冷淡的人有了熱情，這些都是有意義的。不管是在夢中或不是，我寧願在敵人的轟炸中被炸死，也不願意死於好友的出賣，燃燒總比在汙水中掙扎的好，這是一定的，文學與藝術總會在適當的時間提供我這種信念。

我有時會幻想，我的文學也免不了，儘管我也要求自己寫的切合真實。表面看來，文學沒為我帶來太多東西，但它增厚了我的生命，也讓我的視覺在一生的某個階段，有了點穿透的能力。一天晚上萬聲俱寂，我捻熄了山居房間裡所有的燈，發現窗外暗黑的天外也是有光的，稍久之後，也能分辨哪是天哪是雲了，原來泛著白光的是雲。後來雲逐漸往我的地方飛近，一陣細細的濕氣透過紗窗滲了進來，原來自己已混跡在微冷的雲霧當中，這時我感覺我與外界的界線模糊起來，我不見得只是我，而外物也不見得只是外物了。

一切都有可能的，不論恐懼或安詳，有光或者沒有，只是那種偶爾展現的真實，平常的時候，不容易體察得出。

二〇二四年五月十九日，記於永昌里詔安街舊居

國家圖書館出版品預行編目資料

記事與隨想 / 周志文著 .-- 初版 .--
臺北市：聯合文學出版社股份有限公司 ,2024.11
328 面；14.8×21 公分 .--（聯合文叢；758）

ISBN978-986-323-640-5(平裝)

863.55　　113015740

聯合文叢 758

記事與隨想

作　　者／周志文
發 行 人／張寶琴

總 編 輯／周昭翡
主　　編／蕭仁豪
資深編輯／林劭璜
編　　輯／劉倍佐
資深美編／戴榮芝
業務部總經理／李文吉
發行助理／詹益炫
財 務 部／趙玉瑩　韋秀英
人事行政組／李懷瑩
版權管理／蕭仁豪

法律顧問／理律法律事務所
陳長文律師、蔣大中律師

出 版 者／聯合文學出版社股份有限公司
地　　址／(110)臺北市基隆路一段 178 號 10 樓
電　　話／(02)27666759 轉 5107
傳　　真／(02)27567914
郵撥帳號／ 17623526 聯合文學出版社股份有限公司
登 記 證／行政院新聞局局版臺業字第 6109 號
網　　址／http://unitas.udngroup.com.tw
E-mail:unitas@udngroup.com.tw

印 刷 廠／沐春行銷創意有限公司
總 經 銷／聯合發行股份有限公司
地　　址／(231)新北市新店區寶橋路235巷6弄6號2樓
電　　話／(02)29178022

出版日期／ 2024年11 月初版
定　　價／ 420 元

ISBN 978-986-323-640-5（平裝）